优阅吧，只为打造优质阅读！

一草 作品

只因那时年少/爱把承诺说得太早
只因那时年少/才把未来想得太好

献给我们意气风发，相信世界相信爱情的
绝版青春

MEMORIES | 那时年少

童小语，为什么过了十年
我还对你念念不忘

因为你足够单纯
那个时候的我们都足够单纯

单纯到相信地老天荒

主题曲

那时年少

如果青春记忆是一本笔记
我该如何写你 才能永远不忘记
那岁月的画笔还残留痕迹
我和你的过去 可不可以不过去

第一次流泪 还记得是为谁
第一次心碎 熬几个失眠夜
没有是与非 爱过就是一切
没有错与对 还没走到结尾

只因那时年少 总把未来想得太好
叫做时间的那条轨道 我们在拼命奔跑
只因那时年少 爱把承诺说得太早
以为可以这样到老 原来爱情故事都只是参考

如今我们哼起同一个旋律
不需任何言语 就能拉近了距离
这些年的遭遇全放在心底
一个眼神交替 就已泄露了秘密

上一次流泪 还记得是为谁
上一次心碎 熬几个失眠夜
没有是与非 爱过就是一切
没有错与对 还没走到结尾

只因那时年少 总把未来想得太好
叫做时间的那条轨道 我们在拼命奔跑
只因那时年少 爱把承诺说得太早
以为可以这样到老 原来爱情故事都只是参考

只因那时年少 以为有天总能明了
就算是日子太过潦草 也是我们的骄傲
只因那时年少 可以承受更多风暴

——小5《那时年少》

朋友眼中的 | **那时年少**

桐华

这本书是写给你、写给我，写给无数个曾在本世纪年少过、纯真过的人们。
一代人的青春，一代人的纯真就那么在不知不觉中被埋葬。

辛夷坞

这部小说里，童小语和苏扬最初的爱情，竟是那么地完美和感动。
也许，那才是我们都会向往的，真正的爱。

舒仪

在阅读这个故事的过程中，我遗忘了现实，想起曾经爱过的
男孩儿面庞上每个纤微的细节；这是你的故事，这也是我的故事，
谁的青春没有故事?

桔子树

站在岁月长河的下游回望，那些曾经的过往，迷乱的傻帽儿的，
曾经额头飙汗的荷尔蒙爆炸式的激情。
那一年的纯真时代，我们最美好的年少时光。

宋丽晅

在唏嘘苏扬与童小语的爱情同时，不得不感叹时光易逝，真情难再，
也不得不庆幸，我们曾经年少，曾经有过真情。

今何在

小说中的苏扬有一股原始的野性，他像一株野草，
寂寞地成长，生活，扯淡，宣泄，哭泣。

Pluto

我已快长到你与我相识时的年龄，你也步入而立。
或许在你眼里，这本小说的出版不过是纪念。
可作为朋友，我真心诚意地希望你能将它当做新开始。

筷子兄弟

《那时年少》不是一部普通的青春成长小说，而是80后群体成长的真实写照，
曾经的浪漫，现实的疼痛，单纯的过往，尴尬的当下，
折射出了这个群体的共同命运。

目录 | 那时年少

Memories

只因是你，我才愿意；因为年少，所以相信

010

序1 | 时光 舒仪

在阅读这个故事的过程中，我遗忘了现实，
想起曾经爱过的男孩儿面庞上每个纤微的细节；
这是你的故事，这也是我的故事，谁的青春没有故事？

014

序2 | 纯真 桐华

这本书是写给你、写给我，
写给无数个曾在本世纪年少过、纯真过的人们。
一代人的青春，一代人的纯真就那么在不知不觉中被埋葬。

017

序3 | 曾经 桔子树

站在岁月长河的下游回望，那些曾经的过往，
迷乱的傻冒儿的，曾经额头飙汗的荷尔蒙爆炸式的激情。
那一年的纯真时代，我们最美好的年少时光。

020

前言 | 记得

十年来，我见过各种各样的女人，性感的，狡猾的，矫情的，
物质的，愚蠢的，恬不知耻的，高不可攀的……
我为什么单独恋恋不舍十年前的童小语呢？

028

第一章 | 不缺

如果将大学生活比喻成花朵，
那么我的大学充其量也只是一朵开放失败的红玫瑰。
这个比喻好，可以说明一些问题，
可以将我一颗敏感受伤的心表露无遗。

054
第二章丨他们
时光荏苒至今，我都可以清晰回忆起每个人的模样，
上至精神，下至汗毛，
虽然当时的我们并不见得有多和谐，
但我知道，那段时光相比日后的艰辛和无奈，
的确值得一生去珍藏。

074
第三章丨单纯
单纯其实是一把锋利的双刃剑，在给予你快感的同时也会深深刺你一刀，
并且兵不血刃。在和童小语的最初的交往中，
我就被这样无情伤害了很多次，痛得很伤心却又说不出口。

100
第四章丨初开
在我二十一年的人生历程中从来没有哪次像那两个月一样去充分了解一个女子，
从她的喜怒哀乐、生活习性到她内衣的品牌、三围大小，甚至她的生理周期。

122
第五章丨愿望
童小语闭上眼睛，脸上的表情犹如一个初生婴孩一样安详平和，
而我紧紧拥有了这一切，也就是在这样的时候我才发现自己和所谓的爱情是那样接近。

148
第六章丨誓言
很久很久以前我有一个梦想：有一天一个美丽的少女可以流着泪在我
怀里说喜欢我。在那个美丽的冬天，温暖的夕阳之下，
我一不小心居然实现了这个梦想，这真让人觉得不可思议。

目录

那时年少

Memories

只因是你，我才愿意；因为年少，所以相信

174
第七章 | 热爱

很多天以后童小语回忆起那个吻的时候依然会脸红，
童小语说当时她紧张死了，根本就没有想到我居然会吻她，
然后当我嘴唇碰到她的唇的时候
她仿佛脚已经离开地面飘起来一样。

198
第八章 | 不会

毕业之后我搬家不下五次，一路之中我丢弃了很多东西，
可送给童小语的这些玩意儿一直都带在身边精心保存着，
因为我总是记得那一句话："放心吧，我肯定会跟你要的。"

222
第九章 | 原来

童小语说她把一切都给我了，
她的初恋，她的初吻，她的第一次，
她十七岁的青春年华里所有美丽的细节，
所有的这一切全部毫无保留地给了我，
她是那样如痴如狂地爱着我，没有任何动机和目的。

246
第十章 | 面对

面对童小语强大的语言攻势我再也无心争辩，
我不争辩不是因为我说不过她而是我突然不知道
是不是还有必要去反驳，
去据理力争，就算争赢了又能怎么样？

270
第十一章 | 离开
当我真正读懂童小语读懂这一切的时候却已经是几年之后了，几年之后沧海变成了桑田，
真爱变成了幻灭，左手的倒影不留任何痕迹，
右手的年华消逝无可追忆，一切都已烟消云散，一切都已无影无踪。

296
第十二章 | 怀念
很多人都会说人生如梦，说这话的时候仿佛都很潇洒，一副云淡风轻沧海桑田的样子，
可我现在终于知道绝大多数说这句话的人其实都是在
假扮沧桑都是一种无知都是在扮酷，包括曾经少不经事的我。

322
后记1 | 岁月
我已快长到你与我相识时的年龄，你也步入而立。
或许在你眼里，这本小说的出版不过是纪念，或者结束。
毕竟你早过了靠写作疗伤的阶段。
可作为朋友，我真心诚意地希望你能将它当做新的开始。

328
后记2 | 告别
其实对绝大多数女孩而言，内心都是足够单纯、足够美好的，
也正因为这个观察，这部小说才更加有价值——我是说，在供大家怀旧之余，
还能让一些读者获得内心的共鸣，找回已经遗忘的自我。

序1 舒仪

时光

假如你和我一样，也是第一次读一草的《那时年少》，那么，会有一个陷阱等着你。书的名字，开始的情节与文字，都会给你深刻的错觉——这是一本青春言情小说，你知道的，就是那种充溢着绯红的双颊、加速的心跳，栀子花、白裙子，以及你爱我、我不爱你或者我爱你、你不爱我的校园言情小说。所以，我虽然也写言情小说，但一般是不太爱看校园言情小说的，不为别的，只因每次看到别人策马扬鞭飞扬躁动的青春时，我都会为自己因掩埋在书本中而显得平淡无奇的青春岁月感到遗憾。

但一草不一样。我们的缘分始于三年前，从为一本书的封面颜色和文案而争执，到为此书的一路畅销而激动，一直到三年后几乎在同一时间各添了一个儿子，一同经历过的快乐、不安和挫折，填满了三年记忆中的某个角落。我知道他来北京之前曾经一个人在上海奋斗过，也知道他在做图书出版之前，从事的行业和文化产业没有丝毫关系，甚至知道他儿子的生辰八字和小名，但我不知道他在他还是年轻的一草时，曾经遇到过什么样的人，曾经经历过什么样的感情。因此当听说《那时年少》的某些情节近似他的自传时，我几乎是怀着满腔八卦的热情打开扉页的。我急于想在字里行间窥得一个友人的过去，于是毫不设防地一脚踏进了别人的二十岁。

《那时年少》中的苏扬，二十岁的时候如你我一样，正在中国某座城市某所大学校园里度过他的四年大学生活——逃课、恋爱、打游戏、偷看A片……就像你我共同经历过的，曾经以为一辈子都不会忘记如今却渐渐模糊的人与事，那些细如沙砾却终会在某天令你沉浸在回忆里并心潮汹涌的小细节。然而苏扬的二十岁，和我的二十岁终究是不一样的。七零后的二十岁记忆里，也有金庸，也有街机，但有一样是没有的——网络，以及因此而衍生出的无数关联词汇：BBS、聊天室、帝国时代、传奇、网恋……

生于八零后的苏扬，在刚刚脱离大一大二的幼稚青涩，踌躇满志迈向大四的时刻，遇到了互联网飞速发展的二零零零年，是的，我想你已经猜到了，就是《第一次亲密接触》出现的年代。苏扬对一个女孩的感情，亦起源于网络。那女孩的名字，叫童小语。

除去这个网络的背景，其余都一样。

同样如梦如歌的年华，同样百转千回的爱情，同样流光溢彩的风花雪月，后来却有了这样一个故事：最美好的开始，最甜蜜的过程，最无言的结局。年轻懵懂的时候相遇，可以不计较彼此的差距，可以不在乎曾经的背叛，一起经历悸动和甜美，一起经历挫折与辛酸，一起经历努力与挑战，却无法一起承受感情的变迁与成长。她可以轻描淡写地离去，他却没有连根拔走的力量。

实际上，这既不是你的故事，也不是我的故事。但在阅读这个故事的过程中，我遗忘了现实，想起曾经爱过的男孩儿面庞上每个纤微的细节；你若能遗忘了此刻，也许会记起多年前一个明媚的夏日午后，她永远飞扬的裙角。这是你的故事，这也是我的故事，谁的青春没有故事？

可为什么多年之后，岁月能令时光变成厚重的围墙，将记忆深锁？一路走过之后，再没有勇气推开记忆的门，公正地审视曾经的相遇和错失？因为这一切的背后，永远追随着一个灰色的影子，世间的所有爱情都逃不掉躲不过的翻云覆雨手——现实与生活。

我是在读到苏扬毕业离开学校，踏上社会的那一刻时，察觉到我在本文开头提到的那个陷阱——这并不是一本单纯的言情小说，这个故事的背景，已让它超越了言情。它是八零后对时光荏苒年少轻狂的一段共同的回忆。

有一段文字，写到苏扬在地下室烧鼻涕虫的情景，我反复地看，眼前几乎浮现出那个二十二岁的苏扬在面对不可确认的未来时，迷茫而黯然的眼神。所以那个叫童小语的女孩，留给他的笑容甚至眼泪，是他生活里唯一的阳光和亮色。我想起一个喜欢的艺人，她提到自己曾经的梦想是一个人去北京"北漂"，年少的她把住地下室和在地铁通道卖唱，当作一种浪漫去向往。我在想，假如她看过这本书，会不会为自己当初的单纯哑然失笑？就是在这样黯淡艰辛的现实生活里，苏扬丢失了他的爱情，丢失了他深爱过的女孩儿。他忘不了童小语，或许也因为他无法抹去那些年的经历在他身上铭刻的岁月痕迹。

或许每一个读这本书的人，都能在某些片段中找到曾经的自己。很多年后，我们都会明白，校园生活中的波澜和挫折，比起日后真正为生活打拼时的艰难和无奈，都是值得珍藏一生的回忆。

纵使时光不能倒流，往事不可重现，我们再不能回过头朝着深爱的少年大步奔跑，但读过这本书之后，也许你能懂得，也许你会释然，特别是在你想起多年前的一段感情的时候：就算不能相守，就算没有刻骨铭心，可是，在彼此最美好的岁月，我们一起走过。

这就足够。

平淡如水，岁月如梭，为了此刻身边的亲人和爱人，我们继续往前走着，与那些与青春有关的日子遥遥相对，与曾经轰轰烈烈的爱情隔水相望，直到我们老去。

序2 桐华

纯真

《那时年少》的故事是写给这样一群人:

1_ 2000年前后上大学;

2_ 2000年前后接触到网络;

3_上过聊天室,见过网友;

4_大学时爱过,哭过,分手过;

5_为北京户口、上海户口苦恼过;

6_在北京、上海失业过;

7_望着汹涌人潮,摩天大楼,不知道自己的明天在哪里;

……

是的,这本书其实就是写给你、写给我,写给无数个曾在本世纪年少过、纯真过的人们的。

虽然本世纪才过了十年,但我可以现在就断言网络的普及是本世纪最伟大的事情。往大里说,网络让无数散落的草根力量凝聚,增强了对政府机构的监督,增加了社会的公平——上海的钓鱼事件,公务员咆哮哥的道歉……一件件、一桩桩都和网络密不可分。往小里说,现在还有几对恋人的关系不是或滋生于网络,或发展于网络?还有几个人不用email?

网络就好像喝水、吃饭一样已经渗透到我们的每一天,习惯得好似它本来就存在,已经存在了很久很久,可是实际不过十年而已。1997年中国只有网民62万,2006年,根据《第十八次中国互联网络发展状况统计报告》结果显示,中国网民的总数突破1.2亿。

网络走近平凡年轻人是在2000年前后。

十年前,中国成千上万的年轻人像故事中的苏扬一样风华正茂,胡渣子都未完全长硬,他们从中国的四面八方走进北京、上海,第一次融入中国最大的城市,第一次接触到网络。

在学校的公共机房,第一次申请电子邮箱,催着同学也申请,给坐在隔壁的同学写信,然后跑过去确认,真的能收到啊?第一次进入聊天室,和某个人聊天,知无不言,言无不尽,酣畅处,宿舍电话、就读专业等私人信息全部泄露,压根没有防备的观念,也不用防备,因为2000年前后能接触到网络,并勇于尝试聊天的人基本都是受过高等教育的年轻人，最大的花花肠子也不过是祈祷网络那头的妹妹长得好看一点，最龌龊的念头也不过是暗暗期盼能发生一段网恋。

无数的网恋也就轰轰烈烈地发生了，男生们热衷于见网友，热衷于谈论网络上那些或美丽或婉约或忧伤的ID。痞子蔡的《第一次亲密接触》就是无数个青蛙男们的最高幻想，所以火得一塌糊涂。

那时候，网络上似乎从没有听闻到诈骗，顶多是肝肠寸断的失恋，某个著名ID为情自杀(注销论坛账号)，可以被谈论半年。现在就是几百人死亡的矿难也不过在网上挂上几天。

年轻的时光，除去上上课、去去自习室，就在认识网友、见网友、再认识网友、再见网友中飞逝。

青蛙、恐龙、王子、公主可呈现无数多种组合，肯定的是男网友们出门前再囊中羞涩也会带够请妹妹的饭钱。

不知道从什么时候起，无数个苏扬们把email的主要作用变作了找工作，QQ更多被用来交流工作信息，榕树下等论坛换作了51job。那些网络上倜傥风流的才子们全靠边，能解决北京户口，有办法搞定上海户口的人才是王子。

惶惶恐恐中，一切风花雪月给残酷的现实让道。凄凄凉凉中，一群同学们做鸟兽状四散。

之后，他们蚁族，他们失业，他们蜗居，他们房奴……

不过短短几年，网民的数量爆炸般地增长，《第一次亲密接触》淹没于浩瀚的网络种马文学中，成了如烟网事。无数个苏扬们夹着香烟，看到网上报道某少妇遭遇网络骗子，被骗财骗色，暗骂SB，竟然连网络上的爱情都相信！？

一代人的青春，一代人的纯真就那么不知不觉中埋葬在了网络中。

序3 桔子树

曾经

《那时年少》是青春小说，似乎有些超出了青春小说的水准线，可是，如果这不是青春，那也不能是别的了。

站在岁月长河的下游回望，那些曾经的过往，迷乱的傻冒儿的，曾经额头飙汗的荷尔蒙爆炸式的激情。

那一年的纯真时代，我们最美好的年华。

我是一名科学工作者，有时候对着一本烂书我可以写出无数废话，试图为作者补齐那渔网一般的漏洞与荒谬的逻辑；而当我面对一本好书，我常常只能疯狂地快速看完它，然后呆立两秒，说：嗯，爽快！

如果需要我再多说一个字，我也可以说：嗯，很爽快！

其实所有的好都是简洁的，有如奥坎姆的剃刀。

一草有简洁的文字，那些简洁的长句子像狂奔的河流把你拉到曾经岁月里，让你不自觉微笑，你会摇头感慨这帮傻帽儿正在犯着所有你曾经犯过的错，然而你也知道这一切不可避免。青春是一辆脱轨的列车，我们都开足马力奔向愚蠢，而所有的美妙与不可言说的快乐也尽在于此。

那时候我们很疯狂，我们骄傲而又自卑。我们无比渴望着爱情，却又瞧不起爱情，我们总说这只是在玩一玩，却一不小心就刻骨铭心。是啊，那么年轻的时光，自以为聪明无比却又极为单纯，爱情总是在我们迟疑不决的时候到来，在我们海誓山盟的时候崩裂，在生命中刻下伤痕。

那个时候活得多有劲儿啊，会彻夜不眠地思念一个人，并为他

（她）心碎。我们假装自己是满不在乎的痞子，我们总以为已经把自己保护得很好，却一不小心就鸡飞蛋打，遍体鳞伤。

可是，那没关系，年轻时，快乐和忧郁一样敞开供应！

有时候我会想，是我们老了，还是这个世界老了。当我们在赚更多的钱，我们开始走向社会控制阶层，我们不再是备受指责的八零后，当我们应该过得比原来更从容，却绝望地发现，现在的生活是这么地难。

曾经我们口袋里没有一百块，却骄傲地站在南京西路，用轻鄙的口吻说着恒隆啊，梅陇镇啊……那些金光闪闪的繁华与我们无关，我们谈论它们就像在谈论某种腐朽入土的苍老，那个时候我们有着无敌的青春，我们什么都可以不在乎。

而现在，我们有了更多的钱，更好的职位，我们不再备受指责，我们已经把自己压得喘不过气来，我们关心起国八条，国九条，各种户口，各种凭证。姑娘们不再会爱上诗人，诗人们想娶个城市户口。

就这么一路走过，我们成熟了，不再愚蠢也就不再单纯，那些年华流落在风中，在你回望时闪烁着淡淡的光泽，令人悄然地叹息与心动。

你我都回不去了，只能在书中寻找。

曾经的纯真时代，花样年华。

那是人生最好的时候，就连一个准胖子都能遇到他的野百合。

看着这本书，我偶尔会拍案叫绝：MLGB，这根本就是自传体嘛！

是的，这是你与我，与他的自传体，这里面有我们曾经的青春，只要你曾经有趣过，或者，曾经傻冒儿过。

前言 记得

1

2010年6月20日，一如往常忙碌的我突感不安。中午时分，同事全部出去吃饭了，我完全没有饿意，突发奇想，在搜索框里输入：童小语 174cm。

回车。

只出现一个网页。

点开，是msn空间，有日志，也有照片。

紧张，稍作犹豫，还是打开了其中一组名为“婚纱”的照片。

果然是她，只是成熟了不少。

新郎不帅，眼角眉梢很有点儿像我——难道是以我为模板找的？

呵呵，这么多年过去了，我还是这么喜欢黑色幽默。

记得童小语曾和我说过一起买婚纱的事儿，她说苏州的婚纱很便宜，300元就可以买到一套很漂亮的婚纱。她说等我们结婚时，我要买十套，好不好？

我说好，一百套都没问题。

她说，我还要到宜家，买所有喜欢的家具，好不好？

我说好，把宜家买下来都没问题。

那时候就是这样，我们一穷二白，但却爱得肆无忌惮。

不像现在，干什么都拘谨。

2

我叫苏扬，江苏扬州人，生活在上海很多年，现在漂在北京。

我在一家出版社上班，编辑。此外，我还是一个女人的丈夫，一个孩子的父亲。

做编辑前，我曾是一名不入流的青春作家，出过几本书，但销量都不好，所以慢慢也就丧失写作的欲望，特别是近几年，愈发不愿表达。

不愿表达还有一个原因：所谓幸福，其实无法言说，说出来别人也不懂，懂了也不关心，关心也是虚情假意——这年头，我们买不起房，买不到车，所看全是疮痍，所吸全是废气，所吃全是毒品，工作一年是蚁族，工作十年是房奴，工作二十年就得拆迁，一个个都没安全感，谁还能有真心关心谁？

所以，不如沉默。

十年来，我恋爱，失恋，再恋爱，再失恋。

十年来，我上班，然后失业，再上班，再失业，然后一直工作到现在，还要工作到永远。

现在的我生活平淡，买房，结婚，生子，上班，下班，努力工作，赡养父母，培养下一代。

和这个城市数百万上班族一样，面无表情。

3

童小语曾问我：苏扬，如果我们分手了，你还会爱上别的女人吗？

我说不会。

我显然撒谎了。

她说她也不会。

我们都说了谎。

不同的是，那时候我已经知道我在撒谎。

她不知道。

十年前的她，真的相信天荒地老。

4

十年来，我见过各种各样的女人，性感的，狡猾的，矫情的，物质的，愚蠢的，恬不知耻的，高不可攀的……

我为什么单独恋恋不舍十年前的童小语呢?

她不是我的初恋，我和她恋爱时间也不算长，当年我们都还是学生，我们的恋爱实在波澜不惊。

这个问题从她离开我的那一刻就开始思考，却一直不得其解，直到结婚前我才恍然大悟，她和其他女孩最大的不同是她足够单纯。

是的，我遇到过各种女孩，还将遇到更多的女孩，可是我再也没法遇到像她那样纯真的女孩了。

想到这个，我真的觉得很悲哀。

5

打开网页，今天的新闻是——

三名英国小伙子成功学会了水上漂；

暴雨已经到了江西；

美国击毙了本·拉登；

山木老总强奸了女大学生；

黄光裕被判了十四年；

郑少秋全裸出镜；

年薪三十万的高级白领自比富士康员工，压力大到想跳楼；

一位美女高调宣布自己不是天上人间的小姐。

……

童小语，每天资讯这么多，它们犹如魔鬼，疯狂充溢着我日趋膨胀的大脑，将我对你所剩无几的思念吞噬。

我拼命抵抗，却也徒劳无功。

6

现实很残忍，回忆太伤人！

生活总是这样矛盾！

十年过去了，有些故事仿佛就在昨天。

这话太酸，但事实确实如此。

我想我已经做好了准备，开始回忆。

那时我们真年少，还相信世界有很多美好——

故事，从十年前开始。

本章插曲

最简单的声音

孙子涵|最简单的声音|

最简单的声音 快乐就很清晰 只是一句喜欢你
当我们的身体 悄然靠在一起 两秒聚变成爱情

我不知道怎么解释太阳从东边升起
就像遇见你我该怎么保持清醒
你的一颦 一言 一笑 一个味道
甚至连呼吸都那么清晰 我会忘记 放弃
怎么可能又怎么可以 我从没这种FEELING 从没有过的感谢上帝
小鹿乱撞 心脏 这感觉让我晕头转向 但心想？ 心上？ OH 还是你的模样
我什么你 NO NO 我不什么你 可就连你家的DUDU 都知道（我喜欢你）
鲜花 烛光晚餐 换各种场景对你表了白
但到关键时候 梦却还是醒了来 刷着牙对着镜子发誓今天要告诉你
开不了口 对镜子又说明天一定可以 不停的PUSH 自己 安慰自己 却没勇气
IM A RAPPER 却说不出对你的三字经

我用单车载你 在回家的路上 想让7分钟的路延长
（I CAN TAKE NO MORE I WANNE TELL YOU THAT WORDS）
许久未见声响 你的轻轻依靠 感觉耳边的呼吸很烫
（I CAN TAKE NO MORE I WANNE TELL YOU THAT WORDS 我爱你）

最简单的声音 快乐就很清晰 只是一句喜欢你
当我们的身体 悄然靠在一起 两秒聚变成爱情

最清晰的声音 说爱你的声音 和你的心有共鸣
波形混为一体 变成一段感情 细胞间互相感应

——孙子涵/耀乐团《最简单的声音》

孙子涵 最简单的声音

第一章 不缺

只因那时年少，才把承诺说得太早
只因那时年少，才把未来想得太好

1

十年前，也就是公元2000年。

那时我二十一，正在上海一座理工大学读大四。

我强烈意识到再过一年我就得从学校里彻底滚蛋，我再也不能满脸温情地对你微微笑然后露出洁白的牙齿告诉你我是一特善良的学生。我不可以动辄愤怒得像个诗人用夸张的形体动作表达着我的沧桑我的郁闷我的故作姿态。我得离开象牙塔走进社会然后承担起所有潜在的无奈和责任，我将会加入尔虞我诈的大军或许有一天变得比你还要忘恩负义、狗肺狼心。

面对这个显而易见的结果我感到了莫大的恐惧，于是站在学生边缘，我一边暗自神伤地怀念着学生年代里所有的风花雪月，一边对茫茫不可知的未来窃窃感伤，犹如一个临产前的女人，孱弱、易怒、敏感万分。

毕业前一年，学校里的男女混混们是什么样的心态都有——

有人渴望一步登天，最好立即能中体育彩票变成资产阶级；

有人崇尚不劳而获，幻想可以被哪个富裕的老女人包养起来逗她欢心成为她的小蜜；

有人憧憬能够找到一个月薪八百元人民币的工作认为那就是他要追求的

幸福，也有人想投资八百万在南京路上开一家肯德基。

有人动不动就绝望，眼角眉梢无比苍凉；也有人躲在操场或者天台上拼命做爱，他们说流年逝水应该及时行乐；有人成天大笑、莫名其妙；有人通宵酗酒，然后在酒醉之际以愤怒的姿势去控诉这个社会对他缺少温情的关怀……

一切都是无序的、激情的，燃烧得快，熄灭得也快。

再看看这个城市，这个美丽的城市正以一种你所无法理解的速度飞快膨胀着：奇形怪状的摩天大楼一夜之间拔地而起，压抑着风压抑着云也压制着人的灵魂；黄浦江上继续造着大桥，黄浦江下继续挖着隧道，轨道在延伸，道路在扩建，老房在改造，上个世纪二十年代建造的石库门敲敲打打之后就变成了“新天地”，苏州河边的老仓库补补缝缝就是顶级画廊……一切的膨胀都让你有点头晕有点目眩有点不知所措。

而与之一起膨胀的名词还包括：伪娘、BL、肥胖儿童、形形色色的选美大赛、唱R&B的人、先知、波西米亚风格的内裤、艾滋病患者、性骚扰、重口味……步履匆匆的人们交错而过神情冷漠，站在金茂大厦88层的高度思考幸福是什么……

2

我一直是个自命不凡的家伙，从小到大都在怀疑这个世界上除了自己是鲜活的生物之外其他的一切飞禽走兽、花鸟树木都他妈的是虚无的存在。不管是在教科书上还是在其他媒体里听到某个人在讲什么大道理，我的第一反应就是他在放屁、在骗人、在造谣生事。

我曾经无比渴望成为一名电影导演，这个纯朴的愿望来自于一部叫《东方不败》的电影，在一个风雨交加的夜晚我从一个狭小脏乱的录像馆出来以后着魔似的手脚乱颤激动得要命。我想呐喊我想歌唱我想迎着风飞迎着那漫天大雨到处乱飞，以此表达我的欲罢不能。

这部电影构成了我最赤裸最纯真的创作欲望，从此以后我郑重将从事影视制作作为我人生发展的方向。当然那部电影还导致了另一个结果那就是让我疯狂迷恋上了林青霞，并且在以后的生活中只要看到下巴中间有道沟且长相半男不女的人就会心乱不已。

高二时语文老师要求大家畅谈自己的理想，我战战兢兢地说渴望成为中国最牛B的电影导演，结果当场就引发哄堂大笑，我的那些目光短浅的同学们一个个用看怪物的眼光打量着我然后嘲笑我是一傻冒儿，我那同样目光短浅的混账老师也说我为人不踏实，整天就爱不切实际胡思乱想，他貌似善良地劝我还是想想办法考上大学先。我不敢反驳什么，你有理想，他有教鞭，我势单力薄所以我只能逃避只能缄默不言。后来等到高三的时候，我的理想变成了作家，当然我没有敢对任何人说，我要是再说我就真是一大傻冒儿了。

罗嗦了这么多，其实我只是想说明：我的青春期活得是多么压抑。

我是自尊的，我更是自卑的，这两种水火不容的性格在青春期发育成形，然后多年来一直深深折磨着我，让我不堪承受。

3

1997年，我高中毕业，考到了上海，我想当然地以为这个号称全国最为时尚的城市可以开放一点，文明一点，自由那么一点点。可生活了一段日子后，才发现是换汤不换药，人心依然险恶，世道依然狭隘，你要敢说你想从事文艺创作，一样会被别人无情耻笑。

我不想再被别人耻笑，所以我只能被同化，几年的大学生活充分培养了我如下的习惯：

1、开口之前必先说一个“操”；

2、熟练掌握了“傻B”一词的应用技巧，并在日常生活中反复大量使用；

3、不管见到认识不认识的同学，都可以脸不红、心不跳地说声“hi，饭吃了吧”，仿佛大家都是文明人；

4、学会了抽烟。热衷的香烟是八块钱一盒的“红双喜”，曾经一度贫穷到只能抽一块五一包的“大前门”的地步，2000年开始只抽四块钱一盒的“中南海”；

5、吃了生平第一顿火锅，从此爱得一塌糊涂，隔三岔五都要到学校附近的“乐满家”火锅城撮一顿；吃了上千顿三块钱一份的蛋炒饭，和校门外那些做大排档生意的安徽人混得倍儿熟；

6、掌握了不下十种牌技，尤其精通“诈金花”。我和我们寝室的“杨三儿”、“林滔”并称我们系的“金花三贱客”，人见害怕，鬼见发愁；

7、知道了一些衣服品牌，比如“班尼路”和“佐丹奴”，初步学会了一些简单的穿着搭配技巧，知道原先高中时在运动服下穿皮鞋是一种很傻B的行为；

8、或光明正大或偷偷摸摸追求过几个女孩，无一例外都失败了，那些心狠手辣的姑娘们一个个以貌取人，忽略了我冲天的才华，把我纯真的感情扼杀在朦胧之中，死得很惨很惨；

……

人最害怕的就是摆事实讲道理，现在想想几年大学生活下来改变还真不少，其中有一大部分是虚荣的表现，还有一部分我自己都觉得不可思议。有的时候我会对着镜子抚摸着自己的脸庞试图寻找出高中时期的种种锋芒，可我所能触及的只是越来越茂密的汗毛和鲜亮的青春痘，它们无耻地横亘在我光洁的肌肤之上，咯手万分，犹如我堕落的人证物证。

而我所真正想表达的只是：所有的这些变化大大超过了我来上海时作为一个乡下孩子所能预见的全部目标。于是，直到现在我对自己的某种语言或动作依然有一定的陌生感，觉得那很丑陋、很肤浅，其实并不属于我。

也就是说同化其实只是一种表象，我的内心依然无比守旧。最明显的证明就是我依然坚持这个世界上只有我是一个真正的生命体，其他的依然是虚无和假象，由此可见我真是一顽固的人。我听说过上天会保佑吃饱饭的人，却没有听过上天会保佑顽固的人，所以，在2000年以前的三年大学生活中我一直活得比较郁闷，并且不认为在剩下的一年内会有任何改变。

这一点可真让人伤心。

我一直喜欢把大学生活比喻成花朵，那么我的大学充其量也只是一朵开放失败的红玫瑰。

这个比喻好，可以说明一些问题，可以将我一颗敏感受伤的心表露无遗。

4

郁闷的人往往火力过剩，需要找个合适的途径发泄发泄，否则弄不好就会整出杀人放火、抢劫越货之类的生猛举动。

2000年大行其道的网络世界正好给我们提供了近乎完美的发泄平台。上网立即成了最时尚的行为，成了全体火力过猛的男女青年的桃花源，也成了我们这帮毕业前无所事事的混混们的精神天堂。

天堂就是那个可以给你带来快乐忘掉烦忧的地方；天堂就是那个可以让你尽情实现梦想的地方——即将告别校园的我们都是容易受伤的小孩，所以更愿意把自己置于虚拟的世界久久不愿醒来。网络的出现彻底改变了我们的生活方式也改变了我们喜怒哀乐的理由——脆弱的可以从中寻找到坚强，弱小的可以从中寻找到强大，虚伪的可以寻找到真诚，无耻的可以寻找到更无耻的力量。

以上的排比句所形容的就是2000年网络带给我的所有感想，时隔多年回头去看的时候，居然发现那种感觉竟是那么的青涩懵懂，犹如池塘边的睡莲、理想中的初恋。

据说每个人都喜欢在网络上扮演另外一种身份，我很想脱俗但我比谁都俗，我在网络上扮演的是一个情感专家，天天和有爱情的人讨论爱情的甜蜜，和没有爱情的人研究爱情的可悲，日子过得非常荒淫。

该年的六月份，我的荒淫得到了进一步扩大的可能——我在当时特知名的中文原创作品网站“榕树下”有了一个属于自己的情感论坛，我思考了三天三夜综合了无数种可能最终给这个论坛取名为“寂寞疼痛”。我的用心良苦很快得到了丰厚的回报，就冲着“寂寞”和“疼痛”这两名词，祖国各地无数痴男怨女齐聚而来，集体抒发他们内心的“寂寞”，个个“疼痛”得不行。

这些痴男怨女们一个个感情丰富、精力旺盛，仿佛没有人为了当时还不便宜的上网费用而忧愁过，在我的论坛上他们整天说着风花雪月的故事，畅想着更加风花雪月的未来，实在浪漫得可以。很快“寂寞”和“疼痛”就成了他们用来标榜自己生活状态的一种标志，并且为此欲罢不能。

就如此疼痛了一阵子后，我的论坛在“榕树下”网站声名鹊起。那些痴男怨女们近乎变态的热情在最大程度上满足了我的虚荣心。我犹如改革开放后暴发的个体户一样在面对突如其来的财富时感到不知所措。最初的几天我是白天上不好课，夜里睡不好觉，逢人就媚笑，遇事就手脚乱颤，一天到晚像个小疯子一样没心没肺地活蹦乱跳，表现出来的症状和一个神经病患者别无二样。

5

“寂寞疼痛”上的网友大多出生在上世纪八十年代中后期，属于那种生在红旗下长在春风里的宝贝儿，世纪末的时候这些宝贝们正好发育成熟，于是一个个雄心壮志地开始渴望起一种叫爱情的东西来。

2000年的爱情和那年的网络一样泡沫，且没有风险投资又不能上市。于是那年失恋的女孩就特别的多。隔三岔五的就会冒出个小姑娘在论坛发帖子大放厥词说自己又失恋了，生怕别人不知道。除却失恋告白之外她们往往还会信誓旦旦地说在有生之年再也不相信狗屁爱情再也不相信猪狗不如的男人之类绝望无比的话。

姑娘们的绝望很快得到我的同情，我这人没有太多优点就擅长多愁善感，我写了大量无病呻吟的文字像爱护小动物一样精心抚慰那些为爱痴迷为爱疯狂为爱欲罢不能的少女们那惶惶不可终日的心。我总是鼓励她们不要那么绝望还是应该去相信爱情应该再勇敢去爱别人，虽然我自己根本就不是这样认为的。但是我还是那样去鼓励别人好好去爱，由此可见我真是一个很善良的人，当然你会理解这是一种虚伪，是站着说话腰不疼，其实是一个道理，重要的是我确实是那样去做了，而且做得很不错。

很多小姑娘在我的安慰之下重新获得了爱一个人的勇气和力量，她们很快又轰轰烈烈地重新投入到下一场爱恋之中，这真让人感到欣慰。

在这些宝贝们的文字中有大量的词汇被反复提及，类如：小资，爱上一个比自己大八岁的男人，安妮宝贝，同性爱，怎么样才能有效防止便秘，南京东路的星巴克内的蓝山咖啡，资生堂的唇彩有多美……

我就整天生活在这样一种氛围之中，蔓延的胭脂流离，忽男忽女，欲罢不能。

也有女孩试图直接和我交流对爱情的心得体会，她们千方百计弄到我宿舍的电话号码然后给我打电话说要和我讨论爱情，这个时候我则会一改温柔善良的面目，凶相毕露，特别是在对方告诉我她是多么爱一个男人的时候我总会立即打断她然后恶狠狠地说：

“别他妈的和我讨论爱情，恶心！”

我之所以如此回答，往往是因为我嫉妒，我嫉妒自己不会那样去爱别人更嫉妒没有人那样去爱我。一位名叫张国荣的男人曾经在一部光怪陆离却好看得要命的电影里如此说过：任何人都可以变得很狠毒，只要你尝试过什么叫做嫉妒。

这句话差不多可以反映我在2000年面对所谓爱情时真实的心态。

而张国荣自己却选择在2003年愚人节那天从一幢名叫文华的大楼23层的高度上自由下落从而把自己彻底结束了，我不知道那是不是也是因为嫉妒。

6

除了谈情说爱外，我那论坛里的姑娘们还有一个共同的爱好就是模仿安妮宝贝写小说。平时这些女孩一个个号称自己迷恋米兰•昆德拉和杜拉斯的文字，崇尚在午夜冲一杯蓝山咖啡然后听着帕格尼尼的小提琴。虽然我有理由相信她们中绝大多数人和我一样并不知道帕格尼尼是男是女是个老太婆还是一个糟老头，但这根本不妨碍她们去小资，每个女孩只要一开口就是一副“很受伤”的腔调，而这些都是那个叫“安妮宝贝”的浙江女人所引发的。

说实话，你不生活在上海你就无法明白2000年时安妮宝贝对那些痴男怨女的影响到底有多大，很长一段时期，论坛上很多女孩子和我聊天的开场白差不多都是：“你有看安妮的文字吗？我觉得她笔下的女子就是我，我有很多欲望，在这个迷幻的城市里我经常迷失方向……”

这种沧桑的话她们一说就是一大堆，跟拉稀一样轻松无比。对此我大体不屑，因为我知道她们只是在耍酷。耍酷其实不要紧，哪个正在发育的青年男女不爱耍酷啊！可要命的是她们还一个个模仿安妮宝贝去写爱情小说，写给自己看情有可原，但是偏偏到处漫天飞舞地发帖去糟蹋别人的灵魂。

这样的爱情小说无论是语言还是情节都千篇一律，大体都是在上海这个物欲横飞的城市里生活着一不食人间烟火的男子，这个男子高高瘦瘦，看上去很白净并且具有洁癖，男子的名字叫城或者林，这个男人还很忧郁，爱护小动物，注意环保可以为了花花草草掉眼泪，当然这个男人是一个高级白领，虽然物质丰富但是内心苍白，终于有一天见到了一个穿着棉布长裙并且穿球鞋不穿袜子还有着海藻般长发的女孩子，然后两个人有了感情很快开始做爱，他们做爱显然是疯狂的，可以不分场合不分时间只要一方有了性欲就可以如同两台机器一样永远干下去并且不会消耗能量不会产生垃圾场。最后肯定是以分离为结局，弄不好还会死一个，另外一个开始流浪，号称要在流浪中学会遗忘……这种小说的篇幅不会太长，句子也有欠通顺。这帮小朋友遣词造句还没学会就开始描写生离死别的爱情了，确实让人欣慰。

在这些女孩子的小说之中大多都会有精彩的性描写。你千万别以为这些十八九岁的小姑娘对性的理解只是天马行空的想象。如果你真的那么以为只能说明你太愚蠢太封建。就比如说我论坛里好多女孩子都有着丰富的性经验，这些性经验是通过那些在她们身体上呻吟的男人领悟到的。我曾为这个现实绝望过好一阵子，当然现在依然绝望着。绝望过后痛定思痛，我开始固执地认为现在的女孩子到了十八岁只要稍有风情的就差不多都经历性生活了。你尽可以嘲笑我的浅薄无知甚至用心险恶。没关系，你的嘲笑根本不会动摇我的观点，因为我在你之前心已经被伤透过很多次，不，应该说无数次，N个如花如阳光如朝露如春梦的少女们很大方地告诉我她和一些男人的性事，或许只是因为她们知道我是善良的人，善良的人往往是安全的，所以她们都无比乐意把我当成一个聆听者。她们根本没有想到此时此刻我正在肆无忌惮地出卖她们，如果她们知道了我倒很想知道她们会不会不在乎还是很伤心。

有一次在网络上我问一个十八岁的高三女孩子，我说你和几个男生发生过关系了啊？我以为她会立即骂我是变态就算不骂我也会立即愤然告别，可是她没有，她的回答让我恐怖得不行，只听到她用一种骄傲的口气对我说：

“我一共和四个男人做过，两年前有过一个孩子，打掉了……”

虽然当场我就被深深地吓着了，但是为了显示我也不是没有见过世面的人，我立即用毫不在乎的口吻回答：“就四个？还好啦！我昨儿认识一个女孩，人家和十三个男人发生过关系了，光孩子就做掉三个，也才比你大一岁呢。”

我可以对天发誓我不是在吹牛，因为前几天的确有一个十九岁大一的女孩子如此对我说过的。

还有一次一个女孩子在电话里扳着手指头给我数和她做过爱的男生，等到她两只手都不够数的时候，我已经“落荒而逃”了，我怕再听她数下去会当场疯掉。

这样的对话在那段日子里几乎天天可见，于是我的心天天被无情地伤害，伤害得鲜血淋漓，伤害得体无完肤，伤害的终点就是麻木不仁。如果有一天有一个年过二十的女孩告诉我她还是个处女，她很渴望在婚姻前保持贞节完美，我肯定会瞪大眼睛大叫一声：

“鬼啊！”

这就是2000年一些女孩子的情感和性经历的现状，充满了种种血腥的欲望，请相信我绝对没有信口雌黄，如果说你还和我一样有点良心的话。

所以现在，当一个还没有真正恋爱过也没有任何性体验的纯情男生——我，口口声声告诉你我对爱情非常悲观，请你不要把我当做神经病患者，也不要认为我在矫情，如果你和我有一样的经历，或许你会比我更绝望。

7

得意也好，绝望也罢。总之，2000年的那个暑假刚刚开始的日子里，我借着“寂寞疼痛”这一亩三分地活得异常生猛，通常状态下我就以一救世主的身份去面对那些为爱煎熬为爱不能自拔为爱像得了打摆子的女孩们，救世主自然是受人尊敬的，事实也是如此，在论坛里我有绝对的威信，也受到了无数MM媚俗的崇敬。

她们爱看我编织的爱情故事，并身陷其中不能自拔，她们更乐意听我分析爱情的道理并引以为鉴，她们“爱我、宠我、包容我的一切不良行为”，长此以往，我就养成了很多坏脾气，比如有“外地人不聊，男人不聊，老女人不聊”的“三不聊”原则。

我就这样或快乐或忧愁地挥霍着自己大学的最后的日子，大四的课程不多了，最大的烦忧就是找工作，不过这还不是特别急，反正万事拖沓已经成为我们的优良传统。我们可以每天“荒淫无度”睡觉睡到自然醒，没有人会去管你一个毕业生的精神状态只要你别发疯别变态，你可以有忧伤可以有愤怒也可以去写诗，你可以抽烟可以喝酒可以泡妞可以歌唱祖国，也可以快乐可以哈哈大笑可以张牙舞爪不可一世觉得你是大爷你天下第一，当然你还可以跟一帮和你一样无聊的混蛋们到学校附近的通宵大排档喝酒，不醉不归，醉了也不归。

这，差不多就是我毕业前一年的真实生活状态，那是一种自由惬意的生活，一种真正民主的生活，不管你相信不相信，这都不是我的YY而是事实。

而在这个事实中还透露出一个很重要的信息那就是：2000年我好像什么都不缺，除了爱情！

8

童小语就是“寂寞疼痛”上的一个典型宝贝儿——崇尚虚幻缥缈的浪漫，擅长马不停蹄的忧伤，迷恋一切小资的生活方式并且坚持认为那些就是她人生应该追逐的方向。

2000年时童小语十七岁，属于情窦初开的年龄，生活中她压根就不认识几个男人，网络的出现给她提供了恋爱的机会——那年暑假，童小语正和一湖南人疯狂网恋，两个人天天卿卿我我、恩爱无比，简直恨不得能越过这几千里的物理距离立即结婚过日子，热烈得吓人。用童小语后来对我说的话就是“我们都开始商量婚后要买宜家家居了”。

由此你大体也可以明白2000年的少男少女们对网恋的热情是多么真挚和高涨。后来不晓得那湖南傻B怎么就一下子清醒过来了，忽然之间一反常态对童小语异常冷漠，于是童小语变成了童怨女，那湖南傻B在童怨女再三追问之下说出什么“爱会败在时空距离”“遥遥无期的网络让我对你的爱变得那样无能为力”之类沧桑无比的话就消失不见了，简直就是“挥一挥衣袖，不带走一片云彩”，这湖南傻B虽然没有带走什么云彩却带走了童怨女很多眼泪。

童怨女对这段网络恋情的痴迷和执著让我很是费解。总之童怨女网恋失败之后在我的论坛以每天十篇帖子且每篇帖子超过两千字的规模发泄她失恋的痛楚。

一开始我还想以此为典范教育一下那些成天说自己不相信爱情的女孩，想以此证明这个世界上还是有人相信爱的，所以每次都给她的帖子做TOP以便更多人可以看到。可是有一天我发现连我都嫌烦了，她那点破故事我都能倒背如流跟自己亲身经历的一样了，童怨女还是无法停止她的火力成天诉说不止。终于有一天我无法再忍受了我发帖子告诉她凡事适可而止你不珍惜自己的眼泪也要考虑别人的心情你再这样发帖子弄得好像不是你失恋了而是我失恋了，结果她不但不听我的劝告继续发她的控诉帖子，而且目标变得更为明确，以前的帖子的最后总是这样写：“谁能告诉我，我这么爱他究竟是为了什么？谁又能告诉我，我的生命中是否还有幸福？”现在好了，变成：“苏扬请你告诉我，我那么爱他是为了什么，苏扬请你告诉我，我的生命中是否还有幸福。”童小语的口气好像抛弃她的那个湖南傻B就是我，我继续跟帖子说你失恋了哭两声就差不多了，日子总是要过，考试总是要考，失恋的人我见多了，失恋成你这个样子我还是头一趟碰到何况还是网恋？见都没有见过，弄得那么纯情干什么啊？

结果童小语没有再反驳什么，而是可怜兮兮地对我说：“苏扬，你知道吗？我可是第一次那么去喜欢一个男生啊！”

9

童小语对我说这话的时候不是在网络上，而是在虹口公园南大门边的茶坊里，在拒绝了童小语千百次的见面要求后我终于彻底败在她的口水之下答应现身相见。

童小语曾问我为什么总是不肯和她见面，我说我和谁都不肯见面的，她又问这是为什么，我说你怎么有那么多为什么啊？弄得跟十万个为什么似的，干我们这行的是不能轻易和别人见面的。说完我自己也觉得很滑稽，可我确实不是在故作神秘，你可以用你聪慧的大脑想想看，那帮正在旺盛发育的丫头们的幻想能力一个个不要太丰富，你站在高处说几句沧桑的话冷不丁她能把你想象成F4加以崇拜，可你要真和她见面了让她发现其实心中所敬仰的偶像跟身边灰头土脸的人没什么两样那打击得有多大啊？像我这种智慧的人自然不会犯贪小失大的毛病的，所以一直铁了心坚决不和论坛上的网友见面。

后来童小语说我肯定特丑，并且在论坛上大肆宣扬，这小混蛋没有什么特长就数胡诌有一套，结果对我的长相取证成了论坛上所有姑娘最为津津乐道的话题，最后一致的结论就是我生理上肯定有严重缺陷，否则何以连照片都不敢上传一张呢？我一看事态有可能恶化，于是就答应了童小语的见面要求，但是条件之一是她请我喝茶。见面后才知道还是中了她的激将计。

2000年7月的一个傍晚，我顶着还未消失的烈日沿着中山北一路的高架狂骑直奔虹口公园——那几乎是我来上海三年多的第一次一个人骑车“远行”。

在此之前，我最远的出门纪录是坐车到人民广场，当时我的本意是想到人民广场附近的福州路逛逛然后买几本书的，结果我在人民广场附近兜了半个小时还没找到福州路最后甚至都不知道自己在哪里了，心急之下差点报警想冒充白痴让警察叔叔送我回去。

那天我用了半个多小时顺利骑到了虹口公园，然后披着一身臭汗站在约定的茶坊门口等候童小语。傍晚时分的虹口公园门口人流如织，热闹非凡，卖糖葫芦的大爷和卖茶叶蛋的大妈拼命朝你殷勤微笑试图引起你的注意，粗笨的洒水车发出悦耳的音调从你面前飘然而过，一片惬意的繁华景象。

我不停地用餐巾纸擦拭着脑门上的汗水并且反复对着镜子研究怎么样微笑会比较有魅力，间或从包里掏出把小白梳子梳我那凌乱的头发，接着我还担心牙齿上残留着中午吃的韭菜于是不停对着一边铮亮的栏杆龇着牙然后用刚掏完鼻孔的小拇指头不停地剔着果然存在的韭菜叶，我知道我的样子看上去一定很狼狈，但现在狼狈总比等会儿被童小语见到时候狼狈好，我想我是英明的，可就这样狼狈了差不多有半个小时童小语还没有在我面前出现。最后正当我愤怒不已并决定打道回府之际，一直站在我身边的那个穿着浅红色职业装，拎着个很时尚的皮包看上去特洋气的女孩迈着款款碎步迟疑地走到我身边很礼貌地问我是不是叫苏扬，然后在我惊魂未定之际，这个年轻且貌美的女孩说她叫童小语。

10

很多时候生活就是这样充满了讽刺，因为捉弄你的那个混蛋不是你的朋友而是上帝。

我的意思是：很多时候你为了做好一件事而作了充足的准备，可到最后所有的用心良苦很可能是白费，这种白费就是打击，而这个过程就是滑稽。这样的滑稽在我以后的生活中反复出现过N次，搞得我狼狈不堪。

我是说，2000年那个夏日的下午，那个还算美丽的下午当我第一眼见到童小语的时候我深深感到了上帝他老人家给我开了一个不大不小的玩笑，他老人家其实完全没有必要让童小语的气质和外貌超出我的想象能力之外的，就算他可以这样也完全没有必要让童小语看着我不停擦汗并且对着栏杆做出无数种奇怪的笑容的样子——在此之前我一直没有和上海女孩子有太多交往，我想当然以为她们会和我们学校那些奇形怪状的丑女们一副德性，更何况看了童小语在“寂寞疼痛”上的那些哭哭啼啼的帖子一直让我觉得她就应该是那种稚气未脱的小女生，成天背个双肩包蹦来蹦去嘴里咬着棒棒糖吹吹泡泡什么的——不就是一个十七岁的小女孩嘛，不这样还能哪样啊？

可面前这个叫童小语的女孩不但长相成熟且甜美，而且穿着颇似工作了数年的白领，动不动还真诚地朝你微笑，礼貌得让你无法适应，更让我大跌眼镜的是，她真的好高，虽然穿着平底鞋，但依然不在我之下。所有的这些意外都让我事先精心准备的对话内容全部作废，因为我的经验告诉我在这样时尚的女孩子面前我绝对不可以玩弄深沉，否则只会弄巧成拙。于是站在童小语身边我无法掩饰自己的心虚然后浑身又开始大规模出汗，擦都来不及擦。幸好童小语对我的心虚仿佛没太在意她只是疑惑地看着我说了句：天好像没那么热吧。然后就和我一前一后走进了茶坊。

那个傍晚童小语坐在茶坊里的秋千上一晃一晃地对我诉说她的感情故事，讲到被抛弃那一段情节时已经泣不成声，眼睛哭得通红跟兔子似的。讲完之后又问了一通我知道不知道这一切到底是为了什么，然后就瞪着兔子眼死命地看着我，我被她看得浑身打了个寒战，我说我当然不知道了。

童小语说：“你为什么不知道呢？你是情感专家啊，你不是什么都知道吗？”我说我知道才怪，我知道的话那湖南傻B不就是我了吗？说完之后我自己就乐了，我想自己还不知道抛弃女孩的感觉是不是很爽呢，这得回去问老马去。童小语继续瞪着个兔子眼看着我，等我笑完之后才小心翼翼地说：“你笑什么啊？”说这话时她眉毛上扬眼神迷惘满脸的真诚，弄得我又想笑，可是却又笑不出来，然后心中就是一片巨大的空白，是啊，我到底笑什么呢？

“苏扬，你说我还能再去爱一个人吗？”

“会啊。”我毫不犹豫地回答。

童小语不说话，就瞪着我，一脸的不相信。

“肯定会的。”我立即补充说明。

“你骗我，”童小语捏着手中的吸管在薄荷红茶里死命搅来搅去，“你肯定在骗我，我不可能再有爱情了。”她瞪着我缓缓说，然后低头又去搅那红茶，我被她搅得心惊肉跳，我反问：“我骗你干吗啊？骗你我又不长块肉。”我说这句话的时候非常的认真，结果童小语说：“你不要再长肉了，你已经够胖了。”

童小语说这话的时候依然很真诚，真诚得一点都不像在嘲讽我，所以我只能接受，并郁闷不已。

一年后的一天我再次问起童小语第一次见到我的感觉时，那时童小语已经深深汲取了我说话的精髓，就是说什么都要嘲笑别人，只见她缓慢凝视着我然后一字一字地说：“苏扬，你知道吗？第一次见到你的时候我以为见到的是火风呢。”

火风，哈哈，大伙还记得吗？就是十年前全中国到处高唱“抱一抱呀抱一抱，抱着我那妹妹上花轿……”的那个满脸络腮胡子的大胖子啊！

玩笑开大了吧！

11

三年后的某一天我在虹口公园附近租借了一间地下室作为安身之所，茶余饭后我总喜欢一个人沿着虹口公园的围墙走走，一边打发无聊的时光一边趁机回忆点什么。每次路过我和童小语第一次见面的那家茶坊的时候我都会小心翼翼，透过宽敞明亮的落地窗我可以清晰看到我和童小语曾坐过的那张桌椅，茶坊里有时候人满为患有时候空无一人，那个曾经被我和童小语坐在屁股底下的秋千在空中晃来晃去，寂寞得可以。

其实我知道寂寞的不是秋千寂寞的只是我的心，但我不知道一个人如果变得麻木不仁是不是就不会再为消逝的幸福而感伤，反正我是做不到，说实话我很想游戏人间想玩弄感情很想把爱情当成玩具当成游戏可是我根本就做不到，我拿不起更放不下。我痛恨我身上的这些痼疾所以我总是会对自己说：我们之所以会对一个人加以留恋并感伤不已，并不是我们性格里缺乏无耻，缺乏残忍，缺乏喜新厌旧的能力，我们缺乏的只是遗忘的本领。也就是说，如果当一份感情结束的那一天大家就可以立即遗忘曾经的风花雪月，那么谁都会活得很滋润。

在童小语离开我的日子里，我最大的愿望就是寻觅到三样东西：孟婆汤，忘情水，还有一壶名叫“醉生梦死”的酒。

12

“苏扬，你是个作家对不对？”那个傍晚临别之前，童小语虔诚无比地问我。

“什么作家啊，就我那两下子，瞎蒙人的都是。”我实话实说。

“你就是。”她坚持。

“你又知道了？”我不屑。

“那还要说，”童小语非常地得意，“一看就知道你是作家。”

“你倒是说说怎么看出来的。”

“嗯，主要形象很像，因为正常人是不会留那么长的头发的，就算留长发也不会蓬头散发不修边幅的，也就你们搞艺术才会有这种邋遢样的。”

听了这话我刚喝到嘴里的水差点给气得喷出来，为了避免被童小语天真的言语继续伤害我赶紧转移话题，我说，“你很崇敬作家吗？”

“嗯，对的，我还梦想过韩寒向我求婚呢。”

“韩寒？那小子很色的，见到你这样的漂亮姑娘肯定垂涎三尺。”

“不许你这样说他。”她竟然有点儿生气了。

“骗你干吗，我有他电话号码，对了，干脆回头帮你们介绍介绍，说不定还真能撮成好事呢。”

“真的？”她信以为真，笑逐颜开。

“煮的。”我白了她一眼，这丫头真够傻的。

“你们作家都喜欢骗人。”她沮丧万分。

我佯怒道：“我说了我不是什么作家，你叫我作家还不如叫我傻B来的好呢。”

结果童小语当场拼命摇头表示自己不明白傻B是什么意思，等我费尽口舌向她解释清楚傻B就等同于她们上海话里的“戆大”也就是“白痴、十三点、二百五”的意思后，她突然笑靥如花地对我说：“苏扬，那你就是一个傻B作家。”

……

本章插曲

回忆唱给你听

小5 | 回忆唱给你听 |

年少的我和你说起活着的道理
一切靠自己　你说没有关系（我会永远支持你的哦）
我们相识在校园里　你的宿舍在我隔壁
善良体贴的你知道我来自北京
不适应这里闷热的天气

给我送来灭蚊器　免我再次遭到蚊虫侵袭
在外求学的我很不容易
让我十分的感激　在此刻有了你

生活不容易看到了在躲避角落里的你
我觉得那么动人那么美丽
我们对视而笑之已 紧紧拥抱一起强忍了泪滴

学校高手如云（人人成绩优异）拿不到奖学金（我有心无力）
就要校外实习（我是半工读生）不让别人看不起（我心中好委屈）
学校高手如云（流泪想念爹地妈咪）拿不到奖学金（是你让我鼓起勇气）
就要校外实习（听到你的鼓励）不让别人看不起（在冰冷的城市里）

生活是一场战役　几年我们一起努力　毕业舞会之后我们就要分离
这个party 不要忘记了　我们最后的约定 见你美丽地出席
我坚信这份能够维持一生的友谊　带来温暖的动力 不敢说明的感情
可能是我此生都不会说出的秘密　如此期待的party 哭泣没有意义

短暂爱情和永恒的友谊怎么比 怎么比　不舍你随家人移民去　不忍各分东西
不知道大家是否都有这么相似的经历　你永远是我朋友　比我自己更珍惜
我流的泪 你从没有忘记　我犯的错 你从来不会在意
我们齐心合力 当然天下无敌

小5| 回忆唱给你听

第二章 他们

只因那时年少，才把承诺说得太早
只因那时年少，才把未来想得太好

1

在我们学校附近有一个很大的娱乐城，建在地下名叫“帝宫”，里面集餐饮、舞厅、游戏房、网吧、溜冰场等娱乐设施为一体。其中录像厅每天晚上连续放三场片子：一场美国大片，一场香港片，还有一场欧美或者日本A片。录像厅里的座位是那种包厢式的，放前两场片子的时候基本没有什么人，等到第三场的时候男男女女开始疯狂涌入，一对对往包厢里钻。基本上屏幕上“战斗”激烈的时刻包厢里也是战火缭绕，上上下下一片呻吟之声，蔚为壮观。

“帝宫”内的网吧也是我们学校混混们的活动大本营之一，2000年最流行的电脑游戏当属“帝国时代”。当时网吧里硬件之烂是现在幸福的你所无法想象的。CPU大多是赛扬366，显示器是十四寸的模拟机，网络也不好，经常玩到一半脱机。然而这一些根本就无法阻挡我们把最大的热情投入到电脑游戏之上。那个时候，我们会为怎么样才能把“帝国时代”第一级的升级时间加快半分钟而绞尽脑汁；为在第三级造二十七个农民还是二十八个农民争执不下……我玩游戏最高纪录是连续操了两天两夜，最后走出帝宫的时候东南西北黑夜白昼都分不清了，而我们屋的杨三儿更猛，他大四的时候曾有过连续二十九个通宵的经历，被我们惊为天人。

现在的我实在无法忘记在帝宫昏天暗地联机打游戏的日子，一年后的一个夏日夜晚，我和陈淞穿着裤衩躺在上海南汇区一个农场的楼顶上看着不远处浑浊的大海厚颜无耻地吹牛之际，我们惊讶地发现对彼此游戏生活的经历是那么相似。于是我们尽情回忆着那段美丽的岁月，可是回忆着回忆着就开始伤感，那些逝去的日子无比清晰地展现在我的面前，心中的多米诺骨牌一下子倒了，很多似乎已经遗忘的温情一下子充塞在心头。我开始记得冬天的早上全宿舍的人都缩在被窝里然后伸出个头看《相约星期六》，也开始记起在食堂吃饭的时候大声争论学校哪个女孩子的乳房最为饱满，臀部最为雄浑，而有的夜晚会心血来潮地跑到操场上到处寻觅打野战的男女……

这些醋酸的、雄性的回忆现在都一无例外成了我感伤的理由。

2

差不多到了大三的时候，我们专业那些所谓的游戏玩家泾渭分明地分成了两大拨，一帮专攻电脑游戏，还有一拨迷恋街机。大体上而言，玩电脑游戏的混蛋们看不起玩街机的混蛋，觉得这么大了还去玩街机太傻B了，而玩街机的混蛋们更看不起玩电脑游戏的，认为他们都是弱智。这两拨人个个心比天高，鼻孔朝天赤裸裸地瞧不起彼此，大有水火不容之势。而我在玩游戏这方面则充分体现了博爱的宽广胸襟，我既玩电脑游戏也玩街机，并且玩得都很成功，对此我的形象类比是：假如你是一个成熟的嫖客，那么在你嫖娼之前有必要去分清是中国妓女还是外国妓女吗？

可是没有人愿意接受我这个生动形象的理论，他们继续互相谩骂，彼此蔑视，决定老死不相往来。

我最为钟爱的街机游戏是“格斗九七”，也就是“拳皇”，说起来我和我的好兄弟顾飞飞还就是通过打格斗认识的。

“帝宫”的上面就是一个名叫“小世界”的街机房，“小世界”里的机器特别多，也很新潮，整个上海都难找出第二家规模可以与之媲美。因此“小世界”人气很旺，里面什么样稀奇古怪的人都能看到，在“小世界”里我经常能看到我们系的一哥们，此人高且巨瘦，形如麻秆，皮肤黝黑，长长的头发永远蓬乱着，弯弯曲曲罩在头上像一个大帽子，然后一副黑框眼镜恰如其分地把他和民工行之有效地区分了开来，微薄地证明着他还是一知识分子。

麻秆仿佛寄养在“小世界”里一样，无论我什么时候到“小世界”玩都可以看到他背着个双肩包手里颠着游戏币晃来晃去，麻秆每次见到我都要上来和我单挑97拳皇，还好麻秆格斗作风颇为正派，不会像一些无耻之徒一样空发必杀技，实力也很强不在我之下，就这样格斗了一段时间我们互生好感，可却绝少讲话，顶多有的时候谁忘记带打火机时会说一句：“嘿，哥们，火机借用一下。”

2000年4月的一个傍晚，我百无聊赖，完全没有心思上网或者玩游戏，于是躺在床上边抠脚丫边思考了人生，思考了半天最后得出的结论就是：生活是一个巨大的无聊场，而思考人生则是世上最为愚昧可笑的行为。明白这个真理之后我决定到操场上跑步，无论如何流点汗要比思考人生有意义得多。

跑步的时候我物我两忘，完全忽视了那些在操场上正互相大力抚摸对方的男女，最后等停下来到司令台休息的时候才看到上面坐着一人，远远看去此人低头抱脸，腿动也不动地悬在空中，犹如死人一般，等走近才发现他的双肩在急剧抽搐，伴随着抽搐还有他低低抽泣的声音，深更半夜一个男人的哭泣显然是值得别人去研究的，于是我走到那人面前且小心翼翼看着他，他哭了半天后来大概累了抬头看了我一眼，结果我给乐了，我说这不是那个成天泡在“小世界”和我格斗的麻秆吗？

麻秆看到我显然也很吃惊，脸上的泪水也来不及擦，就愣在那里，一脸的无辜。

我扔给他一支“中南海”，然后一屁股坐到了他身边，坐下去的同时我长叹了一口气，恰如其分地抒发了自己内心的惆怅，及时地向他证明我是友非敌，我给他把香烟点燃之后无比深沉说了句：

“操，真他妈郁闷啊。”

“我也郁闷，”麻秆顺着我的话也感慨起来，“这日子简直没法过了！”

3

N天以后，麻秆成了我最好的兄弟顾飞飞，我们相依为命地度过了毕业后一段极为郁闷的日子，这里的郁闷显然力道苍白无法表达出那段生活的真实状态。总之在我居住的地下室里，我们共同面对老鼠、蟑螂、潮湿、不知名有着无数条腿的小虫子、安徽民工的恣意挑衅等诸多危机共同生活了大半年，在那远离地面远离阳光的大半年内因为有他的陪伴我才觉得人生不是很绝望。

我问顾飞飞为什么会一个人躲在司令台上哭，他很坦然告诉我，哭只是因为他突然觉得很对不起他女朋友，伤心所致。我被他的用情之深给感染了，我又问他为什么会觉得对不起自己女朋友呢，对此顾飞飞的解释是因为他刚刚又谈了一个新女朋友。

听了顾飞飞的话我半天说不出一句话，最后才从牙缝内挤出两个字："英雄。"

总之那晚我和顾飞飞交谈之后颇有相逢恨晚的感觉。五月中旬我们寝室的一哥们和他男友到外面租房同居了，正好空出了一个床位。大四一开学顾飞飞向院里申请搬到我们寝室住，那个时候院里的老头老太们只要我们毕业生别出去杀人放火什么事情都好商量。顾飞飞搬过来之后，我们成天吃喝玩乐，间或畅谈人生理想，优哉游哉，日子过得着实荒淫无比。

4

前面交代过：我是一个多愁善感的人，不但善感而且敏感。我一直觉得自己比别人多出一份莫名其妙的忧伤，之所以说莫名其妙是因为我实在想不出有什么忧伤的理由。常常是在和别人瞎胡闹哈哈大笑的时候就会内心一片苍凉，等停下来更是悲伤不已。要不然就是一个人好好地在看书或者在走路，走着走着就会伤心起来，接着四肢无力，内心荒芜，什么都不想做了，就赶紧回到宿舍和着衣服躺在床上瞪着大眼睛看着上方跟死人一样。

很长一段时期内我都为自己这个可恶的习惯而心烦意乱，而这种情况在进入大四之后变得越来越频繁，且具有强烈规律性，犹如女孩子的例假一样会定期拜访，让我身心疲惫。而每每此时，顾飞飞和老马此类不知烦恼为何物的混蛋准保会嘲笑我，他们会在嘻嘻哈哈一阵子之后说："嘿，哥们，你他妈又痛经啦。”

有一次“痛经”的时候我试探着问顾飞飞会不会一下子心情很不爽，觉得人生突然没有了希望。

结果顾飞飞理都没理我就脱口说：“傻B才会呢。”

顾飞飞的话让我很伤心，我决定不理他。

后来还是我们宿舍的情圣老马及时诊断出了我的症结所在，老马大力拍着我的肩膀奸笑着说：“弟弟，长大了嘛，是时候找个女人了，再这样光棍下去，弄不好就废了。”

只是老马的话从某种角度来说是对的，可从另外一个角度来说，连屁都不如。

正所谓巧妇难为无米之炊，丫不是不知道我们的生存环境是多么险恶，要想在学校里收获爱情无疑痴人说梦。

没错，是时候介绍一下我就读的大学了，我们学校是一所理工类大学，学校里面男人暴多，女人暴少，阴阳严重不协调，物以稀为贵的原理在我们学校得到了最为充分的论证。因此经常可以看到一帅哥胳膊里夹着个奇丑无比的女人屁颠屁颠地招摇过市，还自豪得要命。

我学的专业美其名曰：机电一体化——不过说实话，到我毕业工作三年了到现在我都没弄明白这狗屁玩意儿到底是怎么一回事。我们班一共三十五人，其中五个女孩子，数量少就不说了，这五个还都是丑得别具风格，惊天动地。

我带着满腔的理想和热情来到上海，然后就看到那五个丑女，伤心了，绝望了。虽然在其后的两年新生报道的时候曾经激发起新的热情，可是同样因为数量太少加上质量也不好而变得彻底放弃。

哀莫大于心死，基本上，说的就是我这种情况！

5

我渴望在大学里谈一场风花雪月的恋爱的念头由来已久，我一直幻想有朝一日可以肆无忌惮地挽着一位长发披肩的姑娘然后带她去看美丽的夕阳——这个质朴的愿望在我高中时期尤为亢奋并且成了我考大学的动力之一。这句话听起来挺没出息的，可事实上就是如此，没有出息总比虚伪高那么一点点，如果我说我考大学是为了早日实现四个现代化是为了共产主义你信吗你？更何况再没出息的事情我都做过——我高考第一志愿填的是北京一所医科大学只是因为我暗恋的一位学姐考到了那个学校。

在我的父母眼中我打小就是一个正直的人，正直到从来不和任何女孩子讲话，正直到在路上看到一群女孩子迎面走来会低头匆匆走过或者干脆掉头逃跑。直到初中我依然保持这种纯朴的禀性，我的父母一直以此为豪，他们根本不会考虑我这个样子很可能是白痴而不是正人君子，反正他们逢人就夸他们拥有一个类似柳下惠之流的儿子。其实他们是被我欺骗了，一个正在疯狂发育积极长高的少年如果对女人都不感兴趣的话那么他这辈子也算没有什么出息了。我的父母都是我就读的那所初中的老师所以我还不至于猖狂到在他们眼皮底下作奸犯科，而等到我去另外一个学校读高中的时候我的狼子野心才得以暴露。

高一第一学期我就和班上的一个小姑娘暗里好上了，虽然在所谓初恋的几个月内我和那个女孩说过的话加起来不会超过十句所做的最为出格的事情就是在一条黑暗潮湿的巷子里互相亲吻对方稚嫩的嘴唇，而且那意义重大的第一次还因为我的口臭变得身价大跌，可是我知道我们是深“爱”对方的，这里的爱要加上双引号不表示否定而是强调。我给她写了大量的情书，每一封都情意绵绵、山崩地裂。我估计我现在之所以有比较好的表达能力多少与之有关，而每次星期六回家后我会站在小桥边看着流水、看流水上的鸭子然后强烈思念那个女孩子，思念到饭都吃不下去，思念到夜里睡觉睡不着。

后来不知道这事怎么让班主任给知道了，我们班主任是一个二十几岁的小伙子，刚从扬州师范大学中文系毕业，满脸泛红的青春痘，一看就知道是那种性欲旺盛却缺少发泄的人。这个性欲旺盛的家伙和我说了很多大道理，然后欺骗我说到了大学里就好了，想怎么谈就怎么谈，同居都不要紧，并现身说法说自己在大学的时候玩过N多美女还不要负责。虽然我对他的长相表示强烈的怀疑但是最后还是相信了他，对一个正在发育的少年人而言没有什么比同居更加诱惑身心了，这个可恶的家伙欺骗了我最纯真的憧憬让我误以为只要考上大学就是翻身农奴把歌唱，就可以毫无顾忌地喝酒、抽烟、骂人、谈情说爱。于是从班主任那回去之后我就向那女孩提出分手，且不给任何理由。只是没有想到那个女孩子也爽快，说反正自己有病了，分就分吧。结果我一冲动，想人家都有病了现在不要人家是不是有点不人道呢？我问她什么病她又死活不肯说，这让我痛苦了足足有两年。

那两年我是在内疚和负罪感中度过的，两年内我哭泣了不下一百次，觉得天永远是灰的世界是冷的，生活是痛苦的，我甚至想到了自残。直到高三毕业时我才知道她当时所谓的有病原来是怀孕了，而把她肚子搞大的那个男人就是我那个满脸青春痘的班主任。

这就是我初恋的故事，颇具有一点残酷的意味。我曾经声泪俱下地和很多女孩子讲过这个故事，并适当地夸大了几分。很多善良的女孩被当场感动得不行，她们说我是一个可怜的孩子，可怜的孩子自然是需要一份新的感情去呵护的。基于此，我有理由去相信，大学里我还能赶上最后一趟班车，进行了一场还算浪漫的黄昏恋多多少少和这个故事有莫大的干系。

6

不过，说起老马，就挺有必要简单介绍下我的室友们，他们个个千奇百怪，野蛮生长，只是回忆起来却又可爱之极。

我们刚上大学那会儿还没有四人一间的学生公寓这个说法，学校把一幢建了三十年的老房子外面刷了层石灰水然后又搬进去几件旧家具就成为了我们的学生宿舍。我们宿舍一共六个人，分别来自祖国六个省，长江南北各三个。

大一那会儿人心很不齐，个个想做大哥，成天搞内战。大体上而言，南方的人比较阴险，北方人比较有力量。所以内战了一年谁也没有做成老大，后来还是最没创意地按照年龄大小来排位。

来自甘肃的司亚东以1975年出生的高龄排名第一，被我们尊称为老大。老大司亚东身材雄伟，满面横肉，胸前长毛，肌肉多多。你要知道司亚东是1975年生的还能知道他是一个风华正茂的小伙子，你要不知道年龄光看那长相你会以为是1957年出生的老头呢。

老大为人仗义，酷爱打架，大学四年发动了N次暴乱，率领我们宿舍五个精强力壮的小伙子南征北战，打遍整个宿舍楼无敌手。大四毕业前喝散伙酒的时候，大伙事先商量好要搞搞老大，于是一个个感慨这四年若不是老大的英明带领，我们决计活不出现在的尊严。听得老大感动不已，眼泪狂流，最后端起一瓶白酒，仿佛有什么话对我们说，结果嘴唇颤动了半天什么也没有说出来，突然一仰头一口气把一瓶白酒全给喝了，喝完之后人直接给倒下了，在床上躺了三天，差点死掉。老大此举被我们视为偶像。毕业之后老大回到了甘肃，轰轰烈烈开发西部去了。

老二就是老马，老马睡我对面的床，每天我们在彼此的对骂中面对日出日落。老马是安徽人，为人多情，学习暴烂，生平一大爱好就是谈情说爱。老马很帅，身材健硕修长，嗓音雄浑低沉，长相酷似韩庚，凭借着这个得天独厚的条件老马以玩弄女性而闻名于世，成为全校男生咬牙切齿的对象。老马在大一大二两年恋爱了不下十次，每次都死去活来（女孩死，他活），且最后能全身而退，因其下手之准、分手之快而获得“禽兽”这一至高无上的称号。大学前三年禽兽老马于万花丛中翩然起舞、流连忘返，“见人杀人，遇佛灭佛”，过得颇为得意，后来或许是上帝不忍看到生灵涂炭，于是就发配了一个叫赵霞的女孩到老马身边，牺牲了一个人解放了全人类——大三快结束的时候老马突然疯狂迷恋上了山西姑娘赵霞，并且爱得莫名其妙，爱得欲罢不能。

野蛮的老马以前追求女孩子时仗着自己是帅哥总是很拽地强行拉人家去约会，幸好现在的女孩子大多喜欢男人野蛮，更何况是一个英俊的男人去野蛮，所以老马是百试不爽。没想到这次却害羞了然后采用了最为原始的方法：每天晚上一张三十元的201电话卡，然后在熄灯之后躲在桌子底下和赵霞温馨夜话，跟个疯子一样。那个叫赵霞的姑娘我见过，比我们低一年级，模样清秀，穿着普通，走路从来不见抬头，而且喜欢用长发遮住自己的眼睛，浑身透露一股乡土气息。真不晓得老马怎么就为这种女孩欲罢不能的，最要命的是这个姑娘死活还不理我们老马，一直把他当流氓看待，却又从不拒绝这个流氓的电话，属于不给你希望又不让你绝望的那种性质，特别恶劣。

大三结束后的那年暑假老马在赵霞二十岁生日前一天坐了二十八小时的火车赶到了大同——赵霞的家乡，在大同火车站和一帮乞丐挤了一夜，第二天早上终于见了赵霞一面，并亲手送上了鲜红的玫瑰，老马认为这就是浪漫可是赵霞却认为这是变态，赵霞当场愤怒地将老马的玫瑰给扔了，赵霞说你得立即回去，要让我爸爸妈妈发现了你还能不能回去就谁也不晓得了。心碎的老马特受打击一时间觉得天旋地转差点没来个当场晕倒，于是又站了二十八小时火车往回赶，回到上海的时候身上只剩下一块钱了，正好可以坐没有空调的投币车。后来老马在学校门口见到我时像看见亲爹似的叫喊着就往我怀里猛钻，哭得那个叫伤心。

那个暑假剩下的日子里老马意志消沉，天天寻死觅活，不管看男人还是女人一律都是哀怨无比的眼神。我们都说这是报应，简直大快人心。老马也咬牙切齿说再追赵霞他就是大伙们的孙子，结果大四开学后老马又继续以一天一张电话卡的频率和赵霞温馨夜话，弄到最后大门口卖电话卡的老太婆都不敢把卡卖给他了，以为这小伙子有什么非法收入呢。有道是：天理循环，天公地道，当老马打掉的电话卡可以绕学校一圈的时候，他终于成了赵霞的初恋男朋友。从此以后在学校里总是可以见到我们的大孙子老马牵着自己那永远低头的女朋友的小手，洋洋得意，幸福无比。

7

老三姓杨，其真实姓名几乎被世人忽略，我们都管叫他杨三儿，简称“三儿”。三儿是河南人，体态肥胖，皮肤白净。三儿以行为疯癫而闻名于全系，大一刚进校没几天他就彻夜狂背英语单词，不眠不休，结果两个星期后就号称把四级词汇全部背光了，然后又花了一个星期把那些单词全部忘掉了。大二的时候我们系男生中间刮起一股减肥浪潮，三儿首当其冲，每天熄灯领着一帮老爷们围着四百米的跑道狂跑，别人一般跑个三圈四圈就累得不行，三儿却每天坚持跑三十圈，跑下来还兴冲冲去打篮球，非常疯狂。三儿在大二下半学期的时候迷上电脑游戏，从此变成游戏狂人，经过一年的疯狂操练终成正果，成为我们那一届全系第一游戏高手，深受同行的尊敬。三儿大一还拿过三等奖学金，从二年级开始一落千丈，最终磕磕碰碰毕了业，现在的身份是流氓，生死不知。

毕业一年后，当初在“帝国时代”里骁勇无比、酷爱杀农民的杨三儿成了一个无业游民，成天游荡在彭浦新村一带，通过一年多的孜孜奋斗，终于成为了当地一个颇为成功的流氓。

有一次我去看望他的时候他还在睡觉，当时已经是下午三点了，杨三儿说除了睡觉他实在想不出什么方法可以打发百无聊赖的时光，这句话从一个二十几岁的小伙子口里听起来多少有点悲凉。在他租借的房间的墙角是一排“延中一加仑”的塑料瓶，里面全部是黄黄的液体——那是杨三儿一个月的尿的综合。我问他在上海没有工作为什么不回河南老家。他却愤怒地回答：“不回，死也要死在上海。”杨三儿说完这句话后就不再理我而是继续蒙头睡觉，他的身体在薄薄的被子下面微微颤抖，我不知道那是冷还是因为他在哭泣，我宁愿是后者。在游戏里他是帝王是君主是万千少女崇拜的偶像可是现实生活中他什么都不是只是一个无业混混。杨三儿一直都是一个很善良的人，善良到不会留恋过去的光荣和梦想，其实我知道他不是不会而是不敢，现实的艰难更加坚定了我这个观点，一旦一不小心触动了，再细微的失落也会让你彻底绝望，而与其绝望，不如遗忘。

老四是黑龙江木兰县人，身材比三儿还要庞大几分，所以我们又称老四为“大海”。大海的脑袋又黑又小，且动作灵活，所以每次看到老四的头我都会不由自主想到龟头。老四有几大特点，一是睡觉睁着眼睛，要说有些人睡觉不合眼睛也不是很夸张，可是他几乎和不睡觉时没什么两样，有的时候你半夜不小心看到他发现他正睁大着个眼睛看着你，能吓得你直接崩溃。老四第二个特点是爱听黄梅戏，每天晚上熄灯以后他都要拨弄他的小破收音机收听黄梅戏，听到开心处还跟着哼两句，后来在我们集体抗议下改听京剧了。老四第三个特点就是爱批注红楼梦，老四有不下十几个版本的红楼梦，每本书的前几页都密密麻麻写着他的批注，而到后面就不了了之了，由此可见他是一个博学的人，最起码是一个伪博学者。老四不但博学而且心灵手巧、胆大心细，曾经无数次改造我们宿舍的电路结构，让我们可以肆无忌惮地用各种大负荷的电器设备却不会电费超支。老四还有一个神奇的地方就是每次考试前他都可以弄到前几年的卷子，按理说他认识的人不多，这卷子怎么搞来的非常奇怪，老四也不点破个中原因。此外，老四还精通各种作弊的方法，有些方法会让你由衷感慨人类的智慧生命的美丽，在老四的援助之下，我们宿舍每次都是拿奖学金拿得最多的。老四为人豁达，心胸宽广，不管你和他说什么，他都笑嘻嘻地对你说没问题，恨得我有时候真想问问他女朋友能不能让我睡睡，看他还有没有问题。

8

老五名叫林涛，浙江金华人，我们都叫他小五子。小五子比我们晚进宿舍几天，当时我们几个新生正在靠打牌加强感情，打着打着就看到一个身材修长、一头长发、穿着大红外衣的姑娘拉着个行李箱出现在门口。老大司亚东冲那姑娘特友好地说："同学，这是男生宿舍。"结果那姑娘把额前的长发往后拨了拨，细声细语说："嗯，那就是这里了！"当场让我们绝倒——原来是一哥们，可丫连声音和说话的神态都像极了女孩子。等后来混熟了，我们都叫林涛"女人"，林涛也不生气，只要我们大叫一声"女人"，林涛总会回应："干吗啦！"接下来保准就有男生说："你丫快过来，让大爷XX……"

林涛在大学时期一直长发飘飘，穿着妖艳，风情万种，如果你不看他的胸部，或许会认为他是一个美女，如果你看了他的胸部或许也会认为他只是一个平胸美女。大学几年下来关于他像女人有几个故事一直在同学中广为流传：一次他和一个男老乡到人民广场去玩，他坐在栏杆上低着头，一个卖花的小姑娘跑到他老乡面前可怜兮兮地说："哥哥，买朵花给姐姐吧。"

他老乡比较逗："姐姐在哪里啊？"

卖花的小姑娘立即跑到林滔面前叫姐姐，结果林滔一抬头，对小姑娘和颜悦色地说："这里没有姐姐的。"

结果这个小姑娘也逗，她又跑回去对他那个老乡说："哥哥，那你就买朵花给哥哥吧。"

还有一次他在香港名店街里面给他朋友买衣服，服务员走过来说：“小姐，你要什么样的衣服啊。”

林滔说：“不是我买，是给我的朋友买。”

结果那服务员看着林滔特纳闷地问：“你是给你的男朋友买还是女朋友买啊？”

林涛在大三结束后搬了出去，据说一个爱他爱了六年的男人从英国回来了，他们开始同居，从此过上了幸福的生活。

老六就是我了，似乎是最平淡无奇的人，反正通篇讲述的都是我的故事，在此就不多说。

以上就是我们宿舍六个人的素描，时光荏苒，我至今都可以清晰回忆起每个人的模样，上至精神，下至汗毛，虽然当时的我们并不见得有多和谐，但我知道，那段时光相比日后的艰辛和无奈，的确值得一生去珍藏。

我遇见谁会有怎样的对白
我等的人他在多远的未来
我听见风来自地铁和人海
我排着队拿着爱的号码牌

那时年少
MEMORIES

本章插曲

在夏天的街角等你

配乐 | 在夏天的街角等你 |

过了九月
我就是一个真正的毕业生
我的学生生涯就开始倒计时

过了九月
夏天就走了秋天接踵而来
我们开始脱掉一些衣服
然后换上另外一些衣服

过了九月
我们的青春又少了一程
我们又开始年老一分

过了九月
我们继续保持庸庸碌碌的生活
昏昏沉沉的人生
却又是在这样简单烦琐的过程之中
开始长大成人

配乐 在夏天的街角等你

第三章 单纯

只因那时年少，才把承诺说得太早
只因那时年少，才把未来想得太好

1

2000年的暑假我没回家，暑假的两个多月内我和童小语见面了不下十次。几乎每次都是被她花言巧语骗出去的。因为第一次她的形象给我的“打击”实在太大了，和这样一个青春活泼、漂亮时尚的上海女孩在一起，说实话，我非常自卑。

不过值得庆幸的是童小语再没有像第一次那样扮相成熟，而是呈现出一个十七岁小姑娘的本色，通常穿着花花绿绿的休闲服、牛仔裤什么的，头发也不再披着而是扎着马尾辫，高高地翘在头上，说话的时候摇头晃脑，走路的时候蹦蹦跳跳，活力四射。

我问她为什么第一次要打扮得那么成熟，童小语说是因为害怕我是一个中年人，如果她看上去显得太孩子气的话会和我之间有代沟所以故意那么打扮。童小语说真没有想到我还蛮年轻的，说到这里，童小语嘻嘻哈哈笑开了仿佛比我还要开心。

我们约会的地点大多是在以虹口公园为中心向外发散一公里范围内。虹口公园旁就是虹口足球场，前方就是四川北路，附近更有出名的甜爱支路，那里风景宜人非常适合男女恋人约会。我和童小语不是恋人而且喜欢假装纯情，为了表示彼此内心坦荡如砥动作之间更是泾渭分明，仿佛一旦被别人误认为在恋爱就会名节不保。

一开始童小语还能请我去虹口公园门口的那家茶坊喝茶讨论讨论人生什么的，后来，看到我永远一副心安理得的样子给吓怕了，于是嚷着说外面的风景秀丽空气新鲜适合聊天，于是我们俩犹如两个小特务一样，隔着好几尺的距离站在虹口足球场高大的水泥墙下聊天。那个时候往往夕阳西下，夕阳夸张地把我们的影子拖曳在足球场的围墙上，我看着我们的影子先是在眼前，一转眼就到了我们的屁股后面。而每次谈话她都千篇一律地把她哀怨无比的心情先讲述一遍，有的时候我烦了就会问些问题转移她的思绪：

“你有想过下次找什么样的男朋友吗？”

“当然想过——常常想呢。”童小语显然对我的话题非常感兴趣。

“不会吧，”我瞪她一眼，赶紧嘲她，“用不着这么投入吧，你倒是说说看。”

“好的啊，”童小语眉飞色舞地对我说，“第一要有钞票，第二要长相要灵，第三要对我好。”童小语说这三点的同时“刷刷”地在我面前伸出三个细细长长的手指头，晃来晃去。

童小语在说完之后显得很兴奋，丝毫没有看见我正冲她瞪着眼睛还不停吐舌头表示不可思议。童小语继续欢天喜地地说：“这三点中呢，特别重要特别重要的就是要对我好，不管我叫他干什么他都要答应我，不管什么时候都要把我放在第一位，嗯，就这样。”童小语说完之后自说自话地点点头。

我实在不愿意打破她美好的幻想可还是忍不住问了一句：“如果他对你不好怎么办呢？”

“打啊！”童小语回答得干净利落，“他对我不好我就狠狠地打他，就这样……”童小语说时化掌为拳，然后捏着个小拳头在我面前挥来挥去，并且龇牙咧齿作凶神恶煞状。

“怎么样啊，”童小语很是挑衅地看着我，“我说苏扬，你看我能找到一个心甘情愿让我打的人吗？”

我仔细思考了一下，在确定她的拳头并没有太大杀伤力后放心地说：“当然可以了，这年头想打女人不现实，想挨揍还不容易？”

2

在那两个多月内我和童小语还通了N封电子邮件，据不完全统计这里的N肯定是在一百以上的。童小语就像做家庭作业一样每天向我汇报她一天之内的所有活动内容和心情感悟，完全不顾及我的情绪。她觉得这样做很有意义虽然我觉得这样做很傻B，可有什么办法呢？因为她根本就没有考虑过我的感受，而事实上我的感觉还很不错。

童小语似乎很乐意和我分享她的一些小秘密，比如：她又和自己的同桌闹不开心了，原因是她上课睡觉的时候被老师抓住了而她的同桌没有及时把她叫醒；上课时班上一个女生不小心放了个屁，臭了半个教室却没有人承认其实她知道就是坐她前面的马小丽；放学回家的路上又有人把她拦住问她是不是章子怡，非要让她签名，她已经N次被人认为是章子怡了，为此她很烦闷……就这些琐碎的、烦乱的、对我毫无意义的事情占据着童小语给我的email的绝大部分内容。除此之外，童小语还非常霸道地给我灌输一些她认为很有趣味的事物，比如：各种各样的头绳、贴纸、小挂件，花里胡哨的笔记本，香港名店街里十六块一套的大头照贴，亚兴生活广场的鬼屋，正大广场地下一层吉时客的黑椒鸡翅，SES，“衣恋”的绒线衫……她很喜欢这些东西于是也想当然地认为我会很喜欢——事实上，在认识童小语之前对这些东西我是一无所知的，任凭我想象力再丰富我也实在想不出我的生活和贴纸大头照会有什么联系，可经过她的反复熏陶之后却也成了半个行家，能滔滔不绝说出个所以然了。这些知识在以后和其他女孩子的交往过程中起到了很大的作用，我充分明白了这个城市的小女孩真正的喜好然后体贴地让她们感到异常幸福。

稍作总结，通过那两个月的交往，我清楚地知道了以下一些童小语的情况：

1、童小语最骄傲的事情：去过英国、韩国、美国、日本……见识过了资本主义国度的高度发达，也领略过中华的大好山河，不过对这些童小语并没有太多感悟，倒是对自己乘过不下五十次飞机津津乐道。

2、童小语最心烦的事情：她的身高。童小语无数次抱怨她的身高，“怎么就长这么高呢？”童小语常常这样反问自己，然而让她更加心烦的事情是：她还在继续长高，用童小语对我说的口气就是：“真是讨厌死了，还在长高呢。”

3、童小语最得意的事情：是学校的领操员。每个星期二的上午九点半是她们学校的早操时间，那个时候童小语就可以站在两千多人面前领头做早操，非常神气，于是童小语希望每天都是星期二。

4、童小语最擅长的事情：拉手风琴。八岁的时候考出了当时全国最高级——八级，不过现在好像又升高两级了，每每提到这个，童小语还会很愤怒，高呼不公平，但是不公平在哪里，她又说不上来。

5、童小语最伤心的事情：2000年暑假谈了一场网恋，以失败告终，结果元气大伤，开始思考一些深刻问题，诸如：人为什么要活着，活着为什么要谈恋爱，谈恋爱了为什么会失恋，失恋为什么会那么伤心之类的看上去很沧桑其实毫无意义的问题。

6、童小语最爱吃的东西：肯德基的鸡翅，她可以一口气吃五个。童小语最不爱吃的东西：麦当劳的鸡翅，童小语说她连看都不要看一眼。

7、童小语最爱的人：韩国的SES，童小语说听她们唱《Tell Me》的时候都很伤感，听一次，哭一次。

8、童小语最尴尬的事情：长得太像章子怡，经常在马路上被人家拉住要签名，童小语无比讨厌章子怡，因为觉得她心机太重。

9、童小语最担心的事情：她家对面在建的高层已经快超过她家的高度了，童小语担心以后在家里换衣服被对面的人偷窥怎么办？总不能永远拉着窗帘吧？

……

关于这个排列，我还可以滔滔不绝写出很多，在我二十一年的人生历程中从来没有哪次像那两个月一样去充分了解一个女孩子，从她的喜怒哀乐、生活习性到她内衣的品牌、三围大小，甚至她的生理周期。童小语如同一个不知疲惫的小疯子一样把她旺盛的精力放在了和我交流之上，她一边迫不及待地把她十七岁的全部世界向我展示，一边从我的安慰中获得了巨大的满足感。

我是说：童小语生性善良，想象力丰富，却一直找不到一个志同道合的倾诉者，我恰如其分地出现，一定程度上给她提供了倾诉的可能。童小语为人老实，经常被她的同学欺负，往往是敢怒不敢言，想言也说不过人家，因此所有的苦水只能往肚子里咽，干吃哑巴亏。我的出现给她提供了完美的发泄渠道，她知道，无论她对我如何抱怨，我都不会有半点怨言的。所以，大体上，在和童小语最初交往的那段时间内，我充当的就是这样一个角色：政治老师、闺蜜、沙包。

我其实并不反感扮演这样的角色，我的大学一直平淡无奇，郁闷是生活最大的主题，现在有一个人烦你闹你最起码不会显得很寂寞。俗话说得好：下雨天，打孩子，闲着也是闲着。更何况童小语虽然烦，但是绝对不让人讨厌，非但不让人讨厌，而且时时还会为她的一些天真无邪的举动而感慨万分，因为现如今你要去找一个很漂亮很时尚很风情甚至很风骚的女孩都不是一件难事，但是你要找一个很纯真的上海姑娘却绝对困难，这个道理我明白。

所以当顾飞飞后来询问我对童小语的评价的时候，我都会无比认真地说："她可是一个好人啊！"

好人童小语偶尔也会对我的一些观点表现出一定的兴趣，比如有一次我在给她的email中说了很多对上海人的看法，其中对上海人的一些性格行为颇有微词，言语也很激烈，我以为每个上海人看了之后都会义愤填膺的，没想到很快就得到了她的认同：

苏扬大叔你好，身为一个上海人，我并不反感你说我们的那些坏话，因为我觉得你说的是对的——最起码不是错的。因为我也有一些与你相同的或者说是如出一辙的想法和体会，我没有你那么好的文笔，真的，这点我承认，上海人的某些行为举止确实是让本人看不惯的，而且是厌恶至极，可又有什么办法呢？也许我的一些行为会被别人看成是傻瓜，可我就是愿意那样做，不管别人怎么说，这就是我的做人原则。其实话又说回来了我好像没遇见过out of原则二字的状况！嘻嘻，心里黑咕隆咚的，呵呵。我也不知道自己在说些什么，只想跟你回个信，告诉你我其实很同意你的一些观点。如果说我现在很信任你，这话绝对不假，如果你问我对你有多少信任，我会回答你：一角（十分）。

好了，其他我也不多说什么了，就这样吧，我惜字如玉，嘻嘻！

PS：我再次强烈提醒你不要动不动又自卑了，自卑会对身体不好的！而如果你身体不好了，我肯定也不会开心的！

Ok，就这样吧，哥得白了。

童小语

大叔！我擦，有木有搞错！

我强迫自己脑子中不要联想A片里猥琐大叔的模样，因为童小语绝不是跪在大叔面前的美羊羊，但我真的承认，童小语这样一封语句不通甚至有点言不达意的email给我的生活带来了很多快乐，以及，比快乐还要更美好的情绪，那就是幸福。没错，童小语言语之中的那股稚气和纯真总是将我深深打动，当然幸福不只是被感动，从这样的信中我知道童小语是极度信任和依赖我的，并且对我稍有爱慕，这点尤其让我欣喜不已。

当然，童小语还时不时地去反思那份失败的网恋，依然会问我还可不可以再获得爱情，只是语气不会那么激烈了。有一次我在给她的email随意写道：“你要是找不到男朋友就找我好了，我会好好照顾你的。”结果第二天就收到童小语的email，她在一大堆废话之后告诉我她昨晚为我那句话失眠了，是兴奋得睡不着的，并问我那算不算我给她的第一个承诺。

3

单纯其实是一把锋利的双刃剑，在给予你快感的同时也会深深刺你一刀，并且不留血迹。在和童小语最初交往中，我就被这样无情伤害了很多次，痛得很伤心却又说不出口，而童小语浑浑噩噩的一点都不难受。

有一天和她出去玩，从刚见面她就不停地看我衣服，看得我非常的不好意思，我以为衣服穿反了或者是上面有什么污物，借口上了好几次洗手间也看不出有什么不对的。结果她还是不停看，又不说什么，就是过一会儿看一眼，神态特怪异的那种，最后我实在忍不住了，我说："童小语，你干吗总是看我啊？"

"啊？我没有看你！"童小语表情特别无辜，仿佛刚才她看的确实不是我而是空气，我也不好再问下去。

结果过了一会儿她又时不时瞅我两眼，于是我当场质疑：

"那，你又看我了——我说你头别转过去。"

"我看你什么了？"

"那要问你，我都被你看了一天了。"

"我真的没有看你，我只是看你衣服——我觉得你今天穿的衣服很奇怪的。"

"怎么怪了？你倒是给我说说看。"提到衣服我有底了，因为那天我穿的衣服牌子是"班尼路"，怎么说也是个名牌吧。

“你这衣服有三十块钱吧？”童小语皱着眉头问，“怎么看上去那么奇怪呢？”

虽然我知道她又是无心嘲笑我什么，但是我还是很生气，因为我这件衣服远远不止三十块。

“三十块？帮帮忙，那么便宜的衣服我会穿吗？我这衣服超过五十了。”我很认真地反驳。

“哦，那我倒是猜错了，”童小语嘴里承认错误脸上一副不知悔改的表情。“苏扬啊，你知道我这件衣服多少钱吗？” 她突然兴高采烈地问我。

“让我研究研究先，嗯，料子很不错嘛，”我伸手扯了扯她穿的那件浅蓝色、上面尽是褶皱的长裙，仿佛行家。

“三百吧。”最后我鼓足勇气说了出来。

“切，”童小语白了我一眼，很是鄙夷地说，“三百你去偷哦，我这是淑女屋最新款长裙，五百八十块好不好？”

“算——你——狠——”我目瞪口呆了半天，最后冒出这三个字。

“苏扬，你一定要记住，男人是绝对不可以穿廉价的衣服的，否则一点身价都没有。”童小语特认真地对我谆谆教诲。

我频频点头，虚心接受。童小语对我悔改的态度颇为满意，于是再次强烈建议：“其实像你身上的衣服早就好扔掉了。”

……

类似于这样的打击还有很多很多，虽然每次当场我都会伤心得不行，可是只要看到童小语天真无邪的表情，也就忘记所有的不开心了。

4

如果说一个男人的长相和恋爱次数成正比的话，那么老马这种人会活到老，谈到老，致死方休。而顾飞飞这辈子也不要想谈恋爱了。幸好顾飞飞似乎对谈恋爱没有多少兴趣，最起码没有表现出多少兴趣。比如说我们打牌的时候往往习惯边出牌边谈女人，这个时候他就会很愤怒，总是大声叫嚣：“妈的，谈什么女人，打牌打牌。”

而如果我们出牌慢了，他又会叫：“Fuck！你这是打牌还是打胎啊。”

有时候我看着顾飞飞的大扁脑袋，满头卷发，黑瘦的小身材时，都忍不住要可怜他：“多好的孩子啊，不就长得丑点嘛。”

然而事实并非如此，当我们无数次流露出这种同情并慢慢发展为肆无忌惮的嘲笑的时候，顾飞飞沉不住气了，顾飞飞很是气愤地号称自己其实一直有两个女朋友，而他之所以不加以大肆宣扬只是因为他心地善良他害怕刺激我们这群光棍敏感的心。

顾飞飞虽然说得很像真的但是我们还是坚持这只是一个笑话，就像我有的时候也号称我在扬州有老婆一样。男人嘛，吹牛谁不会啊！

结果最后顾飞飞一生气，发狠说一定要把他两个女朋友带出来给我们看看。

“Fuck，明天先带一个过来，后天带另外一个，看哥们是不是吹牛！”顾飞飞牛B哄哄地说。

第二天一大早顾飞飞就出去了，中午时分我站在宿舍阳台上老远就见到他和一个女孩一前一后追逐打闹着向宿舍走过来，形如两个小孩，不一会就来到了我们宿舍，双双站在我的面前。这女孩看上去也就刚刚成年的样子，长相俊美，身材玲珑凹凸。

“快叫扬哥！”顾飞飞向那女孩子介绍我。

“扬哥好！”女孩跑上来冲我就是一个甜美的微笑。

我一激动，差点要掏钱当见面礼，我记得老家有这个讲究的。

女孩子却已经钻进了顾飞飞怀里，紧紧拉着他的脖子，特小鸟依人。

“我老婆。”顾飞飞摇头晃脑地说，神气活现得想让我们上去揍他。

我认真地看着那女孩子，琢磨：花钱雇这种成色的女孩子，那得多少钱啊！

第二天中午，顾飞飞果然又带了另外一个小女孩过来了。

“我给大伙介绍一下，这是我老婆，来，叫扬哥。”顾飞飞的表情和昨天如出一辙。

我们一看特郁闷，又是个小美女，这家伙都从哪儿找的呢！

这个美女也不含糊，人前人后管顾飞飞叫老公，动不动就高声发嗲。顾飞飞轻轻捏着美女的脸蛋，说要让她给我们哥几个都介绍女朋友。

我们立即被折服了，赶紧端茶倒水。

在铁一样的事实面前，顾飞飞终于可以昂起他那高贵的头颅，从此以后我们对顾飞飞是无比崇敬，人前人后唯马首是瞻，管他叫哥。我们无比真诚地向哥讨教恋爱经验，问该如何奋斗才能同时拥有两个美丽的女朋友。

而此后宿舍里再有什么关于女人的争论，最后总会有人说：“别争了，听听哥的意见吧。”

只是好景不长，没过多久顾飞飞的两个女朋友几乎同时和他Bye-Bye了，具体原因不详，但是顾飞飞说这全都怨我，他哭丧着脸对我说：“苏扬，都是你他妈的把我带坏了。”

顾飞飞的意思是说自打认识我之后就把大部分时间花在和我一起吃喝玩乐上了，无暇照顾两个女朋友，因此那两个小姑娘才会离开他的。从此以后顾飞飞对我说的最多的就是：“苏扬，记住了，你欠我两个女人哦，什么时候我不开心了就让你陪。”

所幸的是我一直没有看到他不开心。一开始我还心存内疚，觉得他的失恋确实和我多少有点关系，到后来我才明白这小子根本就不喜欢她们中的任何一个，纯粹是闹着玩。顾飞飞失恋后我是一点都看不出来他伤心，非但不伤心，反而更开心了，因为终于没有女人烦他了。

就如同他有两个女朋友的时候也没有见他太得意过。

无论是什么男人同时拥有两个美女女朋友还能够做到无动于衷都不是一件容易的事情。

但是顾飞飞做到了，而且做得很好。

“难道你真的不喜欢她们吗？她们那么漂亮，而且还对你那么好。”看到顾飞飞如此无所谓，任何一个有正义情结的男人都会有此一问的。

结果顾飞飞对我说：“拜托，现在哪有什么工夫去谈恋爱？大家在一起玩玩算了，搞那么沧桑干吗？”

看到我一脸目瞪口呆的样子，顾飞飞忍不住再言传身教：“大家都是玩玩的啊，你千万不要以为别人会真的喜欢你，你以为你是张国荣啊？”

两年后这句话变成了：“你以为你是F4啊！”

很显然，顾飞飞的这种观点深深刺痛了我，我不由自主开始重新思索起自己的爱情观，经过一番比较之后，我发现以前自己确实比较傻B。以前是老马对我说感情玩玩就可以，现在连顾飞飞也说感情玩玩就可以了，他妈的，好像只要是个男人都认为感情只要玩玩就可以，就我一个人当真，岂非太傻B了？

我把我的这些心得体会告诉顾飞飞，顾飞飞说我终于开窍了，从此可以脱离傻B一族。

很多次我问顾飞飞什么时候再找一个女朋友谈谈，可顾飞飞对此显然比较没有兴趣，他只是反复说："现在玩还玩不过来呢，哪有工夫去好好谈朋友。"

看我实在不理解，顾飞飞补充说："急什么急啊，该来的自然会来，强求也没有用。"

我一直不是很明白这句话的含义，直到有一天童小语打电话给我，说要拜托我一件事情。

"苏扬，这次你一定要帮我一个大忙。"

"什么事情啊？"

"你一定要答应我，因为我已经答应我朋友了，如果你不帮我，我会很没有面子的。"

"行行行，我答应你。"

"太好了，我就知道你肯定会答应我的——我的一个同学最近失恋了，你能不能帮忙安慰她啊？"不等我回答，童小语又说："苏扬，你可千万不要推辞啊，我都跟我同学说了我有一个朋友特别成熟，是情感专家，如果你不答应我，我会很没有面子的。"

5

第二天在虹口公园我见到了童小语和她那刚刚失恋的朋友，这个女孩子也是高高瘦瘦的，一双小眯眯眼滴溜溜地转来转去，看上去很是阴险，只是始终拖拉着脸，一副痛不欲生的样子。

童小语给我们介绍：“这是许菲儿，就坐在我前面，我们可要好了。”

“这是苏扬，情感专家，还是个作家，专门写小说的。”

“专家你好，我天天听童小语说你呢，特别是上课的时候，她会一直说到下课，你的事情我全知道。”许菲儿对我说。

“你别听她乱说哦，我可从来不提你。”童小语急急否认，脸上立即来了两块红晕，一看上去就知道在撒谎。

我瞪了她一眼，于是她的脸更红了。

那天我们在避风塘喝了一下午的茶，我只象征性地安慰了许菲儿几句，不敢多说，我怕说多了童小语会不开心，因为我知道童小语让我出来并不是真正要帮她的同学，只是为了表示自己很有面子。

我的表现显然很不错，童小语心满意足地频频对许菲儿说：“看人家苏扬说的多有道理啊，你根本犯不着为那种无情无义的男人难过的。”

“这样吧，我帮你介绍一个男朋友怎么样，”临别时我突然想到顾飞飞，“我这朋友也没什么特别的优点，就是为人特好，善良、勇敢、大方、诚实、勤奋、上进，脑子还很活络。”

“上海的还是外地的。”许菲儿关心这个。

“上海的，家就住虹口。”

“你可别找个骗子，人家许菲儿很单纯的。”童小语一万个不放心 。

“这你绝对别担心，说实话，我的朋友就没有一个不单纯的，个个跟我一样。”

许菲儿听了开心死了，连忙把家里的电话给了我，并许诺如果成功了一定请我和童小语吃饭。

6

晚上一回到宿舍我就对正埋头打游戏的顾飞飞说：“哥，帮你介绍一女孩子吧。”

“真的假的啊？”

“我什么时候骗过你啊，你不要我就介绍给别人了，这里光棍可不止你一个。”

老马睡得正香，鼾声连天，可听到我要给顾飞飞介绍女人，吧唧就清醒了，眼睛睁得滚圆，精神抖擞地对我说：“嘿，苏扬，说什么呢？什么女人啊，大声点……”

“没你事，睡觉吧你，”顾飞飞来劲了，把我拉到一边，“长得如何啊？丑女我可不要。”

“帮帮忙！我介绍的会有丑女吗？跟你说那女孩子个子不要太高，长得很漂亮的。”

“是胖子吗？”

“不胖，身材前凸后凹，不要太好！”

“不会吧，这么好那你干吗不自己要，我看其中必定有诈！”顾飞飞神秘兮兮看着我说。

“诈你妈的头啊，你以为我不想要？那女孩子太现实了，号称只和上海人谈恋爱，我们这种外地人她看不起的，所以只能便宜你小子了。

“不错，不错，可以考虑哦，”顾飞飞一脸淫笑，“你把她电话号码给我吧，明儿我就给她打电话。”

第二天一大早我去图书馆看书的时候就见顾飞飞正满宿舍翻电话卡，最后终于在我的抽屉翻到一张新买的201卡，顾飞飞挥舞着我的电话卡说给许菲儿打个电话，就几分钟。等下午我回到宿舍一查余额居然为零。我问顾飞飞情况如何，结果顾飞飞拉着我滔滔不绝讲了半个小时他和许菲儿打电话的事情，兴奋得不得了。

第二天我叫顾飞飞出去玩的时候他死活都不睬我，说还要给许菲儿打电话，就这样在随后的一个星期顾飞飞彻头彻尾改变了自己的生活习惯变成了电话超人。打了一个星期的电话后顾飞飞终于决定和许菲儿见面了，地点就在人民广场大屏幕下。见面那天早上天还没有亮顾飞飞就把我叫醒，说自己太激动睡不着了，然后反复问我许菲儿会不会是丑女呢？会不会是胖子呢？然后到水房打了两壶热水，站在厕所里洗了澡，还喷了老马的香水。临出门的时候郑重其事对我说：“苏扬，记得有空烧烧香，我的幸福可就看今天了。”

看他兴师动众的样子，我纳闷了，他不是口口声声说自己不在乎的吗？这样还叫不在乎吗？

我突然觉得自己上当受骗了。

晚上直到十点多顾飞飞才回来，一脸的憔悴，看到我的时候，立即伤心得不得了，直往我身上扑了过来。

我想糟了，打认识这家伙开始从来没有见他这样悲痛欲绝过的，我想顾飞飞肯定是受了什么致命打击，真是作孽啊！这好好的介绍什么女朋友呢？

我抱着顾飞飞，说：“你就别再伤心了，哥们明天再给你介绍一个更好的。”

“不要了，谢谢哥们，你的心意我领了。”顾飞飞把头埋在我怀里，手举在空中直舞。

“你就别难受了，你倒是说今天发生什么事情了。”

“发生大事了。”顾飞飞含糊不清地说。

“什么大事，你别急，慢慢说，哥们给你做主。”

“大哥，”顾飞飞猛地抬头，然后用一种很奇怪的眼神看着我缓缓地说，“我今天和许菲儿上床啦。”

“哈——哈——哈——哈——”顾飞飞突然发出阵阵狂笑，然后一下子扑在床上打滚，一边打滚一边叫喊：“我真是太牛B啦。”

7

以上所有的故事都发生在2000年九月之前。

九月是一个分水岭，过了九月我就是一个真正的毕业生，我的学生生涯就开始倒计时。过了九月夏天就走了秋天接踵而来，我们开始脱掉一些衣服然后换上另外一些衣服；过了九月，我们的青春又少了一程我们又开始年老一分；过了九月，我们继续保持庸庸碌碌的生活昏昏沉沉的人生，却又是在这样简单繁琐的过程之中开始长大成人。

当然，过了九月我依然多愁善感，我自以为在为时不久的大学生涯里我的生活将不会有任何改变，我将保持目前的状态浑浑噩噩度过这最后平静的光阴，对此我常常表现出一定的感伤。可顾飞飞却不会这么想，因为他觉得毕业对他而言是一种解脱。我知道很难去说服一个天性乐观并且拥有爱情的人，所以我不会去和顾飞飞讨论毕业对我们而言究竟是解脱还是折磨，我只会发发牢骚抱怨上帝他老人家太忙了，忙晕了头就把我给忘记了，三年前他给了我一个平凡的开始一年后还要如此平淡无奇的结尾，这多少有点残忍。

后来很可能是上帝听到了我这些牢骚，于是他生气了，他老人家决定好好修理修理我这个不知天高地厚的傻小子。也就是说那一刻我的命运其实已经改变，只是究竟是福是祸，谁也不知道。

8

顾飞飞和许菲儿的感情日益升温，这两个小混蛋充分让我明白了什么叫臭味相投，没过多久他们开始用老公和老婆来互称对方。许菲儿她们开学后顾飞飞每天大清早都会骑车去她家接她然后送她上学，等下午再骑车接她放学再送回家。所以很长一段日子里我看到顾飞飞最多的时候他都在骑车，我让他停一停和我说几句话，他说没空他很忙。为了发泄我的愤怒，我嘲笑叫他是车夫，结果顾飞飞把这个称号作为一种肯定，他的理由是：不是每个人都有资格做车夫的，最起码我就没有资格。

恋爱的人都是固执狂，并且神志不清，我明白这个道理，所以也就不和他多计较什么，顾飞飞深深陶醉在这份恋情之中，表现出了前所未有的狂热和纯真，纯真到推翻了他以前那些经典的论断，如果再和他说什么“谈恋爱只是用来玩玩的”，他保准会惊讶地对你说“怎么可以这样呢？不可以这样的，这样太不负责了”之类的屁话。一段时间内这两个谈恋爱谈得忘乎所以的家伙兴致勃勃号称要同居，后来因为没有钞票租房子而作罢，而没有房子最大的痛苦就是没有地方做爱，所以我们的宿舍、学校的操场，甚至虹口公园内的石头上都成了他们的风月场所。

后来的后来，顾飞飞曾无数次指着虹口公园内的石头对我倾诉，他说就是这些凹凸不平、黑不拉叽的石头见证了他们纯洁的爱情。说这些话的时候许菲儿已经离开他了，顾飞飞曾对我说许菲儿将会是他爱情的终结者，因为其他女孩子和许菲儿相比只能算过眼云烟，只是顾飞飞猜对了前头却没有猜中这结局，许菲儿确实把他的爱情终结了，在他们谈了三年后，她把顾飞飞给甩了。

也就是在虹口公园的石头之上，顾飞飞一边用力拍打着那些坚硬的石头一边痛哭流涕："我他妈的再也不会那样去爱一个人了，再也不会了。"

许菲儿离开顾飞飞是因为嫌弃他没有钞票，那个时候许菲儿已经上班了一段日子，在淮海路一家高级写字楼做老板的私人秘书。我看到许菲儿对着顾飞飞大声咆哮说人家一个月拿一万多你一个月才一千出头你怎么养我啊？

我又想起2000年夏天的一个下午，扎着马尾辫搂着顾飞飞满脸幸福的许菲儿摇头晃脑地对我表示感谢因为我帮他介绍了那么好的男朋友。

"苏扬，真的要谢谢你啊！要不是你，我还不认识我老公呢。"

而三年后，同样是这个女人，在怒骂过顾飞飞之后对我说："他那么丑，又没有钱，还很邋遢，我真担心他以后还能不能找到女朋友，这种人我真不晓得当初怎么和他谈的。"

完成这一切的转变只花费了三年，时间或许不是很长，一个中年人过了三年还是一个中年人，一个老人过了三年还是老人，可三年的时间也不短，三年可以把一个初中生变成高中生，三年可以把一个不谙世事的小姑娘变成利欲熏心的女人，三年也可以把一份爱情伤害得支离破碎。

我亲眼看着这一切的转变，奇怪的是，我一点都不觉得这很残忍，仿佛天经地义。

9

顾飞飞那边热闹，我这边也不甘寂寞。

大四开学后，童小语变本加厉地和我保持着交流。不过方式有所改变，因为平时全天都要上课，星期天又要陪妈妈，所以童小语很少有机会再叫我出去陪她玩，甚至连email也不太给我写了，童小语说她妈妈很坏的，经常会偷看她的email，而如果被她妈妈发现她和一个网友写了这么多email，她妈妈肯定会“杀”了她的。小姑娘小心谨慎的做法颇让我欣赏，可就在我对天长叹以为可以喘口气的时候她却兴奋地告诉我以后可以给我写信，她的意思是反正上课也没有劲，和许菲儿她们说话还不如给我写信有意思呢，而且可以及时和我交流，也就是说如果有话想对我说了就赶紧拿笔写上几句，然后藏起来，等又有话讲了再写几句，童小语说这种感觉非常温馨，仿佛我一直在她身边听她倾诉。

童小语所学的一个专业课程就是书法，我不懂书法却也看得出来童小语的钢笔字已经具有一定的功底了，反正是我们这种平时自诩字迹牛B的人所不能比拟的，这一点已经让我比较郁闷，另外童小语在每封来信后都会附上一封用毛笔临摹的《兰亭序》，据说这是她们每天的习作，一开始是楷体，写到后来就是草书了，张张都看得我唏嘘不已。最过分的是童小语强迫我也用笔写信给她，天晓得她怎么会有这个可怕的想法的，反正是害人不浅，我不但要像模像样的到超市买花花绿绿的信纸信封，更要搜肠刮肚遣词造句敷衍她，照顾她的小情趣。童小语习惯在信中夹很多她平时收集的小玩意儿，而为了礼尚往来，我也会随信夹点东西，大多是路上捡到的落叶，地上拔的小草什么的——就这些还被童小语精心保存着，后来有天一起拿出来放在我的面前的时候，那些叶子都已经发黄了，却保存完整，让我感动得不行。

就这样，大四第一学期的前三个月我们差不多以每两天一封信的频率交往着，童小语越写越有感觉，有的时候会一天来个好几封信。对于小姑娘的折腾我是一点办法都没有，所以我只得继续过着痛不欲生的生活，而最让人气愤的是童小语每次来信都要指责我的字太潦草，用她的话就是：“苏扬，你要好好练字了，你这个字连小学二年级的学生都不如。”

诚实从来都是童小语同学的优良品质，她总是会毫无顾忌地打击着你，让你愤怒，让你自卑，因为她根本不知道你会很难受。幸好，对此我早已经麻木不仁。

本章插曲

有一点期待

配乐|有一点期待|

童小语不时用快乐和幸福
表达着她的内心世界
让我很感动
通话的最后
我们互相约定
要一起度过这个世纪最后一个平安夜
童小语兴奋地在电话那头“耶、耶”直叫
而我也心情变得很好很透明
我想
真是奇怪了
我怎么会这么在乎这个丫头呢?

配乐|有一点期待|

第四章 初开

只因那时年少，才把承诺说得太早
只因那时年少，才把未来想得太好

1

作为一名立志从事电影事业的年轻人，我在高中时期一直是以一个怪人的形象存活在别人心中，很多人非常愿意和我交往，因为我可以作为一个异类被他们随意嘲笑，他们知道我性格温和天性懦弱所以不会担心我会发火，就算发火他们也不怕，因为我打不过他们。可更多人却不愿意和我交往，平时对我也是怒目而视，我知道这些人很看不起我，虽然我更看不起他们，可高中时代我还没有发育完全，其实内心深处还是非常在乎别人对自己的看法，所以一有机会我还是会去巴结那些对我有意见的混蛋们，不遗余力地去拍他们马屁，像讴歌党一样去赞美他们，深深渴望和他们同流合污。但是结果并不如我意，所以一定程度上我是孤单的，不过到高三的时候我就不孤单了，因为我们学校出现了一个更怪的怪人并且这个怪人很快成了我的好朋友，这个人就是李乐。

从某种意义上讲，我和李乐相遇是一件大快人心的事情，学校的那些孙子们一个个议论着如果学校里两个怪人碰到了一起会产生什么反应，说实话，在1996年左右的一所普通中学，这绝对是一件值得所有人引首翘盼的事情。

李乐是南京人，比我小一个年级，天晓得他一个省会的孩子怎么会转到我们这所地级市普通高中读书的。而作为第一个以普通话为日常生活语言的人，李乐的出现立即引起了全校的轰动，高一的时候很多男女找了各种借口和他搭讪想听他开口讲普通话，然后等李乐一开口突然就像疯子一样哈哈大笑。笑完之后就用扬州话议论纷纷，丢下目瞪口呆的李乐扬长而去。

李乐曾经有一段时间非常敌视我，那是我读高三第一学期的时候，当时我还不认识李乐，只是知道比我低一年级有一个南京人，不但长得丑，而且邋遢无比，走在路上随地吐痰，穿的衣服从来不洗，近他身方圆十米之内就能闻到一股浓郁的臭味，吃饭的时候喜欢把饭一下子先扒到嘴里，然后鼓着个嘴和你说话，把饭喷得你满脸都是。

此外李乐还有一大爱好就是抠脚，冬夏春秋李乐都可以畅通无阻地抠着臭脚然后给你讲人生哲理……总之李乐的形象完全颠覆了我们对大城市人的崇尚，所以我也瞧不起他。李乐瞧不起我是因为我高三那年做到了学生会主席，开始在低年级的学生里面呼风唤雨。李乐觉得这个学生会主席应该是他的，因为我属于那种看上去就很没有能力的人。李乐把这样的愤怒直接表现在和我一开始的交往之中，我上任后的第一件大事情就是恢复学校广播电台，我想找一个普通话好的同学作主持，第一个自然想到了李乐，没想到找到他的时候居然不理我，后来在李乐那间单人宿舍里，他兴致勃勃地对我说：“苏扬，我看你一天到晚拉着个脸，一看就是那种特虚伪的人。”

李乐一个人住在学校附近的一间民房内，那间小房间常年阴暗潮湿，臭气熏天，墙上爬满鼻涕虫、蜈蚣等无脚或者多脚的昆虫，另外那张近乎腐朽的床上睡的是李乐，床下睡的则是老鼠、蟑螂之类的活物。就是在这间房之内，李乐N次对我发表他的宏才伟略，他总是用铿锵有力的语调然后唾液飞溅地诉说人心狭隘、世风日下，这个世界上没有人了解他的内心世界。他激动地告诉我他要成为一个思想家，他说中国人的灵感禁锢了太多责难，他要让痛苦的人民得到解脱。当时他说这话的时候非常认真，认真到我没有觉得他在发神经，认真的尽头就是激动，于是我们互相激动惺惺相惜，我问他是不是也和我一样想做电影导演，通过电影艺术发挥我们冲天的才华和通地的情操。结果李乐很不屑地白了我一眼，他说他要做演员，成为大众的偶像，而北京电影学院将是他唯一的也是最后的归宿。

李乐一直强调自己很孤独，他说高中三年是他最为压抑的三年。压抑具体的表现之一就是没有女人可以干。李乐的意思是一个发育成熟了的男人如果得不到性的滋润就是对人性的一种诬蔑和残害。他说在非洲的某个国度人们可以自由性交，那才是真正文明的标志，李乐说这话的时候非常的高兴，一边叙说一边做各种各样性交的动作，并且不时用挑逗的口吻说："怎么样，苏扬，想不想干女人啊？"

而为了宣泄内心极度的孤独他采用了以下两种方式：

1、趁放假了隔壁女生寝室没有人的时候翻窗过去躺在女生床上睡觉。

2、半夜围绕着学校溜达，不时大叫几声，装鬼吓人。

我在和李乐惺惺相惜了大半年之后就光荣从高中毕业了，李乐还要在那个鬼地方受苦受难一年，离别的时候李乐很是悲壮地让我在上海好好混，然后他会在这个城市与我会合。李乐说这话的时候牛气冲天，从某种程度上也增加了我的自信心，最后李乐再三叮嘱让我到了上海之后多去上海戏剧学院走动走动，李乐说那是一个美丽的地方，在那个美丽的地方你会寻找到所有失落的梦想。

2

上个世纪的最后几年上戏正在大张旗鼓搞建设，当时的后门面对延安西路，大概也就一米多宽，极容易被人忽略，我就曾无数次站在上戏的后门面前然后到处问人上戏在哪里。上戏很小，完全可以用弹丸之地来形容，我第一次去的时候正值十月，天气炎热空气窒息，站在上戏里我不识东西南北却始终兴趣盎然，我看着上戏的一切然后煞有其事地告诉自己这里面的一切都很神圣。

我还很清楚记得一次在上戏红楼前的草地上我遇到了一个女孩子，这个女孩子娇小可人，动作优雅。我看到她的时候她正坐在草地上晒着太阳看书，她穿着浅灰色棉布长裙有着乌黑的长发。我想不愧是上戏的女孩子气质就是如此与众不同，我躲在远处悄悄观察了半天之后鼓足勇气上前询问能否和她交流，那个女孩子抬头的时候满脸的红疙瘩吓坏了我，不过看在是上戏的面子上我很快对此忽略不计，于是那个美丽的秋天下午我就坐在浅绿草地上和她说话。我们讨论的内容是文学和戏剧，女孩子告诉我她名叫章琪，湖北襄樊人，戏文系的大一学生。我告诉她我要做一名导演，对此她表示支持，她很温情地说有梦的孩子都会有人疼的不过现在你最好应该去导演系看看，或许真的有机会实现你的梦想，最后分手的时候我们还像模像样地交换了电话号码，表示以后还可以联系。

后来我真的跑到了导演系办公室然后找了一个老头倾诉我的理想，那老头在听了我蹩脚的普通话描述了半天之后也不知道所以然，最后烦躁地打断了我的话，这个老头让我先回家，等大学毕业了再说，老头的这种态度让我颇为伤心。

我一度坚持认为上戏才是人间真正的天堂，不过天堂里的神仙们可不是这么想的。在上戏那凸凹不平的篮球场上我就看到几个像得了老年痴呆症的家伙一边极度颓废地拍篮球一边唉声叹气。上前一了解，原来是帮大四毕业生，正为找工作发愁呢，当时我就特别不理解，我想天堂里的神仙难道也会为那种俗事烦恼吗？结果天堂里的神仙告诉我其实他们这些外地毕业生想留在上海也很困难，很多人为了留在上海而把简历投到了拖拉机厂。

总之在大学第一学期差不多每个星期都要花费两个多小时去一趟上戏，我就像一个疯子一样迷恋着上戏的一切人物、动物和植物，迷恋到哪怕在里面上一次厕所都是一种肯定和成就。只不过这种热情并没有保持很久，当我开始熟悉自己学校的一切并且迷恋身边的酒色生活之时，我很快就遗忘了这个地方，并觉得再动不动就说寻梦实在太傻B。

3

说起来，我到上海上学后喜欢的第一个女孩子还和李乐以及上戏都有关系。

那是1998年的4月，行将高中毕业的李乐雄赳赳气昂昂地跨过长江来到上海，准备报考上海戏剧学院。其时我和李乐已经几乎没有联系了，我不知道他从什么地方弄到我宿舍的电话号码的，反正他有的是这种本事。总之1998

年四月的一天我突然接到李乐的电话，着实吓了一大跳，听李乐口气似乎和一年前没有什么变化，依然满身锋芒和思想，李乐牛B哄哄说他要来上海考上戏表演专业，让我给他到上戏报名先。李乐说他虽然比较瞧不起上戏，但是北京太远了，而且据说上戏不太注重考生外貌，所以决定屈尊上戏。电话中我问李乐要不要我到长途汽车站接他结果引来他的极度不快，李乐的意思是他一在大城市长大的小孩去上海难道不识路吗？或许是在我们那块鸟不拉屎的鬼地方蹲太久了，李乐急需这样的方式证明他依然是一个城里人，最后我提醒李乐长途电话还是比较贵的，李乐才醒过神说他要去上晚自习了然后匆匆挂了电话。

上戏专业考试前一天下午我正在宿舍里和同学打拖拉机，传达室的老头进来说楼下有人找我，走到门口我看到李乐正坐在我们宿舍楼前的台阶上旁若无人地抽烟，见到我立即上前要和我拥抱，结果引来无数男人唾骂。李乐见到我说的第一句话是："兄弟，上海可真他妈的大啊。"

晚上我和李乐在宿舍走廊谈话到半夜三点，聆听李乐教诲无数。第二天带他去了复旦大学和外滩转了转，下晚的时候赶到上戏，一路上李乐对上海的马路发生了浓厚的兴趣，不时给我对比上海和南京两个地方的区别。李乐的声音像是在演讲，车上的人对我们怒目而视，李乐却获得了无比的满足感。而到上戏的时候，李乐突然立正，对着上戏大门念念有词，然后一言不发地走了进去，把我落在后面也不管，怪异万分。

李乐那场专业考试在七点半举行，地点就是在上戏著名的红楼。我们到上戏时候离考试时间还有一会儿，我和李乐就绕着上戏转圈子，只是上戏实在太小了，转了两圈也就花了不到半个小时，其间还上了一趟厕所，最后我们站在红楼门口百无聊赖。

没过多久有两个小姑娘朝我们走了过来，两个小姑娘一胖一瘦，一高一矮，走在一起比较搞笑。等走到我们面前的时候矮胖姑娘对我们说：

“同学，厕所在哪里啊。”

我们把刚才厕所的位置告诉了她们，两位姑娘道谢转身就走，看来是急坏了，结果没有想到刚过了一会她们又回来了，正当我感慨她们如厕速度之快时女孩子特郁闷地对我们说：“那里只有男生厕所的。”

“那我帮你去找女生厕所吧。”李乐自告奋勇。

“算了，不找了，反正也不是很急的。”高瘦女孩子说。

“你们不是上戏的，来干吗呢？”李乐问。

“考试啊！”矮胖女孩子朝红楼嘟嘟嘴说。

“巧了，我也是来考试的 ，咱们还一个考场呢。”李乐对矮胖挤眉弄眼，说他们很有缘分。

矮胖一看原来是同盟，也就忘记如厕这回事了，摆开阵势和李乐海阔天空对侃了起来，到底不愧是有勇气考上戏的孩子，听那谈话内容绝对广博，和我们的李乐有得一拼。

我无数次想插嘴可是李乐不给我这个机会，李乐非但不给我插嘴的机会还提议我可以到一边歇会儿，李乐嬉笑着对我说前面的草坪上有蝴蝶在飞舞，地下有鲜花在开放，如果我实在太无聊了去抓抓蝴蝶采采鲜花什么的肯定会比较有意义，李乐说完就和那矮胖姑娘狼狈为奸地笑开了。

我当然不会去抓蝴蝶，我坐到一边的台阶上从包里拿出一本计算机中级教程像模像样看了起来——天晓得我当时怎么会看那种书的，总之我看得还蛮有感觉，像一个知识分子。

七点半的时候李乐和那矮胖进去考试了，那个瘦高个姑娘斜倚在不远栏杆上唱《听海》，瘦高个嗓音甜美，声情并茂，唱得我忘乎所以，结果我看书是看不下去了，干脆胡思乱想起来。

“嘿，你唱得可真好。”等瘦高个唱完，我鼓足勇气说了一句心里话。

“谢谢你啊。”女孩子依然斜倚着栏杆，头侧了过来看我一眼，妩然一笑，然后又把头转了回去看前方，明眸善睐。一阵晚风过来，吹起姑娘雪白的长裙，吹出姑娘那消瘦的胳膊，姑娘的脸颊有点苍白，姑娘的眼神有点忧伤，看得我忘乎所以，前几天刚看完《天龙八部》，于是那个时候我平生第一次联想到神仙姐姐这个名词。

神仙姐姐又唱了一会儿歌，大多是那些伤感情歌，唱到最后或许是累了，就坐到了我身边和我聊天。我语无伦次问神仙姐姐是干吗的，她说她快高三毕业了，已经被保送上音乐学院，现在正闲着呢，今天陪同学来考上戏。神仙姐姐又问我是干吗的，她说我看上去像一个蛮有品位的人，我连声谦虚说自己只是一个没落的校园诗人，今天也是陪朋友来考试的，然后随便诌了几个书名说那是我出版过的诗集。

结果我们俩立即互相吹捧表示认识对方是一种荣幸，女孩子告诉我先前那个姑娘叫李佳，她叫胡嘤，结果我一下子就联想到了胡琴，然后又联想到黄沙和金甲，最后联想到关山明月楼兰贺雪，我把这些想象告诉了胡嘤，胡嘤当场表示为之倾倒，然后对我诗人的身份深信不疑。

在李乐他们专业考试的那一个半小时内，我和胡嘤把绝大多数时间用在了聊音乐上面，胡嘤给我讲意大利歌剧和莫扎特，我给胡嘤讲刘德华和郭富城，居然也谈得颇为投机。最后我们还花费了一会儿时间讨论了一会儿爱情，胡嘤说她将来最大的愿望是可以好好谈一次恋爱，我说我现在最大的愿望就是好好谈恋爱。胡嘤问我实现这个愿望没有，我说本世纪没有指望了。

最后李乐和那个李佳比肩出来的时候我和胡嘤俨然成为了很好的朋友，李乐一出来就连声抱怨今年的专业题目太恶心，居然让他扮演卖瓜的老农，而李佳扮演的是一个理发师。我们站在红楼门口聊了一会儿，请别人给我们拍了几张合照，后来李佳说太晚了要回去了，我和李乐强烈要求送她们到车站。

4

从上戏后门出来后我们一直沿着华山路走着，华山路清静幽雅，路两边是高大稠密的法国梧桐，梧桐旁边就是错落有致的居民住宅。李佳和李乐走在了前面，我和胡嘤慢慢在后面，胡嘤说要听我背唐诗，我就给她背《黄鹤楼》。背了一会儿我开始有点儿小伤感，看着那幽静的月光，那纷飞的落叶，还有那凄冷的晚风，我生平第一次强烈感觉到自己是一个真正的诗人，而我正拥有着转瞬即逝的美丽，我突然目不转睛看着胡嘤然后说："胡嘤，你知道吗，这个世界上有很多种美丽。可是这些美丽大多残缺，上海真的好大好大，今天我们一别，说不定这辈子我们都不会再相见了，人海茫茫，有朝一日就算我们擦肩而过，也不会再为对方留下会心的笑容。"

女孩子最听不得"一辈子"这三个字了，胡嘤当场来了个眼冲泪，一言不发地跟在我后面，一边继续听我背诵唐诗宋词一边努力踩我的影子，我努力搜刮着脑子中不多的唐诗然后用沧桑无比的语调给背诵出来，也就是在那个时刻我内心深处有了一股温暖的感觉，觉得我曾经喜欢的姑娘都是那么的卑微，不足为道，只有身边这个叫胡嘤的女孩子才是那么珍贵，我甚至大胆想象如果我当场把她拥抱，是否就会立即拥有美丽的爱情。

当然我没有拥抱到胡嘤，就当我心猿意马的时候李乐不知道什么时候站到我面前，我问李乐怎么不走了，李乐说她们的车站到了。

在车站等了一会儿公车就晃晃悠悠地开过来了，李乐和她们一一握手告别，互道珍重，我为了更加沧桑点儿只是站在一边冷冷看着胡嘤什么话都没有说，胡嘤没有看我就匆匆上车了。当公车慢慢从我视野中消失的时候，我又想起了刚才说的那个什么"一辈子"，然后眼睛一红差点儿没有哭出来，我偷偷看了李乐一眼，发现他已经收起满脸的微笑然后变得和我一样的悲伤。

一个对爱情充满幻想的人一旦找到爱恋的对象之后表现出的力量显然是非常可怕的，从上海戏剧学院回来之后我性情大变，天天猛啃唐诗宋词，最后酝酿了一个星期用文言文写成了生平第一封情书然后给胡嘤寄了过去，然后每天到发邮件的时间疯狂往传达室跑，看到别人拿信就心跳加速，大脑充血，最后甚至产生幻觉能够把别人的名字看成自己的名字，就这样冲了几天的血之后还真收到了胡嘤的回信。胡嘤的回信用的是白话文，且言简意赅，大体意思是让我现在要以学业为重，不要胡思乱想，她最近几年不会考虑谈恋爱的。在打击了我之后不忘安慰安慰我，胡嘤说会永远记得我那天摇头晃脑给她背诵《黄鹤楼》的样子的，当然还有那个"一辈子"理论，在信的最后胡嘤让我不要回信了，胡嘤说既然你认定残缺也是一种美，不如我们就去身体力行追求这种美好，一辈子太长，只争朝夕。

几年后的今天，我会偶尔翻出那天在上戏红楼前我们四个人的合照，在红楼的前面草坪的侧面，有着四个微笑的少年各自举着自己的手做出胜利的手势，我看到照片上的自己满面油光，头发蓬乱，穿着灰色的衬衣，衣领那还露出里面的黑色春秋衫，身上背着的是在五角场花二十块钱买的单肩包。我还记得包里面放着一本王朔的小说集，我看到那个时候的自己一脸单纯，朝气蓬勃，显而易见是一个相信爱情相信生活会更加美好的孩子。我再看看我身边的胡嘤，居然找不到那种长发飘飘、白裙飘飘犹如仙女一样的感觉了，只觉得她长相欠佳穿着也普通，且笑容晦涩双目枯涩，和现在身边任何一个上海女孩子没有什么区别。我奇怪当初为什么会突然喜欢上这个姑娘然后为她郁闷了差不多有一年时间，对此我最后也是用成长来解释的。

看这些照片的时候我时而会微笑，时而会皱眉，我说不出心中到底是欢喜还是忧伤，两三年的时间一晃而过表面没有改变太多其实已经天翻地覆，现在的我依然满面油光头发蓬乱可是脸上再也找不到那份单纯身上也早没有了那种朝气。我想所谓的成长可真是一件好事情，人是长大了，可这精神却活下去了。

“嘿，哥们看什么照片呢那么投入啊！”

“没什么，一群傻B而已。”

5

你要是在我们专业两个班六十几个男人中间问谁操游戏最牛B，那么你得到的答案肯定是杨三儿；如果你问谁泡马子最牛B，那么别人会告诉你是老马；如果你问谁为人最怪异，那么得到的回答肯定是B哥；而如果你问谁在网络聊天最牛B，那么是个人就会毫不犹豫地大声告诉你：“是——苏——扬。”

基本上，在2000年以前我们上网是很少聊天的，那个时候还没有几个人知道QQ是什么东西，当然那个时候QQ还不叫QQ，而是叫oicq。我们上网基本上是在论坛里灌水，要么就是看黄色图片，闲暇下来才在一些聊天室随意聊上几句，劈劈情操。而那个时候上海本土可供聊天的网站还很少，上海的朋友就会知道当时“上海热线”有几个聊天室还可以，然后就是“凯利的天空”的聊天室人气蛮旺，剩下的就是一些乱七八糟的破聊天室了。而那个时候聊天的人也绝对单纯，还不懂得装女人去寻欢作乐，一个个掏心窝子般真诚无比，可以算作一些网络聊友的孩童期。

可是2000年暑假一过，QQ大行其道，从此几乎人手一个QQ号码，个个张牙舞爪般地号称要上网寻找爱情，聊天成了所有人上网最大的活动，网恋成了所有少男少女的终极目标。此情此景可以用“忽如一夜春风来，千树万树梨花开”来形容。

2000年的时候申请QQ号码还不要花钱而且也很便当，我们班每个人差不多人手有三个以上QQ号码，每个号码上都不下几百号人物，抱着广种薄收的心态，遍地撒网，只可惜QQ号码数量和网恋次数是不成正比的，所以真正能网恋的人是少之又少，而能网恋成功的更是凤毛麟角，所以这个时候如果出现一个人，他不但打字速度是其他人五倍之上，而且在网络上言语幽默、充满哲理，并且他懂得浪漫、博览群书，说山盟海誓的话跟玩儿似的，更为重要的是隔三岔五就能小网恋一次，且成功率极高，那么这种人想不引起别人尊重都很困难。

没错，我正是在说我自己。是网络给予了我这个契机，我是说，凭借我网恋的数量和质量，我很快在我们专业声名大噪，成了无数渴望网恋的少男们所景仰的对象。

6

从2000年开春到2000年年底这近一年的时间内我网恋了不下十次，大多是假戏假做，只是用无限的谎言换取一时的虚荣罢了，当然也有假戏真做的。其中最为投入的一次是和一个名叫BOBO的北京姑娘于2000年初开始的网恋，时间持续了足足有半年。

这个北京姑娘比我大三岁，抱着“女大三、抱金砖”的心态我积极热情投入到这场网恋之中，只是从头到尾我都没有见过那北京姑娘一面，甚至连照片都没有看到过一张，只是不停地打电话，维持了网恋最为纯朴的一面。电话基本上都是她打过来的，长途一通就是两个小时以上，她说她在中关村一家网络公司做行政，2000年的时候所有网络公司都在疯狂烧钱，所以这些长途电话费实在算不了什么，她还说她很爱我等我毕业了之后就要来上海找我然后嫁给我。我长那么大都没有听过几个女孩子说喜欢我更不要说要嫁给我了，在她的甜言蜜语之中我很快不能自拔，把和她打电话当成了人生最大的乐趣。情到浓处的时候我无数次要求她来上海可是都被她无情拒绝，她给的理由是现在还不到时候，如果她现在贸然过来和我相见的话那么我们肯定会离不开对方那样不但影响她的工作也影响我的学业，所以为了我们美好的未来我们只能忍。

我接受了这样的理由并且继续欢天喜地做着我美丽的网恋之梦，那种感觉就是“天很蓝，风很轻，世间万物是如此美丽”，如果你当时对我说我是在进行着极为虚无的行为我肯定会和你翻脸。这种醉生梦死的日子持续了不到半年，终于有一天我忍无可忍，我们郑重其事举行了分手仪式，彼此给对方写了分手信，并且流了眼泪。

分手是我提出来的，因为她后来总是给我发一些黄色的小说，在网络上聊天也动不动地要和我谈性，要知道2000年我绝对还是一个很纯情的人，我最不能忍受的是我喜欢的姑娘有半点放荡的举动，她的这些行为引起了我无穷的反感，一度让我猜想她是不是一个妓女，为此我难受了很久。最后一次电话时我们回味一起走过的半年的日子的时候居然同时痛哭了起来，我第一次觉得网络是那样残忍，而经历了那次之后我开始百毒不侵，开始享受起网恋来。

我网恋的对象包括了：中学英语老师，护士，高中生、大学生，网络公司白领，无业游民……和这些女人或长或短、或真或假的网恋时，我游刃有余，坦荡如砥，初显大师风范。

就这样我引领我们班聊天的风潮，而为了言传身教，我特地花费数日精心编撰一份聊天宝典，里面记录我的聊天的经验感悟，还附有我和一些女孩子的聊天实录，此宝典一出，立即引起全班轰动。每个人都拿个磁盘到我电脑上拷了一份回去，从此以后每个人在网络上说话开口就是“相信网络、相信你我”，闭口就是“在这茫茫网络上你我相逢也是缘分的一种”，而我也凭借此宝典充分奠定了我聊天圣手的地位，受到一帮子民的顶礼膜拜。

可是拥有一份宝典显然是无法掌握我聊天的精髓的，那帮家伙发现用我的话依然无法成功网恋于是开始现场观摩，因此我聊天的时候总会有人坐在后面现场学习。他们一边看还一边小声讨论，上课的时候都不见那么认真的，那情景颇为感人。

印象最深的一次是一天晚上我和一个刚认识没多久的女孩子聊天时，后面居然同时站了九个人，个个恭恭敬敬地看着屏幕瞻仰我聊天的风采。在他们殷勤的目光下我也获得了一定的动力，心想今个儿非露一手震撼这帮孙子才行。为了证明我在聊天这方面依然保持着绝对的领先地位，我放弃了和那女孩子讨论人生和情感的方式，而是直接和她谈论性爱，那女孩子居然也挺牛B，毫无惧色地和我讨论了大半个小时，我把老马平时对我说过的那些性爱情节犹如长江之水般滔滔不绝表达了出来，那女孩也说了很多她以前和男朋友做爱的细节，两人颇有“英雄惜英雄”的感觉，最后我们停止聊天的时候就听后面一群老爷们齐齐长叹了口气，然后其中一个人幽幽说了句：

“如果有一天我也能聊到这份上，可以死而无憾。”

7

进入11月后，天气越来越冷，我对网聊也慢慢丧失了兴趣，就更别提网恋了，觉得那简直太无聊了。

不想网聊其实还有个原因，那就是不知道从什么时候开始，我突然会在和陌生女孩网聊的时候想起童小语，并隐隐有一些负罪感——一开始我丝毫不以为然，觉得童小语和我在网上认识的其他女孩没什么不一样，都是浮云，可慢慢就觉得童小语和她们还是不太一样，比如她足够单纯，愿意相信人，还有，她真的很青春、很漂亮，总之，我无法忽视。

只是说起童小语，我突然意识到她从我生活中消失有段时间了，此前和她保持着两天一封信的频率，但到了11月底，突然就不再写信，也不会再给我打电话，所有原先她津津乐道的联系方式统统没有了，对此我虽然无比纳闷却也不想去追究原因，对什么都不好奇一直是我身上为数不多的优良传统之一。

后来我才知道童小语是在和我赌气，因为有一天不知道她哪根筋搭错了突然觉得以前的交往都是她在主动和付出，而我只是被动地应付，她觉得这样她没有面子所以她想试一下，看我会不会主动联系她，看我到底是不是在乎她这个朋友。结果不试还好，这一试差点没有被气死，因为我非但没有主动联系她，而且仿佛忘记了她这个人一样。或许是大四的人都比较的麻木不仁，我真没怎么去想童小语，顶多在马路上看到个子高的女孩子内心会有点小惆怅。

童小语再次找我是在圣诞节前一个星期天的早上，那天她给我打电话的时候我还在呼呼大睡，电话响了半天宿舍里的那帮混蛋没有一个愿意去接电话，最后还是我骂骂咧咧地裹着个被子蹦到了电话机旁。

“喂，麻烦你叫一下苏扬。”

“不麻烦，我就是。”

“啊！”电话里童小语尖叫一声，“你知道我是谁吗？你肯定不知道的。”

“你是童小语。”

“啊！”电话里又是一声尖叫，“你怎么知道的啊，我还以为你忘了我呢。”

“忘了谁也不敢忘了你啊！”听到童小语的声音，我很开心。

“哼，你还好意思说，这么长时间都不联系我。”

“我这不怕打扰你嘛，我知道你很忙的。”

“借口——我问你，你是不是谈恋爱了。”

“没有啊，恋爱多傻啊！”我继续和童小语捣糨糊，结果只听她冷笑了一声：“我是不会相信你的。”

“信不信就由你了，反正我没有骗你——我说大清早找我干吗。”

“找你玩，怎么样，有空伐？”童小语提到玩顿时又热情起来。

“有，不要太有空，”我说，“童小语，可不是我说好话，这么久不联系，我还真特想你……”

说完这句巨肉麻的话后电话那边寂寥无声，过了许久才听童小语幽幽说：“总算听到一句人话了。”

后来经过半个小时的亲密交谈我和童小语消除了所有隔阂迅速恢复到往日的亲密无间，童小语不时用快乐和幸福这种形容词表达着她的内心世界让我很感动。通话的最后我们互相约定要一起度过这个世纪最后一个平安夜，童小语兴奋地在电话那头“耶、耶”直叫，而我的心情也变得很好很透明，我想真是奇怪了我怎么会这么在乎这个丫头呢？

十年前
我们都还是天真的小孩
曾经的梦想，是否还在

那时年少
MEMORIES

本章插曲

全世界宣布爱你

孙子涵 | 李潇潇 | 全世界宣布爱你

在躲过雨的香樟树下等你
在天桥上的转角擦肩而遇
制造每个邂逅的缘分累积
终于可以牵你的手 保护你

有你的地方就格外地清新
想着你我的嘴角都会扬起
倾城的轮廓 沾满我的憧憬
天空都变透明 听到你的亲口允许

对全世界宣布爱你 我只想和你在一起
这颗心没畏惧太坚定 庆幸让我能够遇见你
就算全世界都否定 我也要跟你在一起
想牵手想拥抱想爱你 天崩地裂也要在一起

孙子涵|李潇潇 全世界宣布爱你|

第五章 愿望

只因那时年少，才把承诺说得太早
只因那时年少，才把未来想得太好

1

我和童小语约定在我们第一次见面的那家茶坊碰头，等我赶到那里的时候童小语已经在那里东晃西晃地走来走去，不时看表又不时看人群，仿佛已经等了很久，我悄悄绕到她身后，然后哈哈大笑两声，拍了一下她的肩膀。

“啊！”童小语尖叫一声，往前一跳，等回头看是我时举手便要打，“你要死啦！”

我一闪给避开了。

“你又迟到了。”童小语撅嘴，满脸的不乐意。

“堵车，我也没有办法，上海的交通越来越差了。”

“我不管，反正我等了你好久，你要补偿我。”

“没问题，你就说怎么补偿吧？”

“放心，我不会轻饶你的，现在先记在账上，等我要的时候再告诉你，”童小语有板有眼地说，“现在你先陪我到香港名店街去逛逛吧。”说完童小语一把拉着我的胳膊往轻轨站头奔了过去。

我忘记是哪位先哲说过和女人逛街是需要勇气的。以前我不懂这个道理，可那天和童小语一起逛香港名店街的时候我终于明白了这句话的精辟之处，再淑女再温柔的女孩子在逛街的时候也会变成一个彻底的肉食动物。天晓得为什么女孩子会把逛所有的商店把所有商品都看完并来回反复比较那样劳命伤神的事情当成一种人生乐趣。

在香港名店街内童小语是每一家专卖店都要进去看看，事实上也就是看看，童小语的兴致始终很高，不停指这指那滔滔不绝说着什么，并且总是爱对我说：

“苏扬啊，如果这件上衣穿在你身上，再配上那件深色的包，肯定特有男人味道的。”

要么就是问我，“苏扬，你说我是戴这蓝色的眼镜好看呢？还是紫色的好看？”

“都好看。”我随口应付。

“不准说都好看的，哪一个更好看呀？你快说！”童小语继续比弄手上的眼镜，很认真地问我。

“蓝色的。”我随便说了一个。

“我说也是蓝色的，”童小语抬头看我，“想不到你也蛮有品位的嘛！”

可最后还是没有买，童小语走开的时候，眼神还一直落在那蓝色的眼镜上，童小语仿佛在安慰自己一样说，“等我今天回家后就叫妈妈来给我买。”

我看了有点过意不去，我说：“要不我给你买？”

“不要，”童小语斩钉截铁，“你又不是我男朋友，你给我买算什么？”

等把香港名店街所有的专卖店都逛完时，我以为终于可以结束这痛苦的煎熬了，谁知道童小语依然兴致很高地对我说，“苏扬，我要去看看化妆品，你陪我去吗？”

虽然用的是征求的口吻，但是她人已经直接往化妆品专卖区奔过去，并且大叫：“苏扬快来呀！”兴奋得犹如一个从乡下刚进城的孩子。

我只能无奈叹口气，赶紧跟了上去。

直到这个时候我才算知道美女是怎样炼成的了。

问题的关键是：“美女形成的过程是凝结了多少男人的时间和精力呀！”

想到这里，我不禁对上海满大街的美女身边那些毕恭毕敬的男人产生巨大的敬意，真想对他们说：“哥们，太不容易了，让你受累了。”

等童小语告诉我说有点累的时候，已经五点多了，童小语说：“苏扬，我有点饿了，我们去吃饭吧。”

我想听到现在也就这句话还是人话了，我真想告诉童小语我早已经累得虚脱并且饿得不行，我昨晚没吃晚饭，早上也没有吃早饭，到现在还能保持不倒真是奇迹。

“我们吃什么呢？”我提出疑问。

话音刚落就听童小语鬼笑两声：“嘿嘿，当然是肯德基了，最近刚推出一个新套餐，我有优惠券呢，一点儿都不贵的。”童小语说完变戏法似的手中挥舞出一大沓花花绿绿的优惠券！

如果当时我面前有一块豆腐，我一定毫不犹豫往上面撞死算了。肯德基还叫不贵，一顿抵我一个星期伙食费。小资，小资，我想，童小语真是一小资。

“你看我干吗，钞票没带够吗？”童小语突然问我，一脸认真。

“Go！”我拉住童小语的手，“咱去吃肯德基，咱去吃那什么新套餐。”

2

“童小语，我有话对你说。”吃肯德基的时候我对她说。

“干吗啊？”童小语嘴里答着我，眼睛却一直看着手中的汉堡。

“可不是我夸你，你比以前可漂亮多了。”

“没有吧，怎么可能，跟以前差不多的。”童小语不为所动，一边猛啃汉堡一边谦虚。

“变化不要太大啊，比以前更加漂亮了，而且瘦了，知道吗？今天我差点没有敢认你呢。”

“真的啊？”童小语开始上当受骗，“不过我确实是瘦了，瘦了两斤呢。”

“你还真别小看这两斤啊，整个人是焕然一新，气质完全两样的。”

“没有那么夸张吧，我们俩也就一个多月不见，没有那么神奇的。”

“是啊，一晃快两个月了，上次见到你的时候大家还穿短袖呢，现在都披大衣了。”我摇头晃脑扮沧桑。

“都怪你不好，是你不找我的。”

“我怎么找你啊，打电话到你家啊，还是冲到你们学校？”

“反正是你不好，我不给你写信，你就也不给我写，你还说要给我快乐呢，都是骗人的。”童小语委屈万分。

“我有说过吗？我怎么不记得我说过这些话啊。”我确实忘记什么时候说要给童小语快乐了，或者我对太多女孩子这样说过，一般看到我论坛上哪个姑娘不开心了，我总归会说这么一句话的。

“你看你什么都忘记了。”童小语停止吃汉堡，手伸到包里掏了半天最后拿出一大沓信，丢到我面前，“你自己看看吧你有没有说过，说了好几次呢。”

那堆信里不但有我这几个月给她手写的信，还有以前写的email，童小语把它们都打了出来。在我的信上到处是童小语作的各式各样的符号，有的旁边还写着注白，比如一封信上我写着她是我见过最美丽和可爱的女孩子，她就在旁边写着：肯定是假的，我才不会信呢，还有一封信上我说要带她去看我的家乡，她则在旁边写着：我要时时提醒他，否则他这个猪脑袋会忘记的……

在这些铁的事实面前我只好坦白从宽，我再一次认识到自己所犯下的严重错误，并以买肯德基的方式作为弥补，对此童小语照单全收，看在肯德基的份上对我既往不咎。

吃好肯德基童小语说要到书城看看有没有出黑板报的材料，我想黑板报还要买材料啊，童小语说那是肯定了，学校里要黑板报比赛的，上次他们班级只拿了第六名，她这个宣传委员非常的没有面子，这次无论如何要进入前三的。我和她到书城六楼找了很久也没有找到合适的板报材料，于是又到二楼音像专区，一开始我为了显示自己懂得很多音乐方面的知识说个不停，说了一会儿我就不说了，因为我发现我知道的童小语全部知道，而童小语知道的我听都没有听过。逛了一会儿童小语的目光落在了一盘SES的新版CD上，脸上一副贪婪状。我问童小语要不要，童小语摇头说不要，后来我趁童小语不注意的时候偷偷给买了下来。童小语自己买了几盘沪剧的CD，说给她妈妈听，等到结账的时候，我突然拿出那盘SES的CD，结果她当场兴奋得直蹦，书城那一帮服务员一个个看傻眼了——她也不看自己多大的个子。

“SES我最爱了！”在福州路上，童小语高叫了无数声“耶”、“哇噻”之类的感叹词后，终于神志清醒过来，对我说：“苏扬，你对我太好了。”

“这就叫好啊，那以后我会对你更加好的。”

“真的啊？”童小语兴奋得不得了，然后特温柔对我说，“你可不要再骗我啊。”

我想也没想，张口就出：“我不会骗你的，这辈子都不会。”

3

接下去的时间我和童小语就在人民广场东兜西逛，看了无数男女在冷风中拥抱接吻，也看到很多男人和男人在一起拥抱接吻，于是一起感慨了一会儿世风日下。后来我们找了个石凳坐了下来，我刚想坐的时候童小语叫住了我，然后从包里掏出几张报纸，垫在石凳上。

人民广场上不但接吻的人多而且乞丐特别多，刚坐了没有多久就有很多千奇百怪的乞丐过来要钱，童小语一开始还给钱，后来被我骂了两句，再有乞丐来要钱的时候就闭上眼睛，假装看不到，等我把乞丐骂走再睁开眼。

我们坐了一会儿，把能聊的话都聊遍了，童小语突然说：“我好冷啊。”

“是吗？让我来看看你怎么冷了。”我强作自然地抓起童小语的手，说真的，我觉得自己说那话的时候很像周星驰。

童小语的小手果然冰凉，我立即把她手放到了自己怀里，童小语也没有拒绝，因为我们之间是有点距离的，所以我们的姿势不但看上去怪异，而且手很累。过了一会儿，童小语突然对我一笑：“你这样累不累啊？”

“累啊，你坐过来一点点？”靠，还是觉得像周星驰。

童小语很听话地挨了过来，我顺势用另外一只手揽住她的腰，把她紧紧搂住。

童小语就把头伏在我的胸前，于是我可以闻到她头上那淡淡的发香，那种似乎有点不真实的香味。闻了一会儿我情不自禁地说了句：“我会一直在你身边为你取暖。”

童小语却没有说话，她伏在我胸前仿佛睡着了一样，而我也不敢动弹，生怕一个细微的举动就惊醒这拥有的一切，然后发现只是一场梦而已。

“你刚才说的是真的吗？”过了好久童小语突然问我。

“什么？”

“你一辈子，都不会骗我？”

“当然。”

“算是诺言吗？”童小语很认真地看着我，“我被人家骗过的，你再骗我的话，我会很痛苦的。”

我无法再随意回答，没再说什么，只是轻轻在她的额头上吻了一下。

很多天以后童小语回忆起那个吻的时候依然会脸红，童小语说当时她紧张死了，根本就没有想到我居然会吻她，然后当我嘴唇碰到她的唇的时候她仿佛脚已经离开地面飘起来一样，童小语说那是她的初吻，我立即表示无法理解，结果被童小语狠狠揍了一顿，童小语打完我说那不但是她的初吻，而且在此之前她连男孩子的手都没有拉过。我说那你的初拉、初抱和初吻都给我了，是不是以后初夜也给我啊，结果又被童小语拳打脚踢暴打一顿。

说这话的时候我和童小语正恋爱得热火朝天，每天打N个电话还要写情意绵绵的情书。对于这段感情我最大的目标是和童小语做爱，而童小语最大的理想是早点长成大姑娘，然后和我结婚。童小语是双鱼座的，幻想是她的强项，她甚至把我们以后孩子的名字都取好了，男孩女孩各取十个名字，以备选择。

还是好好回味童小语的初吻吧，上个世纪最后一个平安夜，那个寒冷的冬日，在更加寒冷的人民广场石凳上，我吻完童小语的额头之后想吻她的嘴唇，结果被她拒绝了，童小语拒绝我却不说什么原因，然后脸色羞红得让我无法控制。后来我就跟她讲接吻的故事，我说接吻其实是一种非常有益的行为，接吻的时候可以带动脸上几十块肌肉运动，长期接吻不仅可以身心愉悦而且可以美容，总之最后我终于达到了我的目的，童小语天真地以为嘴唇碰到嘴唇就是接吻的全部，后来在我进一步指示下用稚嫩的舌头轻轻冲撞我的舌头，从她的口中传来淡淡的芬芳，那种感觉异常美妙。

4

从刚认识童小语那天起就反复听到她跟我讲一个叫王宵佳的女孩子的故事，后来在信中又多次提到这个人。王宵佳是童小语的同桌，也是童小语盲目崇拜的对象之一，童小语无数次告诉我王宵佳特别成熟，对什么事情都有深刻感悟，且言语精辟。童小语说得很认真，还时不时背诵几句王宵佳平时灌输给她的话语，乍听起来，似乎还真有那么点道理。于是在没有见到王宵佳前我把她想得跟神仙一样，憧憬得不得了，甚至有一段时间内见王宵佳成了我生活中为数不多的理想之一，这个理想终于在圣诞节后得以实现。一天中午童小语突然打电话给我说要和王宵佳来看我，我问她们什么时候到，童小语说已经到了，现在就是在学校门口给我打电话，让我一会儿去门口接她们。

去学校大门的路上我激动万分，我想居然在这个时候会见到王宵佳，不晓得这个牛人会是什么样子呢，一路上我作出了无数种猜想，想过先知，想过哲人，甚至连圣母玛丽亚的形象都出来了。

然后很快我就看到了一个先天营养不良的小姑娘，眼睛深凹，头发暗黄，然后巨瘦，连走路都飘忽不定，这个小姑娘怯怯地立在童小语后面。我到的时候童小语她们俩在看校门口的海报，不时有路过的男生假装看海报去看她们。

“你们学校的男生可讨厌了——他们假装看报纸，其实是看我和宵佳，还以为我不知道。”童小语见到我后连声抱怨。

“苏扬，给你介绍一下，这是宵佳，我最最好的朋友。”

“久仰，久仰。”我大失所望，冲王宵佳拼命友好微笑。

王宵佳开口了，她这一开口还真吓了我一跳，牙齿上居然有牙套，她对我皮笑肉不笑地说：“真是闻名不如见面，童小语再怎么给我形容也不如眼前这么形象啊。”

我知道这个小混蛋说的是什么意思，我想这家伙果然奸诈，可怜的童小语跟这种人在一起，以后发生什么事情就只有鬼知道了。

童小语提议到附近的肯德基坐坐（这个家伙眼里只有肯德基），去肯德基的路上王宵佳不停用眼角余光扫描着我，还时不时冷笑两声，仿佛我曾对她做过什么伤天害理的事情，而童小语走在前面浑然不觉，此时她是最高兴的，因为把她喜欢的人和最好的朋友都聚在了一起，何况等待她的将是她最喜欢的肯德基。我不知道王宵佳为什么这样敌视我，不过我也不怕，我不但不怕，而且也不停用余光看她，朝她冷笑。有好几次我们目光交汇到一处，彼此纠缠不清，结果我脸皮比较厚，她很快败下阵来，只听她从喉咙里冷笑一声，就加快步伐，追上前面欢天喜地的童小语，挽着她胳膊一起走路了。

事后我才知道王宵佳第一次见到我之所以会那么充满敌意只是因为童小语曾经告诉她前几天我们约会的时候不但被我拉手，被我拥抱，最后还成功被我吻了。听了童小语的诉说之后王宵佳立即用她成熟的大脑思考了一下，就觉得事情不妙，用她的话说就是："童小语，你的初拉、初抱，还有初吻怎么就这样一下子同时失去了，万一他是个骗子怎么办？"本来就没有主见的童小语一听到骗子两字就激动，连忙问为什么。王宵佳解释说如果他真的尊重你、喜欢你的话，就不应该那么急去吻你的，最起码不会说那么快又是拉你，又是抱你，然后再吻你。唯一的解释就是：他是一个骗子——你们看看，这个逻辑要多傻B就有多傻B。可是童小语还是信了，童小语拉着王宵佳问这该怎么办，吻也吻了，想不承认也不行，更何况对这个骗子还是动感情了。王宵佳到底是一个成熟的人，稍作思考后安慰惊慌失措的童小语说："不要着急，什么时候让我见见这个人，看他到底是不是骗子。"

王宵佳的提议立即得到了童小语的认同，于是两个小姑娘花了一个上午的时间开始密谋，连课也没有心思听了，还被老师点名批评了一顿，最终研究出若干陷阱来考验我的真实性，其中之一就是王宵佳用仇恨的目光看我，企图让我在愤怒的目光下原形毕露，因为按照她们的理解，骗子在正义的目光下都会坚持不了多久的。童小语当时虽然在前面又是唱歌又是蹦蹦跳跳的，其实心里比什么都紧张，害怕我真的会原形毕露，不过让她开心的是，我不但不紧张，反而很嚣张，童小语想一个骗子是绝对不可能那么大义凛然的。

也就是说，这第一关我是顺利通过了，不但通过了，而且做得比较的好，给了王宵佳一个下马威，让她知道她其实离真正成熟还有那么一点点距离的。

我一度会担心童小语和这样一个“巨阴险”的人在一起会不会吃亏，后来发现我的担心是多余了，王宵佳有思想，童小语却有钞票。王宵佳的父母双双下岗，每个月只有六百元的政府补助。童小语的妈妈是上海宝钢的一个部门经理，爸爸是一家私营企业的老板，每个月的零花钱就超过了六百块，财大气粗的童小语总是包揽了王宵佳的全部花费，所以虽然王宵佳比较的有性格却也不敢对童小语随便发挥，充其量只是童小语的一个幕僚，鞍前马后为童小语献策献计罢了。

5

我知道童小语家有钱，但是不知道会那么有钱。2001年的暑假，童小语的父母去欧洲度假了，我得以到童小语家小住了两天，当时我还不知道什么叫复式楼房，只是觉得童小语一家三口占据了那幢高层里的两个楼面似乎有点奢侈。后来童小语家厨房里一套五件的厨具引起了我的注意，我说这五样东西应该蛮贵的吧，童小语说还好吧，也就八千块，听了童小语的话我一边强忍着立即晕倒的欲望一边在想童小语如此出身还能保持纯洁的天性也实属不易，应该值得我去好好珍惜。

那个下午我、童小语、王宵佳三个人坐在肯德基里面吃着东西聊着天，我看着昏冷的太阳渐渐西落，街上行人寥落，萧瑟之意在心中慢慢延伸，渐渐达到了物我两忘的境界。所以王宵佳那些渺小的刁难丝毫没有对我形成威胁，我时而抒发情感，时而憧憬未来，动不动还把我三年前读过的《康德文集》中一些模棱两可的概念拿出来说说，王宵佳彻底被我的知识面给震慑了，到最后只顾竖着耳朵听我讲话，还不时把她心中的一些疑惑提出来，渴望我可以帮她解答。王宵佳说她暗恋一个男生三年多了，讲是不敢讲，忘又忘不掉，现在痛苦得不得了。那个男生是她以前的邻居，现在在另外一所中专读书。王宵佳问我应该怎么办，是继续这痛苦漫长非人的暗恋生活，还是大胆去告诉这个男生哪怕遭到拒绝也要勇敢面对，王宵佳说这些话的时候很凝重，我却想哈哈大笑，我想这是什么狗屁烦恼啊。童小语一开始还很生气，因为王宵佳和她做了三年的同桌都没有告诉她这件事，而才认识我三个小时就什么都说了，到后来听了王宵佳的深情诉说之后也感动得不行，一边狂吃汉堡，一边陪着王宵佳长吁短叹，催促我赶快想个办法。

这世界上的事情就是那么奇怪，比如说我的烦恼在老马他们心中就不是烦恼，而王宵佳所谓的烦恼在我眼中又不是什么烦恼了。这个世界上又有那么一些巧事让你不由不信，在事实的面前你会放弃所有的猜忌而去感慨万分。就比如那个冬日的下午，我滔滔不绝给王宵佳传道授业解惑，童小语已经完全沉浸在我的话语之中，她目光温柔，表情自豪，我知道我在伊的心中，形象发生着变化，绝对地高大起来。

6

童小语和我约好元旦晚上一起出去玩，因为那晚她妈妈可以让她玩到十二点后才回家，据说这个机会是童小语对她妈妈威逼利诱才争取得来的，童小语激动万分地说我们可以一起迎接新的千年，这机会可是一千年才有一次，所以一定要好好地玩，疯狂地玩，忘乎所以地玩。童小语千叮咛万叮嘱让我那天好好打扮一下，因为还有几个她的同学一起出去，她可不想她同学觉得我很土。

晚上八点的时候我和童小语手拉着手朝上海博物馆门口走去，远远就看到顾飞飞和许菲儿坐在博物馆门口的台阶上，旁边还坐着几对穿着时尚的少男少女，离得老远童小语就大叫一声“许菲儿”，然后人就冲了过去，那边许菲儿也奔了过来，两个小姑娘紧紧拥抱，那情形仿佛是失散多年的亲人一样。

许菲儿身边那几个女孩也围了上来，大家互相介绍了一下自己的男朋友，其中有一个叫周语侬的女孩子的男朋友最帅，个子有一米八五，棱角分明，孔武有力，有点像胡兵，周语侬拉着胡兵感觉不要太神气，瞟着我问童小语：“这就是你男朋友啊。”

“是的啊，他是写小说的。”

“哦。”周语侬应了一声就没有再问什么，几个小姑娘笑着闹着说别的了。八点半的时候人差不多到齐了，可到哪里去玩却成了问题，有的说要去钱柜唱歌，有的说到外滩看烟火，还有人说要去避风塘喝茶打牌，后来经过公决，最后一致决定到淮海路上去玩，然后在凌晨的时候到世纪广场看苹果倒计时一起迎接新的千年。

从人民广场到淮海路的地铁上是人山人海，沙丁鱼似的拥挤在狭小的车厢内，我比较文明只是紧紧拽着童小语的手，周语侬的男朋友仗着身高马大把娇小的周语侬揽在怀里不时耳语，许菲儿和顾飞飞两个人则是紧紧抱着还时不时对吻一下，童小语看了很嫉妒也想我可以这样抱着她，我知道她在想什么但也只得装糊涂，在这种场合让我做这么亲热的举动还不如杀了我好呢。

淮海路上更是人满为患，璀璨的灯光的映射之下分不清黑夜还是白昼，热闹得想让你歌颂这繁华盛世，走几步就是一处演出，看得我们不亦乐乎，就这样我们在淮海路上一路疯玩下来，到午夜来临之际已经累得不行。

时代广场上苹果倒计时前拥集着越来越多的年轻男女，还有半个小时就要迎接来新的千年了，每个人都在为这样的事实兴奋不已，童小语夹杂在人群之中兴致盎然地跳跃着，突然她的手机响了，是她妈妈打给她的，打完之后童小语就哭丧个脸对我说：“怎么办啊，我妈妈很讨厌的，她让我现在一定要回去，这人怎么这样啊？”

我们向其他人道别然后叫了一辆出租车回家，车厢内童小语紧紧依偎在我的怀里，我拥着她柔柔地吻着她，童小语闭着眼睛而我却睁着，我看到两边车上的中年人都在看着我们，一脸愤怒的样子。车子在淮海路上缓缓行驶着，那流连的灯火，喧嚣的声响，一切是那样的不真实，只有嘴里满是她的芬芳，手里她的温存依然那么真实可靠。就是在这样的飘忽之中午夜的钟开始鸣奏。

“苏扬，你听啊，钟声响起来了耶，我们快点许愿吧。”童小语从我怀里坐起来，双手合十作祈祷状。

“苏扬，你知道我许的是什么愿望吗？我祈祷我们可以永远相爱，一辈子都不分开，你的愿望是什么啊。”

“和你一样的。”

“真的吗？”

“当然了，我不会骗你的。”

“嗯，我相信你，我们一定会在一起，永永远远的。”童小语说完之后又把头埋到了我的怀里，那些色彩斑斓的烟火随着悠长的钟声纷纷扰扰地照耀在她的脸上也照耀在这个城市之上，童小语闭上眼睛脸上的表情犹如初生婴孩般安详平和，而我紧紧拥有了这一切，也就是这样的时候我才发现自己和所谓的爱情是那样接近。

7

找工作其实比什么都流行跟风，元旦一过，仿佛是谁一声令下，我们开始轰轰烈烈地找工作了。恋爱的、赌博的、看黄碟的、做生意的……形形色色的同学们开始放下手中的活计，纷纷坐到了电脑面前绞尽脑汁地构思着自己的简历，那阵势蔚为壮观。

在写简历的过程中，这些混蛋们充分发挥了不知羞耻的特色，个个号称自己精通电脑操作，熟练掌握英语口语，可以和美国人讨论他们的历史。学过几天日语的就说自己精通多国语言，看过《文化苦旅》的就号称自己熟稔中国文化。此外个个都说自己品学兼优，是学校的栋梁之材，在校时身居要职，为校园文化做出过积极巨大的贡献，就我们三十人不到的班上就出现了三个学生会主席还有N个社团领导人。这些虚构的领导人们一个个摩拳擦掌，雄心勃勃，大有一统山河的豪迈。

等忙好简历后就开始到处邮寄，低智商的是买来报纸杂志然后找出招聘广告，猛一点的人可以上网去找职位，最猛的人则拿来上海黄页，然后把上面所有的相关企业地址抄下来，然后纷纷邮寄，抱的是广种薄收的心态。这些猛男心想：发简历压也压死你，还怕找不到工作吗？小样！

而对工作的期望也是千奇百怪，大多数人渴望成为白领，公司最好位于淮海路上，工作之后可以取个英文名字，可以人模狗样地坐地铁上班下班。这个俗气的想法代表着绝大多数同学的观点，当然在这个主流之下还是出现了几种不一样的声音，比如说一个东北的同学只想成为一名车间钳工，或许在他眼里拿个榔头对着铁器敲敲打打比什么都有意思；还有人的理想是卖水果，而班上两位富家公子的理想是开麦当劳，据说开一家麦当劳需要人民币八百万，八百万或许也不算太多，但是压死个把人估计没有什么问题，可这两位富裕的孩子显然没有放在心上，其中一位公子的爹是山西大同一位私营煤矿主，还有一位的老妈经营着深圳市最大的一所牙医诊所，八百万对他只是“湿湿碎”。

还有几个混蛋崇尚不劳而获，依仗自己身强力壮，计划毕业之后就做牛郎，乘年轻力壮之际捞他一票。

最有意思的当属一个广西小伙子，他的理想是走私军火，他说不搞那玩意就没有原始资金积累，没有原始资金想在如今的中国发财门儿都没有，所以走私军火绝对是一条明智的生财之道，至于会不会被逮到纯属天命，根本不应该成为发财的羁绊，就像你不应该因为害怕被车子撞死而不在马路上行走一样。

我的理想是做一名销售，我的良心告诉我这个想法绝对不算很无耻。我在简历上写着我是系学生会副主席兼院文学社社长，写这些的时候我没有脸红，因为我确实是学生会副主席，也确实是文学社社长。按常理说我应该痛恨那些冒牌的同学，可是我一点儿都不恨，我不恨的原因不是我不在乎，而是因为我在乎了也没有用。我花了一个星期做好了简历，对这份简历我非常满意，除却一些真实的荣誉之外，我还合情合理杜撰了其他的情节，和那些弱智的骗子们相比，我的杜撰不但合情合理，而且具有力度，任何一个正常人看了之后都会竖起大拇指说我是一个优秀的人才。对这份简历我非常得意，得意的人往往容易犯错误，我犯的错误是给其他人看了我的简历，并从别人羡慕的眼光中沾沾自喜。只是让我想象不到的是，没有过两天，几乎班上所有人都拥有和我一样的简历了。

2000年我对销售员的概念基本上还停留在过着灯红酒绿的生活，靠一张嘴打天下的层面。深刻一点就是销售员可以磨炼人的意志和能力，可以有较大的发展空间，更是有人拿出科学数据论证那些总经理大企业家都是做销售员出身的。我渴望成功，自信嘴上功夫了得，而且极度崇尚那些声色犬马的生活，所以我把做销售员当成了我唯一的求职目标。这个决定所带来的第一个显而易见的好处就是没有一个人赞同我的观点，在他们眼里，这简直是傻B才能做出的决定——一个学技术出身的人，居然想做销售，不是傻B又是什么——他们对我的决定纷纷流露出遗憾的色彩，我却非常高兴，这些鼠目寸光的混蛋们又明白什么呢？如果他们也跟着我一样说要做销售，我想我肯定会立即崩溃。

8

元旦那天一大早就接到童小语的电话，电话那头的童小语声音听起来有点憔悴。童小语告诉我她很想我，都快想疯了，然后问我想不想她，我说想，听了我这句话后童小语的语气才算有点轻快。童小语让我下个礼拜二下午去她们学校看她，因为那天下午放学她要留下来出黑板报，可以到晚上九点多才回家。她说礼拜二有事情告诉我，我问什么事情，她死活不肯说，等到星期二自然是知道了，我又问是好事情还是坏事情，童小语沉默了片刻，告诉我不是好事也不是坏事，我听了心有点儿紧张起来，我还想再问些什么，她却说她妈妈买菜回家了，然后就挂了电话。

童小语的学校在虹口区，就在大连路和四平路交界的四平天桥附近。我到她们学校的时候她们刚刚放学，校门口站着不少骑着山地车的十八九岁的男孩子，一个个打扮前卫，青春洋溢，从校门鱼贯而出很多穿着蓝色校服背着大大书包的女孩子，这些女孩子一出校门就把身上那件蓝绿色的校服脱掉塞到了包里，然后往那些酷酷的男生山地车的前杠上一坐，那些男生屁股一撅，一个加速，潇洒地离去了。

我一直等到所有学生差不多走光了才敢进去，看门的老头警惕地看了我半天，我没有理会直接走了进去。她们学校不算大，我很快找到了童小语的教室，教室里空荡荡的，从窗口看过去就见童小语一个人在后面的黑板上出黑板报，不时地在脚下的几个凳子上跳来跳去。

我没有叫童小语，而是找了教室内一个位置坐了下来。童小语回头看了我一眼，就笑了一笑，并没有和我说话，然后又继续出板报。

看得出来她很不开心，童小语这人太单纯了，开心不开心全部写在脸上。

过了大概二十分钟的样子我坐不下去了，我觉得这样浪费时间非常没有意义，我走到童小语身边，我问："还要出到什么时候啊？"

"很快了，把这篇文章抄好了就可以了。"

"我帮你吧——你说我做点什么呢。"

"帮我拿粉笔好了。"

"你那么认真干嘛，出个黑板报也要这么劳心费神。"我一边给童小语递各种颜色的粉笔一边说。

"当然要认真了，我可是我们班的宣传委员，黑板报是老师交给我负责的。"童小语一边认真写着字一边对我说。

这样差不多又过了一个多小时，童小语从凳子上一跃而下，然后突然把手放到我的面前一阵狂拍，溅起无数粉尘，童小语说："好啦，今天就出到这里，明天接着出。"

童小语并没有看我躲避她手上粉笔灰的狼狈样，而是径直走到自己座位上拎起书包，然后头也不回地对我说："走吧，我们到操场上走走。"

"你现在不开心？"在操场上走了两圈之后我问她。童小语学校的操场真他妈的大，一圈至少四百米。

"对的。"童小语点头承认。

“跟我说说为什么吧。”

“说出来你可不要生气，你答应我。”

“放心吧，你也不看我什么肚量。”

“我同学说你长得很难看，而且不会穿衣服，像乡下人一样，”童小语愁眉苦脸地说出她心中的痛苦，“她们这样说你我很难受的。”

“都谁这么说的啊！”我立即提防起来，又生气又自卑，上海人凭什么这样瞧不起人？

“就是元旦晚上一起去玩的几个人。”

“就那几个小姑娘啊－－那你觉得呢，你觉得这样很丢你人是不是？”

童小语没有回答我，只是继续低头沿着操场走路。

于是我们又走了两圈，走得我双腿发酸。童小语却仿佛依然有力气继续走下去，不但走得飞快，而且能时不时抽身去踢脚下的砖头。

“没有什么事情我就先走了。”我是真的生气了，童小语耳根可真软。

童小语不再往前走了，就站在原地，低着头，夕阳将她高挑的身材拉下长长的影子。

“你不说话我就真走啦。”我的声音加重了几分，斜眼瞪着她。

童小语还是傻傻地愣在原地，看着我，不知道她到底在想什么——难道是想和我摊牌，说分手——我突然想到这个，原来今天叫我来是为了这个啊，我还真傻呢。

我转身就走，心里愈发疼痛，我可不想听她说出那几个字，我怕我会当场晕倒。我打算回去后立即给她写信Say Bye-Bye，先发制人，从此老死不相往来，别以为我不敢，老子急了什么事情都做得出来，哼！

那一瞬间，我想到的全是这样乱七八糟的事儿。

没走几步，就听到童小语在身后叫：“苏扬。”

声音有点儿凄凉。

我立即转过头，看到童小语脸上已经挂满了泪珠。

接着，童小语突然大哭一声向我扑过来，童小语超大的冲量差点没有把我给撞倒，我搂着她然后听到她说：“苏扬，你别生气，我相信你的，别人说什么我再也不管了，我只知道，我喜欢你。”

谢谢你，单纯的女孩
给我甜蜜给我爱
给我回忆给我伤害

MEMORIES

本章插曲

我们能这样到永远吗

配乐 | 我们能这样到永远吗 |

童小语突然紧紧抱住我
然后把头深深埋进我的怀里

童小语说：苏扬
你以后在路上骑车的时候一定要当心啊

还有你平时千万要注意你的身体
不要生病了

因为你现在的身体已经不是你一个人的身体了
为了我你要把自己照顾得好好的

配乐 | 我们能这样到永远吗 |

第六章 誓言

只因那时年少，才把承诺说得太早
只因那时年少，才把未来想得太好

1

“我喜欢你。”

这是童小语第一次说喜欢我，很久很久以前我有一个梦想：有一天一个美丽的少女可以流着泪在我怀里说喜欢我，我一直觉得这只是一个美丽的幻想罢了，幻想见不得阳光，只能在黑夜的时候拿出来细细打量。可是在那个美丽的冬天，温暖的夕阳之下，我一不小心居然实现了这个梦想，这真让人觉得不可思议。

后来我们躲在操场的司令台后面接吻，相比前两次，童小语的接吻技巧大有长进，终于知道接吻并不是两个嘴唇合在一起就完事。那天童小语仿佛具有无穷的能量想通过接吻予以发泄，我的嘴巴都酸了童小语还是不依不饶，差不多半个小时过去了我才听童小语从喉咙里长叹一声，然后无比沮丧地对我说：“王宵佳对我说如果吻到一定程度就会昏过去的，为什么我们还没有昏死过去呢？”

童小语那认真的样子让我啼笑皆非，我说你怎么都听王宵佳的话啊，她又没有接过吻，她或许只是乱说的。

“对的，我怎么就没有想到呢，她肯定是乱说的！”童小语作蓦然醒悟状。

“不过我们也不知道人家王宵佳就没有接吻过，对吧？说不定她是高手呢。”

“是啊，是啊，说不定还和好多男生接吻过呢，否则她怎么知道可以昏过去呢，说不定她还和人家那个呢。”童小语说到那个的时候突然满脸通红。

“哪个啊？”

“就是那个。”

“我不知道啊。”

“不可能的，你别装了。”

“我真的不知道，你不告诉我我怎么知道啊？”我继续和童小语捣糨糊。

童小语最后急了，她红着个小脸对我说：“那个就是做爱啊。”

我看着童小语那认真的样子，哈哈大笑了起来，童小语一开始还不知所以然，等明白过来我刚才在逗她玩的时候立即举个拳头要打我，可惜我早就跑掉了。

八点钟的样子我提醒童小语应该回家了，童小语依依不舍问我什么时候再来。我说我快期末考试了，近期会忙一点，不过有时间我肯定过来找她。我帮童小语提着她的大书包，走到门口的时候她突然发现自己鞋带散了，她让我把书包给她，我先到外面取自行车等她。

学校门口停着一辆黑色的轿车，我绕了过去打开自行车，童小语从学校里出来了，正当我推着车准备迎上去的时候，只看到那黑色轿车里有人向她招手，然后她一屁股坐进车内，甚至连看都没有来得及看我一眼，轿车一下子开走了，只留下一阵青烟。

后来我才知道原来是她爸爸来接她了，我们庆幸没有一起出来或者说她的书包还在我的手上，庆幸过后开始反思如果那个时候我们一起走出来然后书包还在我手上的话，童小语会怎么反应。我以为童小语会豁出去向她父亲坦诚我是他男朋友，没有想到童小语却说："我肯定会说你是小偷，偷了我的书包的。"

"那万一你爸爸把我抓起来怎么办？"我继续假设。

"你可以跑的啊，他抓你就让他抓啊，你没有脚的啊？"

"我是有脚，可是你爸有车，路上还有警察。"

"那我也没有办法了，不管怎么样，你被警察抓起来总比我被爸爸抓起来好，他们如果知道我现在就在谈恋爱，我就死定了。"

2

期末大考在一月底准时举行，由于准备充分，作弊得当，加上老五弄到的以往几届的试卷作参考，所以各科都顺利通过。基本上这次考试是我们最后一次大考了，大学最后一个学期主要是做毕业设计和找工作，"大四不考研，赛过活神仙"，十数年的煎熬，就快立地成佛了。

考完试我没有立即回家，因为寒假里有个大型人才市场要在上海体育场举办，还有就是想好好和童小语在一起玩个几天。我告诉童小语我放假会晚些回家，童小语问我是不是为了她才这样，我说不是为了你难道还是为了王宵佳啊，童小语被我一反问想想也是，于是立即不要太开心，忙说等她放假了一定会多抽点时间陪我，我问如果她妈妈不让她出来怎么办，结果童小语特牛B地说："只要我平时对她好一点就没有问题了，女人嘛，花花就搞定了。"童小语说这句话的时候特别神气，我从来没有想过单纯的她也可以这样老气横秋地说话，结果当场我有点木住了，童小语问我怎么回事，我就模仿她用上海话说："侬甲棍，我四 8 侬（算你狠，我输给你）。"

3

不知道是哪个混蛋想出来的主意，人才招聘会放在寒假里举行。害得很多本来买好火车票的同学纷纷退票，一个个养精蓄锐熬到那天，纷纷穿得西装革履人模狗样地朝八万人体育场进军。

公交车上我们先是诉说现在世道险恶，人心不古，前途渺茫，谦虚了一阵子后又开始吹牛，吹到最后有了万丈雄心，个个觉得前途无量。到了人民广场的时候天下起了雨，那个时候人民广场的居民住宅还没有全部拆迁，我们一窝蜂躲在几户人家的门口躲雨，没躲多久就被人家赶走了，等雨小的时候疯狂冲进地铁，向徐家汇方向奔去。地铁上大多都是学生，个个拿着简历摇头晃脑的，到万体馆站，地铁上学生越来越多了，等走出地铁站的时候吓傻了，眼前黑压压全部是学生，个个疯狂地向万体馆涌去。我和同行的杨三儿、老马几个人面面相觑，觉得此行定是凶多吉少。

那天的结果是这样的，我们花了五块钱买了门票然后排了半个小时队进了招聘现场，然后就和杨三儿他们彻底走散，现场招聘的大多是上海企业，上海企业比较奇怪，一是要求有工作经验，二要有上海市户口，所以可供选择的并不多。我在人群之中奋力拼搏三个小时共投出了八份简历，其中有效简历六份（其中两份被拒收因为不符合录用要求）。下午一点的时候我手上还有三份简历，人已经是心力交瘁，我一狠心自己把简历给撕了，然后决定先行回去。

路过人民广场的时候我顺便到迪美里给童小语买了两只很好看的发卡。等回到宿舍的时候已经是六点多了，推开宿舍门一看，那帮混蛋早就回来了，正横七竖八地躺在床上兴高采烈谈论着白天的事情呢。杨三儿比较猛，一共投出了十四份简历，老马最衰，挤了半天就送出三份，据说其中有两份人家看都没有看就直接给扔了。

我们长吁短叹直到半夜，依然觉得前途没有什么希望，没有希望的人是需要酒精刺激刺激的，于是半夜我们爬起来决定出去喝酒。学校外面有很多夜排档一直开到天明，我们点了几份炒菜，一个个抱着啤酒瓶怒饮，六个人喝掉三十几瓶啤酒，喝完之后差不多都醉了，就站在路中间撒尿。杨三儿吐得不成人形，我没有吐，就是心中憋得难受，四肢无力，等到回到宿舍，趴在床上立即睡着了。

第二天醒来的时候我头昏脑涨，手腕发痛，一看时间已经是十点了，吓得赶紧起床。童小语今天考最后一门功课，她让我去学校接她，那天风特别大，我足足骑了一小时才到她们学校，路上还和人家撞了一下，差点打起来。到她们学校的时候我已经冻得不行，连忙躲在学校对过的证券交易所看别人炒股。大概十二点半的时候童小语从学校里出来了，童小语围着个大红的围巾，老远就冲我微笑，然后使眼色示意我跟着她走，等走到一个小巷子里的时候，童小语突然回头，然后紧紧抱住我，童小语抱住我后连说了两句话：

第一句话是：苏扬，我想死你了。

第二句话是：苏扬，我放假啦，我们可以好好在一起啦！

4

2001的农历新年前，我和童小语差不多有十天的样子是整天黏在一起，每天早上我八点半左右到她家楼下接她，她父母八点的样子会出去上班，童小语则会在八点一刻起床然后梳妆打扮上半小时再花枝招展地出来。我们配合默契，最大限度利用了每一个可能在一起的时间，除了她家门口那个卖茶叶蛋的老太婆之外没有人知道我们的秘密。

童小语几乎每天都更换自己的形象，时而清纯时而淫荡，而不管哪一种都是那么风情万种，每当童小语拉着我的手小鸟依人般地跟在我身后的时候总会有很多人驻足观望，别人羡慕的目光充分满足了我的虚荣心，不过更让我开心的是童小语每天都会带早饭给我吃。

这十天的时间充分巩固了我和童小语还算稚嫩的感情，为我们的热恋提供了最大的温床。我完全发挥出了自己温和、成熟、遵守公共卫生等优良品质，无论童小语对我提什么样的要求我都尽可能满足她而且一点儿牢骚都没有，以致童小语会经常发出“苏扬，你怎么会那么好的啦”之类的感慨。童小语的心态就犹如一个买了彩票的人突然发现自己不但中了头奖而且可以兑现两次，面对童小语如此的感慨，我则一律用“我会做得更好”予以回答，以此表示我的谦虚和负责。

童小语立志要全面改造我的形象，童小语的目标是不但要对我外表进行全面的升级更新，还要洗涤我粗俗的灵魂，在最短的时间内把我塑造成一个合格的上海男人。在童小语的“淫威”之下，我花了一千多块钱在徐家汇商业区的GH店买来全套的衣服，我从试衣间出来的时候童小语居然当场拍着手说我帅多了，然后迫不及待地让我立即就换上新衣服，而旧的“扔掉算了”。童小语还天天给我洗脑，对我说我的哪些行为举止应该更正。我稍作总结，童小语对我的改造主要集中在如下几个方面：

1、不要在公共场合大声说家乡话；

2、不要随手掏鼻子或者掏耳朵；

3、吃饭的时候动作要轻要慢，喝汤的时候不能很大声，吃好饭后掏牙齿要用手遮住牙签；

4、走路的时候要昂首挺胸，切忌摇头晃脑；

5、不要看到路上的漂亮小姑娘就两眼放光，更不可以流里流气地对人家挤眉弄眼吹口哨；

6、学好普通话，注意卷舌和翘舌，前鼻音和后鼻音的区别；学习上海话，最起码要听得懂；

7、不要喝自来水，要喝饮料，因为那比较有营养；

8、天天洗澡，勤剪指甲；

9、不准吃大排档。

……

对于这些要求，我必须无条件地接受，童小语把改造我当成了人生一大乐趣，都说人学好不容易，学坏还困难吗？在童小语的监督下，我很快习惯了出门打的，把肯德基当成便饭等一系列的坏习惯，而当有一天早上童小语见到我点头说可以了的时候，这样的改造才算告一段落。

不过为了这个“可以了”我付出了很大的代价，精神上的折磨还算小事，钞票花光了才是大事。我不但把一学期省吃俭用的钱全部花掉了，最后还把我父母给我买手机的两千块钱也拿了出来，结果没有过上多久又给花得差不多了。

5

童小语在2000年的时候兴趣爱好基本上还集中在一些小玩意上面，童小语几乎每天都不厌其烦去逛那些“淑女屋”、“男生女生配”、“少女之心”之类骗女孩子钞票的地方，短短十天我至少给她买了有二十个发卡、三十个头巾，还拍了N次大头贴照。说到这些大头贴照就生气，也不晓得是哪个混蛋发明（唐骏别骂我）出来的，人往个机器前面一站摆几个pose，然后打印机一阵狂打就是二十块钱，前后花不了十分钟完事，这不是抢钱是什么？童小语却不这样认为，反而越拍越起劲，像赶场子一样把上海所有有这种机器的地方都跑个了遍，乐此不疲。童小语一点儿都不觉得自己的行为很过分，还兴冲冲地说等明年有了新款机器再去拍。

当然，在和童小语一起玩的过程中，我时常能被她的一些细微的举动所感动，而这种感动让我觉得自己无论为她做什么事情都是值得的。一次我们到共青森林公园玩，玩着玩着童小语突然从地上捡起一片树叶子，她说如果我能扔到树上就证明我们可以永远在一起。说完之后她双手合十，双目紧闭，对天祷告了一会儿，然后奋力往树上扔去。结果当然没有扔上去了，童小语连忙说不算，要重新来过，结果重来了十次，全部没有扔上去。最后童小语急了，童小语一边着急一边拉着我胳膊用力摇晃着说：“苏扬，苏扬，看来我们是不能在一起了。”

还有一次从和平公园看完老虎回去的时候，童小语突然紧紧抱住我然后把头深深埋进我的怀里，童小语说：“苏扬，你以后在路上骑车的时候一定要当心啊，还有你平时千万要注意你的身体，不要生病了，因为你现在的身体已经不是你一个人的身体了，为了我你要把自己照顾得好好的。”

童小语说这话的时候很认真，她一定要求我答应她的要求，一开始我还想和她开玩笑，可是我开不出，我紧紧抱住了她，我实在想不出这个时候除了将这个美丽善良的姑娘紧紧拥抱还能怎样去表达我的感动。

有一次我把手套忘在她包里了，我的手套上有的地方线头有点脱落了，结果童小语当天晚上到外面买来针线，然后像模像样的给我的补手套了两个多小时还没有补好。童小语晚上睡觉的时候就把手套顶在脸上，因为童小语觉得上面有我的味道，闻着我的味道睡觉会感觉很幸福。

6

自我放寒假起，我爸妈打了N个电话催促我快点回家，见我不为所动恐吓我如果再不回去他们就来上海逮我回去，他们的恐吓我不怕，但是我却害怕再不回家的话说不定真的会饿死在上海。离过年还有一个星期的样子我郑重向童小语道别，童小语流着眼泪送了我无数小礼物说这些都代表她对我的爱和思念，这些小礼物包括她平时收集的发卡、头绳、粘纸照，还有她自制的护身符。我把这些东西统统塞进了宿舍的柜子里面，收拾好行李，又到学校附近的大卖场买了一点礼品带给父母和爷爷，把一切事情办妥后准备打道回府。

上海往扬州开的车子集中停在沪太路的长途客运站，第一天我早晨六点赶到那里的时候听说车子已经发车三个小时了，第二天我半夜三点钟赶到那里，结果等到六点钟都没有见到车，第三天我干脆十二点不到就赶到车站，结果车是见到了，不过争着上车的不少于二百个人。我看着那些背着大包小包如狼似虎的民工，长叹一口气，感到有点儿绝望，再过一个星期就过年了，照这情形除了走还真回不了扬州。

对于我走了两三次都没有走掉的情况，我对童小语的解释是我舍不得离开她，连续两次在汽车发动的那一瞬间跳下车只是因为离不开她。童小语对这个解释深信不疑且感动不已，她根本不会考虑什么人多车少之类的现实问题，对她而言只要我留在上海她就很满足了，最好永远都不要回去。

我又尝试到其他汽车站看能不能回去，结果情况是一样的，根本就没有回江苏的车。正当我完全绝望之际，我松江的表哥突然给我打电话说他们那里做生意的人准备包车回扬州，他给我买到了一张票子。我听了大喜，连夜赶到松江，第二天终于坐上了回扬州的汽车，等到家的时候那已经是小年夜的傍晚了，那真是一个团圆的好日子。

7

春节过后我在家里过了三个星期衣食无忧的资产生活，衣食无忧的最终结果就是让我的体重增加了足足有十公斤——你想想十公斤肉是什么概念啊！换成二十斤猪肉的话够全家人吃一个月的了——总之春节过后我回到上海的那天童小语看到我的时候看了半天都没有敢认我，后来童小语差不多是指着我的鼻子嘲笑我臃肿得像一头肥猪，童小语在说“肥猪”这两个字的时候皱着鼻子然后用手拼命在我面前比划着，童小语比划了半天然后对我大声说：

“苏扬，猪，你知道吗？”

“知道啊。”我用无辜的眼神看着童小语歇斯底里地在原地抓狂。

“就是你。”童小语瞪着眼睛看着我。

“哦。”我麻木不仁地应了一声。

“太过分了，怎么可以这样的啊。”童小语一副深受打击的模样。

“我知道我错了，大姐，您让我先歇一会儿好不好，我实在太累了。”

说完我把行李扔到了地上，一屁股坐了下去，童小语在原地转了几圈发现徒劳无功于是也坐到了我旁边，从包里掏出一瓶饮料，抬头咕咕喝了几大口，安静了。

那是在人民广场博物馆的门口，我回上海前一天给童小语打了电话说第二天中午我就可以到上海，童小语听了之后连续感慨了十个“真的吗？”然后强烈要求到人民广场接我。从扬州到上海差不多只用了四个小时，我到人民广场的时候童小语还没有到，我就拎着行李站在那里等她。人民广场的大屏幕下热闹无比，这个城市几乎所有热衷于见网友的青年男女都把这里当成见面的圣地。在这块圣地上我看到了四个在等网友的丑女，我对天发誓那是我生平见过最为丑陋的四个女孩子，在这里我一点鄙视的意思都没有，我只是想反映一个事实，就像童小语说我是肥猪其实也只是反映了一个事实而已，所以我并不能生气，我只能郁闷。无论是谁被别人说成是肥猪都是一件值得郁闷的事，哪怕说你的人是爱你的人。所以差不多有一个月的时间我都采取了极端的方法去折磨自己，试图以此达到减肥的目的，我采用的方法是每日早上跑三千米每天吃两顿每顿半两饭并且不吃鱼肉这种荤菜和土豆这种高淀粉的植物，就这样折腾了一个月后总算恢复到春节前的身材，得到了童小语的彻底原谅。原谅的表现就是童小语不再叫我肥猪了，可是或许叫了一个月的猪叫顺口了，我瘦下去后童小语改叫我瘦猪了。

从此以往这个称号一直伴随着我和童小语的爱情，见证了我们之间所有的山盟海誓和互相猜疑。

那天在博物馆门口的台阶上我和童小语互相诉说着离别的思念，童小语说她几乎每天夜里都会梦到我，而睡觉前她必定偷偷摸摸看我以前给她写的信，否则肯定是睡不好觉的。童小语在诉说对我的思念的时候居然具有开创意义地运用了“如痴如醉”这个成语，童小语问我是不是也“如痴如醉”地想念她。说实话我回家这几个星期还真没有怎么想过童小语，但是和以往无数次一样，我依然选择了撒谎，童小语在得到我肯定的回答之后无比幸福地把头依偎在我的肩膀上，我紧紧搂着她，感到很幸福。童小语紧闭着眼睛而我却瞪着眼睛看广场上的一切，我看到大屏幕下的四个丑女终于见到了她们等待的网友，那几个见面的男人似乎并没有太多失望然后她们很快消失，在她们走了之后又是一帮人重新站在了大屏幕下面等待见面。

广场上人流如织，一切繁花似锦，欣欣向荣，或许没有人知道也就是在三年后这里会变得面目全非，大屏幕会从这个城市彻底消失，取而代之的是一些体态健硕的香樟。大屏幕的消失其实也结束了网络的一个时代，当那些继续年轻的男女们纷纷选择对面的KFC或者淮海路的百盛或者其他地方作为见面的场合时，谁都知道再也回不到那个清纯懵懂的网恋年代了。

正当我胡思乱想之际童小语突然从我怀里蹦了起来，然后用颤抖的声音对我说：“要死了，苏扬，我差点把重要的事情给忘记了。”

“什么事情，那么大惊小怪。”

“你快跟我来啊。”童小语一把抓住我的手疯狂地往外拉。

我随着童小语一路狂奔到香港名店街，最后在Red Earth专卖店门口停了下来，童小语气喘吁吁地大口喘气，然后兴奋不已地看着我慢慢冒出两个字：“打折。”

如果现在让我去描写一个上海女孩子在成长历程中的兴趣爱好，我肯定可以滔滔不绝写上个上万字还不用思考，事实上我是如此清晰地记得童小语的爱好从收集那些小女孩子的玩意转到化妆品之上所有的细微过程。这应该是一个女孩子青春期的一个鲜明标志。2001年春节过后，童小语就十八岁了，十八岁的童小语迷恋上了化妆品，从此一发不可收拾，把大量人力财力花费在那些瓶瓶罐罐之上还总是不满足。那天在香港名店街，我不知道Red Earth里哪个混蛋想到“买200送300”这个歹毒的促销手段的，这么诱惑的口号不是要女人的命吗？在童小语强烈要求下，我给童小语买了二百元的化妆品，当拿着总额五百元的化妆品往回走的时候童小语拉着我的手晃来晃去然后无比兴奋地说：“苏扬啊，看来你还是很爱我的。”

直到那个时候我才算明白过来让我给她买化妆品其实不是童小语主要的动机，试探我还爱不爱她才是她的最终目的，天真的童小语总是可以想出一些稀奇古怪的方法来测试我对她的爱，并且还能够一举两得。对此我感到有点后怕，第一是因为当时我确实很舍不得花那么多钱买化妆品给她，第二，我仿佛真的不爱童小语。

三儿和老马寒假没回家，他们俩在学校附近的家乐福打了一个月的短工，一个月下来这两个要钱不要命的混蛋从家乐福偷回来不下三千元的物品，其中包括各种品牌的洗发水，后来我们一个宿舍六个人集体洗到毕业都没有洗完。

8

新学期晃晃悠悠地迎面而至，空荡的学校很快又恢复到了往昔歌舞升平的繁华景象。新学期开始我心态平和，无欲无求，不打牌，不酗酒，对什么都提不起激情，最大的爱好就是上网。“寂寞疼痛”上依旧人丁兴旺，走了一批姑娘又来了一批姑娘，网络上的我要风得风要雨得雨，现实中的我却始终感到非常寂寞，毕业的日子近在咫尺，工作依然毫无着落。我依然会去感伤，不过却换了其他的形式，四月的一天当我站在窗前看到花圃里的映山红开得鲜艳如血，看着看着居然感动得想流泪。

新学期里童小语基本上每个星期天都能出来一次，一般是我陪她去兜那些兜了千万遍的商店和马路，相同的风景却因为童小语的存在变得千姿百态。有的时候童小语也会来我们学校找我玩，舍友们都很识相，只要童小语一来他们就自动消失。童小语在我宿舍的时候喜欢玩我电脑上的游戏，她玩电脑游戏的时候又喜欢让我从背后抱着她，然后让我用手把握住她的乳房，她说这种感觉很舒服。童小语的身体很瘦，乳房却极为丰满，童小语把之归功于我，说自从和我好上之后那两块地方就以“飞天”的速度开始膨胀。有的时候我会和童小语到操场上打打篮球，童小语个子高，手感好，所以投篮我还不是她的对手，每次都会被她无情嘲笑。

在我的谆谆教导之下童小语开始尝试接受肯德基之外其他的食品，比如小馄饨和牛肉拉面。和童小语在一起的时候我们永远会拉着手，隔上几分钟就会说一次“我爱你”，童小语喜欢我对她说“我爱你”，她说每当我说一次，她都有一种世界上最幸福的女人的感觉。而我总是充分满足童小语这个要求。

总之从寒冷的二月到阳春四月，我和童小语的感情稳中有升，愈发牢靠，我不再去苦苦思考什么是真爱我究竟有没有真爱，我只是知道和童小语在一起我很开心。四月份的时候童小语开始改叫我老公，我把之作为我们关系的一个全新转折点，而每次见到我童小语会笑嘻嘻地顶着个眉毛对我说：“老公啊，我想死你啦！”

9

据童小语自己交代她从小到大一共喜欢过四个男生，第一个是她的宁波堂哥，那个时候童小语才十二岁，刚上小学五年级，十二岁对童小语是重要的一年，因为那年她开始来月经了，标志着全新的少女时代的到来。正当童小语对自己生理变化寝食不安之际她宁波堂哥来上海养病，住在她家，朝夕相处之后童小语对堂哥心生爱恋，等那堂哥养好病回宁波的时候童小语还偷偷大哭了好几场，然后还像模像样给这个堂哥写了好几封信。不过很快就忘记这个堂哥了，因为童小语喜欢上了班上的一个戴眼镜的男生，那个男生长得白白净净，学习特别好，童小语整整暗恋了他四年。

后来童小语又喜欢上了她的体育老师，一个刚从体院毕业出来孔武有力的小伙子，童小语说无数次想告诉这个小伙子她喜欢他可是怎么也说不出口，一次期末考八百米长跑童小语跑着跑着就跌倒在地，于是她就看到体育老师向她走来，当时童小语突然感到很幸福心想如果他来拉自己的话就向他表白，然后赖在他怀里不肯起来。可是那个体育老师并没有这样做，他只是远远冲童小语很粗声地大叫：“喂，那个同学，快起来继续跑，不然记你不及格。”童小语说她当时很失望很委屈，觉得自己爱错人了，然后含着泪跑完了余程。

接下来童小语就开始网恋，这一段历史我最清楚了，总之她又是受害者，童小语之所以把她这么长一段情史告诉我原因有两个：

1、她是一个对爱情很认真的人，所以我也要对爱情认真；

2、很多男生曾经骗过她，所以我不可以再骗她。

童小语最后告诉我，在遇到我之后她才发现原先那四段感情其实根本就不是感情，就像我遇到她之前和其他姑娘的感情也不是真正的感情一样。童小语问这句话是不是很正确，我说你说的实在太正确了，我们都是对方的初恋。对这个结论童小语非常地满意，于是童小语说：“老公，我们要把我们的初恋进行到底，一直到老到死也不要改变。”

10

三月初，先前邮寄出去的简历终于有了点回音。我是我们班第一个接到面试通知的，那天我从图书馆看完书后神志不清地回到宿舍就看桌子上有一封白封皮的信，下面印着某某保险公司的字样。我瞟了一眼心跳立即到一百五，水也顾不上喝一口就颤抖着手拆开信。信里是一张面试通知书，那家保险公司说经过严格考核后认为我非常适合他们的用人理念，他们将会为我提供完美的工作平台，让我可以在职业生涯获得一个全新的提高。在一番天花乱坠的描述后让我到金茂大厦四十六层他们公司去面试，我站在原地看了不下十遍，脑子里出现的居然全部和飞黄腾达有关。后来老马他们也过来看了，居然也兴奋不已，然后大家为这样一封信兴奋到深夜，到熄灯的时候一向比较有自卑情结的杨三儿开始反思，他说这么好的公司会用我们这种人吗？杨三儿的自卑思考很快获得了我们的赞同，最后我们一致认为这只是一个骗局，事实证明我们的猜想完全正确，没几天班上几乎所有人都收到了这家保险公司的面试通知，而两年以后连路边的乞丐都拒绝做保险销售。

我的第二次面试通知是一家广告公司，他们招收销售业务员。我花了近两个小时倒了三部车才到了位于徐汇打浦桥的那家广告公司。公司是一间三房一厅普通的居民住宅，我到的时候已经有很多男男女女在外面守候。轮到我面试的时候，一个黄头发的女人用上海话滔滔不绝和我讲话，讲到一半的时候突然停下来，然后用普通话问我能不能听懂，我微笑着对她说当然可以了，事实上，我几乎是听不懂的。这个女人于是继续用上海话对我说话，根本就不给我发言的机会，等她说完之后我头都晕了，我只听明白了一句话就是：做业务员，基本工资一个月人民币三百块，奖金看业绩。那个黄头发女人的旁边坐着一个白胖子，那个号称主管的胖子在面试的时候从头到尾一言不发，就犹如一尊活佛，活佛偶或会对旁边的女人抛个媚眼，我想他们肯定有不可告人的奸情。

那天一共有四十多个人应聘广告业务员，后来只有五个人通过了面试，我居然被录取了，一个老太婆偷偷摸摸把我拉到水房让我一个星期后过来接受培训，回去的车上我很有种功成名就的感觉。徐家汇离开我们学校实在太远了，我头搁在铁靠背上就睡着了，直到终点站的时候也没有醒过来，最后还是被司机给推醒的。

只是后来我还是没有去这家公司，一个星期后我兴冲冲赶到那家广告公司的时候看到大门紧闭，然后隔壁的邻居说前几天倒闭了。

类似这种乱七八糟的应聘我还参加了几次，都不了了之。我的同学大体情况和我差不多，离毕业差不多还有四个多月的样子，落实工作的寥寥无几，一种悲伤的情绪在同学们中间蔓延，每个人都高呼自己很绝望。

11

再说说一些发生在我和童小语热恋时期的琐碎小事吧，回味这些事情的时候我感到非常甜蜜，人生似乎又重新充满激情，回味过后却异常伤心，大脑依旧一片空白，生活继续晃晃悠悠。

无论如何，这些事情都犹如烙铁一样在我鲜活的内心中留下了深深痕迹，一万年不变。

童小语是个好姑娘，这个观点基本上可以算作本世纪最毋庸置疑的真理之一。

在和童小语交往的日子里我不止一次地向她表达过这个意思，一开始她还会红着脸表示谦虚，顺便说自己会更加努力之类的好话。等熟识了之后她会瞪着眼睛对我说：“算你小子还有点良心。”而等和我恋爱后则会闭着眼睛特悠然自得地说：“那是！我可是这个世界上最好的姑娘了。”然后睁开眼看到我目瞪口呆的样子还会补充：“看什么看，难道你不相信吗？我可告诉你，你能做我的男朋友绝对是无上的荣幸哦。”

由此可见，好姑娘童小语其实还是蛮自恋的，自恋的通俗讲法就是臭屁。童小语的臭屁还表现在和我一起在外面玩的时候，每次挽着她的手走在路上我都有点底气不足，因为无论从气质还是外貌还是穿着打扮来看我都和童小语存在严重的差距，说白了就是我配不上童小语，这个基本上也是本世纪无须证明的真理之一。所以在别人诧异的目光中我很容易变得猥琐不堪，而童小语在别人的目光中却只会更加昂首挺胸，童小语走路的时候确实是把胸挺得高高的，童小语之所以会如此只是因为她以为别人看她是在嫉妒她的身材。

童小语总是以为别人在嫉妒她身材，实在臭屁得很。

是个人都知道上海这城市别的物体没有，就数美女比较多，随便走在哪条路上都可以轻而易举发现气质不凡、相貌出众的姑娘，要是走在古北地区、淮海路、人民广场之类的美女集中营更是要了男人的命，这些地方奇形怪状的美女简直是层出不穷，没有最美，只有更美。这些上海美女大多眼高手低，彼此之间互相看不起，个个都有“老子天下第一”的感觉，所以说文人相轻不一定是正确的，准确应该说是“美女相轻”。童小语就是一个不折不扣崇尚“相轻”的美女。每次走在大街上对着那些在我眼中已经算很靓丽的女子，童小语总是不屑一顾，嘴一噘，带着嘲讽的口吻说：“这些女人一天到晚没什么事情，在外面荡来荡去的，就这种身材，也好出来走的哦？”

我突然想起一句话：女人何必为难女人，如果按照这个标准判断，我们的童小语显然不是一个好女人。

当然，童小语的骄傲是理由充分的，对于这个身高一米七四，体重只有五十公斤的女孩，你可以充分发挥你的想象力。用童小语自己的话就是："该大的地方不小，该小的地方绝对不大，我的身材是S型。"童小语说这话的时候对我又是挤眉又是瞪眼的，神气活现。

"老公，你知道吗？我做过汽车模特呢，是丰田的，我可是丰田女郎哦。"童小语曾鲜格格地这样对我说过。

我没有直接夸童小语，而是装作不屑一顾地说："这有什么了不起的，我也做过车模的。"

童小语吓了一跳，忙拉住我："说说呀，老公，就你这五短身材，也能做模特？你做的什么牌子的？"

"东风牌拖拉机。"我看着童小语那张兴奋好奇的脸，一字一顿地说。

在外面的时候童小语除却喜欢拿路上的女人和自己作身材的比较外说的最多的就是帅哥了。每次看到那些瘦不拉几的上海男生，童小语保准双眼放光，并且大叫："帅哥，我喜欢帅哥。"那时候童小语那表情绝对可以用张牙舞爪来形容。

如果是和那些所谓的帅哥擦肩而过，那么她则面带羞涩，特别纯情也特别安静地走路，帅哥都消失了她还沉浸在遐想的氛围之中。

所以我总是会在童小语肩膀上猛拍一下，说："大姐，醒醒啦，别发春了。"

"你要死呀！"童小语立即恢复本来凶悍的模样，对我劈头盖脸一阵痛骂，骂好我又一副陶醉的模样，喃喃自语："你看看人家，瘦都瘦得那么有腔调，看帅哥真是享受呀。"

美女喜欢帅哥本来没有错。可有道是：凡事适可而止，古时候比武还讲究点到为止呢。童小语显然不明白这个道理，因为她陶醉好之后往往会很认真地对我说："苏扬，你可不是什么帅哥。"

"你干吗打击我呀？"我说。

"就打击你，谁让你长得那么丑的。"童小语得意扬扬，"这个人真好玩，自己长得丑还不让人说呢。"

那些温暖的曾经
那些动人的过往
希望你日后想起
也会会心一笑
我们曾经的傻气

那时年少
MEMORIES

本章插曲

一夜后还想念

小5 |一夜后还想念|

似电快的急流逼疯了我　糊涂了一夜
这晚我们一个虚幻的世界 记载了一页
你的沉默 你的动作 你的眼睛 穿透了我
笑已将我溶解　不做好人告别了 对寂寞大喊我们再见

碎的想念怎能反射我们的爱 怎么反射出最美的侧面
刹那时间可能已仅记此刻 你那醉在我怀里的容颜
那如梦异常真的留念　谁真的会听见
我所希望的事情 为什么又搁浅

何时再重现 又一次温柔的目光
你靠在我身边 一种眷恋在流淌
我看着前方 在回忆两岸 泪落在肩膀
说不出内心为什么 失落混乱的伤痛
老天是不是故意自作主张
幸福无法满足我 内心被牵绊
但是面对事时要乐观　快乐一点是自己的期盼

渡过二人的世界 我们何时再相见
美丽梦幻般的一夜　爱飞过地平线
结果是谁没有甩不掉余温间接失眠
你也是否一样对我好想念（我想念）

回想那一天 你依偎身边　你有的世界 是否善变
你在我意料外面 我怎不理解　剩最后一天 盛行了一切
许下了誓言 你说的是不是谎言　那夜的一切 我们的依恋
午后就道别 结束了一切　我就开始想念 如今好一些
不痛不思念　不看电话不回电　不想象我们相会似从前

小5 | 一夜后还想念 |

第七章 热爱

只因那时年少，才把承诺说得太早
只因那时年少，才把未来想得太好

1

自打和童小语恋爱起，这个小混蛋就一直依仗自己身高马大而对我“百般嘲笑”，比如说有的时候我们两个玩得正开心童小语突然会沉默不语然后长时间凝视我做沉思状，认真的样子让我都不敢打扰她，过了半天就听到她幽幽发出一声感慨：“苏扬啊，你说为什么你就那么矮的啦。”一句话就让我晕倒。而有的时候我们手拉手在路上走得好好的，童小语会款款伸出玉手，对着路边台阶一指：“苏扬，要不你从上面走吧。”

“我干吗要走上面？”

“谁让你个子那么矮的，身高不够砖头凑，我这不为你考虑吗？”

然后看到我暴跳如雷的样子，童小语可开心了。

我曾经问过童小语为什么那么喜欢嘲讽我，难道不怕伤害我的自尊心而造成什么不可逆转的恶劣局面吗？我特别强调了这个后果的严重性想以此达到恐吓的目的，只是童小语不但不谦虚悔改，反而振振有词道：“不怕，如果你在乎我你就不会生我气的。”童小语说出这句话后自己仿佛也觉得有点不讲理，于是又很认真想了想说：“我是女人呀，并且是你女朋友，你应该让让我的。”童小语说完之后看我依然不言不语于是急了，童小语急到最后脱口就说："反正你不会生我气的，因为你爱我。"童小语对自己的这个理由显然感到非常满意，也不管我是不是愿意接受就独自哼着小曲，扔下我一个人玩去了。每次童小语打击到我后都特别开心，童小语说那些话的时候又是挤眼睛又是瞪眉毛，神气得真让我想上前揍她。

如果讲究公平原则，那么我打童小语并不是什么问题。我发誓，我在这里说这话不完全是大男子主义在作祟。事实上，有时候我举起手，吓唬吓唬她，还是可以的。这个时候童小语蛮配合我的威猛，假装害怕，并不停求饶，在第一时间满足我大男子的虚荣心。但是如果动起真格的，那么就无法公平了，举个最简单的例子就是：她可以咬我，我却不能咬她，她想咬我什么地方就咬什么地方，想咬多久就咬多久，我除了"尖叫、逃跑、求饶"三部曲外就别无他法。

事实上，就连逃跑也不是每次都成功，一米七四的童小语有一双足够长的腿，跑起来速度绝对不比我慢，自初中起她就是校女子田径队的，至今还保持她就读的那个中专的几项校记录。

更何况，就算我跑得比她快那又怎么样，满大街的人你一老爷们让一个小姑娘穷追不舍好意思吗你？

2

最初童小语对我的"侵犯"只限于语言之上，一开始我还会和她辩论两句，久而久之就发现和童小语讲道理绝对是这个世界上最没有意义的一件事，所以后来无论她怎么说我都懒得回应，动不动就采用非暴利不合作运动，不管她如何无理取闹都置之不理。后来童小语一个人闹也觉得没有什么意思，有一次她围着我又叫又闹了半天见我都没有反应，于是脱口就说：“真没劲，苏扬，你简直不像男人。”

结果我立即生气了，我一把抓住她的辫子然后说：“童小语，你说我什么都可以，就是不准说我不像男人。”

童小语看着我怒发冲冠的样子显然害怕了，嘴里嘀咕：“不就说着玩儿的吗？自己是男人怕别人说吗？”

我看到童小语那副可怜的样子心也就软了下来，于是立马松开手，脸上又浮现出了那种阿谀奉承的媚笑。

没想到此消彼长，童小语见我这样反而来劲了，不但嘴里抓紧讽刺我还举起手对着我胸膛啪地就是一下。

毫无疑问这样的动作是具有开创意义的，足可以写入我和童小语的恋爱史中。因为从此以后她似乎发现了打人的无穷乐趣，准确地表达应该是发现了打我的无穷乐趣。从此以后是说不到两句就拳脚相加，想打几下就打几下，想打哪里就打哪里，完全地“随心所欲”而我不但不可以还手，而且连半点怨言都不能有，甚至还要表现出满不在乎的表情，也就是说她小拳头砰砰地在我肉身上狂砸我还得继续谈笑风生。后来她发现打起不了什么效果，于是改为用指甲掐，掐了一段日子后发现还不过瘾最后干脆开始咬我。只要我有什么地方惹她不顺心，二话不说，上前就咬。她咬的地方也有讲究，一般是脖子，反正她个子不比我矮，咬我脖子脚都不要掂，而如果我用手去护，那么她就改变攻击对象，因地制宜，对准手就是一下。我终于无法再保持不在乎状，疼得大叫，看到我这个模样，她才心满意足，并狠狠说：“以后对我不好，就咬死你。”

导致在相当长的一段时间内，只要我看到她双眼发光，鼻翼扩张，我就晓得情况不妙，拔腿就跑，她在后面追，追两步没了力气，并腿弯腰，等我上前，突然又朝我扑过来，并大叫：“咬啦咬啦，咬死你这个混蛋。”

再后来，无论她如何装样作势，我都不会近身的，所以她也改变对策，总是温柔无限地对我说：“苏扬，来，我和你商量件事情。”

“干——嘛——啊。”

“你让我咬一口吧。”

“有你这么商量的吗？”

“你让我咬一口。就一口嘛，人家想咬呀。”童小语开始发嗲。

看到她一脸认真的样子我自然于心不忍，于是伸出胳膊，闭上眼睛，横下一条心说：“咬吧，记得要快点，别磨蹭。”

可等了半天还没有动静，于是偷偷睁开眼睛，发现童小语瞪着个大眼睛冲我在乐呢，我说：“干嘛，你还不觉得残忍吗？”

“苏扬，你很可爱的，真的你特别可爱。”童小语笑嘻嘻地说。

“你才发现呀，得，您甭管可爱不可爱了，您就快咬吧，快了之后神经反应不过来，就不痛了。”我装作很害怕的模样。

童小语把我胳膊放到嘴边，轻轻咬了一下，然后一头钻到我怀里，温柔无限的对我说：“老公啊，你对我真好。”

我曾经问过童小语为什么那么喜欢咬我。童小语对此的解释是：“咬你是因为喜欢你。”

“有你这么喜欢的吗？”

“当然了，别人给我咬我还都不要，我还嫌脏呢。”

“那你什么时候也让我咬吧，也让我喜欢你一下。”

“好的呀，”我本以为童小语听了会暴打我一顿却没有想到童小语听到了一脸兴奋，她一下子把胳膊放在我面前，“你倒是咬呀。”

“不会吧，这么爽快，其间必定有诈，我跟你说着玩的呢。”

“我说真的呢。”

“很疼的。”

“没咬怎么知道，快呀。”她一脸兴奋，并把胳膊放到我嘴边，我闻到了她肌肤散发的天然香味。我把牙齿放在上面轻轻地咬了一下，然后看了童小语一眼，童小语说：“不疼，再咬一口。”我于是又轻轻咬了一口，童小语还是说再咬用力一点。

我突然产生了一种强烈的咬人的欲望，于是加大了力气一口咬了上去。

结果可想而知，童小语尖叫一声并立即放声大哭跑走了。

这便是在我和童小语恋爱史中具有重要意义的“咬人事件”。

咬人事件发生好几个星期后童小语还一直耿耿于怀，动不动就拉着脸悲凄凄地对我说：“苏扬，你上次太残忍了，我胳膊到现在还疼呢。”

“是，是我不好，我认错。”

“认错有什么用啊，如果我把你杀了再向你认错，你愿意吗？”

“您就是把我杀了不认错我也愿意，我这命不是你的吗。”

“你说的好听，我胳膊上到现在还有乌青呢，也不知道什么时候才能去掉，过几天就是夏天了，你让我怎么见人啊。”

“不会吧，都几个星期了，还有乌青？”

“难道我会骗你吗？”童小语“刷”地把袖子一拂，“那，你自己看是不是有乌青。”

我抱着童小语洁白的胳膊研究了足足有十分钟，我对天发誓不要说乌青了，就连一根汗毛都没有，可是这个时候我不能诚实，我只能感慨地说：“哇，好大一块乌青啊。”

“难道我还冤枉你吗？”童小语得到我的认可后更加委屈了，“有你这样对自己女朋友的吗？一点不爱惜，还咬我。”童小语越说嗓门越大，路上的行人已经频频回头。

“别叫，”我环顾四周，“你要让所有人都知道呀？”

“就是要叫，让你以后对我凶！让你以后再咬我！”

而为了这块乌青我付出的最为直接的代价就是一个月内我请童小语吃了足足不下十次的肯德基，而一个月内我们见面的次数十次也没有，所以往往在一起一天会吃上好几顿，最后看在肯德基大爷的面上，乌青女童小语才不计前嫌地原谅了我，并且与我和好如初。

3

天晓得童小语为什么那么喜欢吃肯德基，在我眼中吃这种形式大于内容的快餐，只可无聊之际偶尔为之，可童小语显然已经把吃肯德基当成日常消耗品了。我曾经很认真地问过童小语为什么对肯德基情有独钟，结果童小语是这样回答我的：

“那有的人还喜欢白粉呢！”

“有你这样比喻的吗？”

“反正我就是喜欢吃。”

“我又没不让你吃。”

“你就是不让，不要以为我不知道。”童小语很委屈地说。

于是我很老实地闭嘴，我知道如果我再和她争论，那么我肯定会挨揍。

现在我想告诉你的是：如果有一天你学会忍受自己的女朋友无理取闹，那么恭喜你，你终于发育完全了。

所以童小语于我而言仿佛不只是一个女朋友那么简单，矫情一点说是我清纯初期的指南和坐标也不为过。我没有把这个想法告诉童小语，我知道她听不懂。

而每次吃肯德基的时候，童小语都要求我买和她不一样的汉堡，并事先说好各咬对方一口换个口味，可是每次她都要吃掉我最少一半的汉堡，等我提出要咬的时候，她总是一脸不情愿说：“我还没吃饱呢。”

我说：“就一口。”

童小语看着我，想了想，然后还是摇头。

“一小口，我就尝下味道。”

她还是摇头，并且紧捏汉堡，且神态紧张。

看得我都于心不忍，觉得自己太可恶了，一老爷们和女孩子抢东西吃，犯得着吗。我说：“吃吧，吃吧。”

她如获大赦，对我妩媚一笑，开开心心吃她的汉堡了。

这样的不平等情况在我们的交往过程中随时可见，虽然我总是满腹牢骚，但是总体来说，我还是比较享受这种过程，虽然，我并没有将之告诉童小语。

以上所有的有意义或者没有意义的事情都发生在三月到六月期间，这三个月无论对童小语还是对我都意义重大，对童小语而言她由少女变成了女人，第一次尝试了性爱，对我而言我从学生变成了上班一族，开始为工作累死累活，怨天尤人。当然也有很多没有变化的事实，比如说这三个月之后我和童小语顺利度过了热恋期，感情也依然不错，犹如一支潜力股，前途不可限量。

4

我和童小语是认识了五个月后做爱的。

在和童小语谈了差不多有一个月的时候我第一次向童小语提出这个要求，结果童小语在听我支支吾吾说要和她做爱之后立马来个花容失色，然后是疯狂摇头，边摇头边自言自语："不可能，绝对不可能的。"最后是义正词严地警告我"这个想也不要想"。童小语号称不等到结婚那一天是不可能和别人做爱的。于是我问她什么时候结婚，她说最少要二十六岁，我说你现在才十七岁还有十年呢，你就那么肯定这十年内不发生个什么三长两短的？结果童小语白了我一眼，然后没好气地对我说："反正不要你管。"

谈了两个月之后童小语再面对我这个要求的时候口气有所软化，她先是柔声细语地小安慰了我一下，表示对我的要求是理解的。童小语说我知道你们男人有这个方面的需要，这也是人之常情嘛，所以她并不怪我，但是也希望我能理解她，毕竟这种事情对她一个不到十八岁的小姑娘来说还显得非常可怕，童小语会可怜兮兮地对我说："苏扬啊，最起码也得我大学毕业以后才可以和你做爱吧。"

而谈三个月后这句话变成了："老公，最起码要等到我成年以后才可以吧。"童小语说这话的时候已经完全不像以前那样紧张了，而是神气活现的。这个臭丫头滔滔不绝地跟我分析她现在不能和我做爱的N个理由，她说不是她不愿意，而是时机还不成熟，用童小语的话是："我现在还未成年，还是一个小姑娘呢，你就要我和你做那个，忍心吗你？"

说实话，其实我真的很忍心。但是我不敢这样说，这样说出来童小语肯定会很伤心，她会觉得我和她谈恋爱就是贪图她的身体，说不定还会对我拳脚相加。当然，为了对我有所补偿，童小语会主动吻我，或者把我手放在她的胸上什么的。谈了四个月后，童小语对我的要求是"除了做爱，其他干什么都可以"。而在"什么都可以"了之后，童小语已经不把做爱当成洪水猛兽了，虽然她还是不愿意和我做爱，但是会时不时主动把这个话题拿出台面和我谈谈，童小语说这叫演习，这个可爱又可恨的小混蛋有的时候在大街上和我手拉着手走着走着就开始鬼笑，然后在我耳边很是挑逗地说："苏扬，你又想和我做事情了，是伐？"

我问过童小语知道不知道什么叫做爱，做爱究竟是怎么一回事，结果童小语特别不屑地看着我，她觉得这个问题真的很白痴，因为她初二的时候就什么都知道了，童小语说她们女生在一起的时候会经常讨论这个的。再说了，许菲儿早就已经和顾飞飞做爱了，有的时候许菲儿会讲给她们听的。童小语在说完之后往往会用一种明察秋毫的眼神看着我，然后大义凛然地说："苏扬，你就别白费心机了，不要以为我不知道你在想什么，旁敲侧击一点儿用都没有，反正我绝对是不会和你做爱的。"

为此我不止一次遭受到了顾飞飞无情的嘲笑，顾飞飞嘲笑我因为他见许菲儿第一天就和她上了床，而我和童小语谈了四个月了还保持纯洁的男女关系，实在太衰了。一开始我被顾飞飞嘲笑得有点抬不起头来，感到非常地郁闷，不过很快我就找到了一个更大的衰人，那就是老马。因为老马和他女朋友谈了大半年了居然连他女朋友乳房都没有摸过，那个山西姑娘果然坚挺，每当老马想把魔爪伸向她胸膛的时候她就要和老马分手，对老马而言，这一招简直是置他于死地。老马爱他女朋友，于是只能乖乖听话收起自己的魔爪，就算再怎么被我们嘲笑也无所作为。

我和童小语第一次做爱的地点是我们宿舍。5月下旬的一天，我向公司请了一天的假，然后一大早就打车到童小语家楼下等她，童小语等她父母一去上班就下来了，然后我们再打车去我的宿舍。车上我们没有说什么，童小语只是紧紧拉着我的手，我感觉她的手上有点出汗，我自己也很紧张，等到了宿舍之后——宿友们早就被我赶走了——我们一如往常玩了会儿游戏，然后很快就玩到了床上。我们先是拥吻了好一会儿，接着摸索着完成了整个过程，虽不顺利，却有始有终。我清晰记得由始至终童小语都呼吸急促，嘴唇冰冷，全身不停颤抖，那副样子让人怜爱万千。

5

童小语说她把一切都给我了，她的初恋，她的初吻，她的第一次，她十七岁的青春年华里所有美丽的细节，所有的这一切全部毫无保留地给了我。她是那样如痴如狂爱着我，没有任何动机和目的，她愿意为我付出她的一切哪怕是自己的生命。童小语说如果现在失去了我她肯定活不下去了，我一点都不认为童小语是在矫情，很多年以后当我再次变得一无所有我才能体味那样的爱是多么难能可贵。

每次做爱之后童小语都会无限感伤地对我说：“老公，抱抱。”于是我抱住童小语，任凭她用她的细腰和长腿犹如蛇一样将我紧紧缠绕。我需要这样的一种力度，数年后的今天，我可以将所有的海誓山盟悉数忘却但是我将把这样的力度牢牢记住，童小语她的长发横过我的眼，她的鼻息将我胸膛慢慢温暖，而我咬着她的耳垂然后告诉她我会爱她直到地老天荒。

我不知道那个时候我是不是依然在撒谎，正如我曾经撒过的无数个谎言一样，我总是不太相信我自己，生活在对自己极度不信任的状态中其实真的是一件挺恶心人的事情，但是我确实是那样说了，用一种诚恳、坦然的语调说了出来，我说我爱你，这是我内心最想对童小语表达的一句话，而在说完之后我感受到了一个全新的名词——责任。

而一切都将在不知不觉之中诞生，一切又将在不知不觉中消逝，你我对此都无能为力。

我知道没有人知道我在表达什么，我到底想表达什么，我在说这些话的时候是快乐还是悲伤，是嚣张还是彷徨，我的文字显然很凌乱，不过我并不想等自己冷静下来再去表达。我听着一些熟悉的老歌，这些歌曲我曾经和童小语一起听过，它们是那样地节奏平缓，把过往所有的场景一一呈现，而我就在这样的旋律之中变得彻底无法自拔。

我想说的是，如果你也曾和我一样，在不经意间爱上了一个女子，可你却一点儿都不知道，你只是把所有的诺言当成谎言，因为你习惯了去不相信，你依然一如既往在玩弄自己的感情，可是当有一天你明白了所有的真相的时候你想去好好珍惜的时候你所能做的只是眼睁睁看着你爱的那个人离开，带着一点点嘲弄的色彩。你伸手去抓，可是根本无能为力，一切犹如过眼云烟，一切已是沧海桑田，于是你去回想以前拥有时候的点点滴滴，你会发现当初在用谎言欺骗别人的时候其实玩弄的只是自己。

可是，请你原谅这些说谎者吧，因为耶稣他老人家也说了：他们做的他们不知道。

6

三月底，我终于确定了自己的工作：在一家大型制药公司做销售，每月工资加上奖金差不多有一千五百元，另外公司负责给我办理上海市户口，还提供住房。对此宿舍的几个兄弟一个个羡慕不已，号称我祖祖辈辈做牛做马修来的福分全让我小子给捞到了。

三月底我和班里其他几个找到工作的同学合起来请全班同学和班主任、辅导员一起到附近的火锅城狠撮了一顿，结果场面热烈，吃到最后无数人抱头痛哭。而那次只是一个开头，在接下去两个月内所吃的N顿散伙饭上，我们吃一次哭一次，每个人都泪流满面，场面极具震撼效果。

顾飞飞很快也找到了工作，在沪西一居民小区居委会工作，主要负责宣传市政府的安民政策，调解社区里的民事纠纷什么的，另外闲暇的时候教教社区里的大妈windows操作。对于这些杂七杂八的事情，顾飞飞非常满意，一个劲说非常适合他。

我第一时间将我工作的事情告诉了童小语，特别强调了我很快就可以拥有上海市户口了，童小语知道了不要太高兴，当场修书一封给我，在信的最后认认真真用正楷写着：“恭喜老公，贺喜老公，你终于成为阿拉上海人啦。”

公司要求我四月份到公司实习，对此我求之不得，向院领导提出申请后很快得到了同意，而为了照顾我们这些在外面实习的同学，院里特别予以大赦，不要求我们和在校同学一样做规定好的毕业设计，只要到时候交一篇两万字的实习论文，参加最后的答辩就行了。

7

关于我的实习工作，我觉得首先很有必要介绍一下我工作的那家国企的一些情况，众所周知，现在纯粹的国企已经不多了，所以这样的叙说或许能够引起一些在国企工作过的朋友或伤感或快感的回忆。

我就职的那家公司从事医药行业，是上海市一家著名化妆品集团兼并了郊县一家药厂之后成立的医药公司。或许是在化妆品行当里取得了一定的成绩，1995年新公司成立伊始就养成了“财大气粗”和“眼高手低”这两个基本特点，跑上来就把自己定位为国内一流高科技企业，号称三年之内占领全亚洲药品市场，年销售额达到十亿美元。

1995年的时候还没有人为这样的理想脸红，甚至市委领导在视察之后也肯定了这样的思想。新公司的管理人员大多来自原先集团公司，因此颇有点遗老遗少的作风，事无巨细都讲究排场，铺张浪费也成了每个员工的工作座右铭。经理级别向上的人统统配备小车，出差住宿定是四星级以上的宾馆，交通工具除了飞机不作二想，平时动不动就组织什么“新马泰一周游”，美其名曰是增加员工凝聚力，比几年之后出现的网络公司还能烧钱。而为了从形式上更加具备国际一流企业的气质，公司培养了冗长繁多的管理队伍，光副总经理就有六个，经理更是不计其数。

新公司没有什么拿得上台面的企业文化，怪里怪气的规矩却有一大堆，比如说集团里的管理人员瞧不起从社会上招聘过来的管理人员，招聘过来的管理人员又瞧不起原来老药厂的管理人员，因此大家脸上都摆满了鄙夷和仇恨，造就大量勾心斗角争权夺利的事件滋生，每个人把心思花费在铺张浪费和沽名钓誉之上而无暇公司发展。公司第一年就亏损了差不多有三千万，等看到财务报表集团领导这才慌了神，赶紧进行人员重组，杀了一批人，然后又招了一批人，号称是新鲜的血液。结果却是治标不治本，新来的一批领导更加是视金钱如粪土，结果第二年又亏了三千万，此后的几年一直保持着这个速度亏损着。

等我进去的时候发现这家公司已经是徒有其表，外强中干了，犹如一个阳痿患者，虽然时时有勃起的欲望，怎奈力不从心，只能看着美丽的黄浦江以及对面更加美丽的陆家嘴意淫意淫罢了。

以上就是我就职的第一家企业的真实情况，当我明白了这一切的时候颇有点上当受骗的意味，明里暗里把她诅咒过千万次，可是当有一天我真正离开这个单位的时候，我发现其实在这样一家腐朽的大型国企工作也有很多好处，最起码可以让我在最初的几年内有了充裕的时间做了一些属于自己的事情。

8

当初负责招聘我进去的人事部经理是一位不年轻却依然貌美的中年女子，第一次给我面试的时候我巧舌如簧地和她聊了足足有半个小时，把她吹捧得不知所措。我用真挚的眼神看着她然后告诉她依然年轻貌美，并且拥有小姑娘所无法具备的高雅气质，我说她肯定只有二十八岁结果她哈哈大笑说她快四十了，然后我瞪大眼睛惊呼“怎么可能”、“实在太神奇”之类的感叹句。或许是我纯真的话语给了她足够的快感，或许是很少有我这么年轻的小伙子给予她如此热烈的恭维，她白皙的面庞上很快出现两片红晕，而态度也从一开始的盛气凌人变成娇小可人，最后甚至有点冲我发嗲。总之我顺利通过她的初试并且得到她向总经理室大力推荐，她说我是一个不可多得的人才，把我招聘过去将会对公司未来几年的市场战略大有帮助。

我一直相信在随后的几场面试中我得以顺利通过和此人大有关系，因为和我一起竞争的几个人就我一个人是本科生，其他都是硕士毕业。而等我正式和公司签约之后她又违犯公司原先的规定给我分配了一间公寓宿舍还许诺第一年将不考核我的销售指标等N个优惠，一度让我认为我到这个公司除却吃喝玩乐似乎什么都不要考虑。

只可惜好景不长，这位美丽的女经理很快因为和一位分管人事的副总之间的奸情被揭发而不得不离开公司，从某种程度上而言她的离去也结束了我醉生梦死的生活。临走前几天她把我叫她办公室说我以后有什么困难尽可以去找她，她说这话的时候神态有点悲伤但语气却依然真诚，那几乎是我走到社会后遇到第一个真心为我着想的前辈，她说再见的那一刻我感动得想上前吻她的脚趾。

我的实习主管是一个皮肤黝黑、身材五短的中年男人，凭借着自己的肤色和身材他总是很容易给别人老实牢靠的第一印象，背地里我管此人叫黑子。

和黑子交流绝对是一件让人崩溃的事情，当时我还听不懂上海话，更何况黑子说的还不是所谓正常的上海话，而是伴有浓郁口音的南汇方言，而他的普通话说得比上海话更让我听不明白。基本上听他说话有一大半我要猜测，所以我们两个人说话的时候都要不停借助手势，远远看过去如同两个哑巴在交流。

可就这样连口带手交流了两个月的样子我居然获得了黑子的信任。有一天晚上我请他喝酒，酒过三巡后他得意洋洋地告诉我他曾经贪污过公司的钞票，而且数目不小。我听了之后佯装吃惊，然后问他害不害怕，他说一点都不害怕，因为公司主管级向上的人几乎都在贪污，要死也是大家一起死。他这种亡命之徒的心态让我深深恐惧，我想会不会有那么一天我也如此教导我的晚辈。另外他还告诉我他其实无比痛恨我们部门经理，说她是一个人尽可夫的婊子。对此我大为惊讶，因为平时看上去他们两人关系极好，好到让我怀疑他们是不是姘头。我说出了自己内心的疑惑，结果黑子哈哈大笑然后轻轻抚慰我说我阅历太浅，他一边掏着牙齿一边告诉我他和部门经理之间的争斗已趋白热化，当初如果不是那个女人暗里搞鬼现在的部门经理肯定是他，而他肯定不会善罢甘休，用不了两个月就会有最终结果，到时候总会有一个人离开公司的。黑子在说离开的时候语调很沧桑，眼神也有点儿迷惘，他那种游离的目光让我不由自主想起了黑木崖上的东方不败，我想那个部门经理或许就是任我行。

而当我七月份回到公司正式上班的时候发现是黑子离开了公司，任我行依然风风火火地做着部门经理，黑子走后我没有和他联系过，有一次在四平路天桥上我看到他夹着个包朝我迎面走来，我没有和他打招呼，假装没有看见，然后和他擦肩而过。

我们销售部的总监据说是一位留洋博士，早年靠卖洋酒起家，人长得极为白净，说话基本上四分之一的普通话，四分之一的上海话，四分之一的英语，而剩下的那一部分是什么语言我到现在依然不得所知。为了表示对我的重视，公司特地安排他作为我的论文指导老师（其实也是那位人事部女经理的安排），对此我受宠若惊，心想就算论文写不好能学点英语口语也是好事一件，而从我开始实习到返校毕业的两个多月内我和此君只谈过一次话。

那是五月底的时候，我正为工作感到痛不欲生之际，他突然电话约我到火车站见他，电话里此君说他日理万机刚从欧洲飞回来终于能腾出几个小时来关心一下我论文的情况，我想幸好是火车站要是让我去飞机场我还真不认识路，后来我在火车站等了他半小时终于看到他骑着个破助力车呼啸而至。

然后在附近的茶坊里他唾液四溅地跟我讲述他在世界各地的见闻，他颇为得意地告诉我这个地球除了南北极没有去过其他任何地方都留有他的足迹。作为我生平遇到的去过地方最多的人，我给予了他足够的奉承，而他飞溅的唾液让我想起了李乐。在谈话的最后我斗胆问他论文的事情他才如梦方醒然后从包里掏出了一本销售方面的书，说是下午特地到书城给我买的。对此我有点感动，在结账的时候我想买单结果遭到他严厉地拒绝，他掏出一张百元大钞奋力砸到台上然后耐心等服务员找回余额。

我们出去的时候有乞丐上前乞讨，为了表示我富有善心我第一次想给乞丐硬币，结果他却把乞丐痛骂了一顿，他让乞丐去找邓小平要钞票而不是找我们，最后他告诫我宁可把钱买包子喂狗也不要给乞丐，说完之后他又骑着那破助力车绝尘而去。

我看着他的背影深深感受这真是一个怪人。我很想有机会再见这个怪人一面却再也没有实现这个小小的愿望，因为他很快被公司解聘，据说是因为销售业绩不好，这个人只会卖洋酒而不会卖药品。现在他送给我的书被我扔到了床底下，有心情的时候我还是会拾起来翻翻，我依然能清晰回忆起他痛骂乞丐的神情，竟然是那样的自尊。让我在以后和别人大大小小的对骂中获得了不少勇气，算是此君对我最大的帮助。

9

我的实习工作性质类似于产品促销，就是通过不断拜访各大药店然后希望药店营业员可以向顾客推销公司药品，顺便获取公司药品在各药店的存货数量。我负责的地区是整个黄浦区，2001年上半年原先的黄浦区和南市区合并成了新黄浦区，整个黄浦区差不多有七十家药房，因此我每天要拜访十多家药房。

药房里的营业员大多是那些正处于更年期的上海妇女，一个个心浮气躁，欲望强盛，这种女人如果心情好了看到你会热情地把你当儿子，你不说话她也会滔滔不绝和你聊天聊上个把钟头直到你快彻底崩溃才罢休，而如果心情不好了你就算把她当成你的白雪公主去欣赏去讴歌去赞美都无法引起她的兴趣，她们会用白眼球看你用沉默面对你让你感到羞辱感到绝望。因此我虽然一直自诩对中年妇女的心态比较地有研究，但是那一段实习的日子还是让我痛不欲生，因为我要面对的差不多是几百个这样的上海女人，因此毕业之后我依然能够相信女人是美丽的这个道理实属不易。

从四月开始我就每天骑着自己那辆没有牌照的山地车提心吊胆地在警察眼皮底下窜来窜去，频繁往返于各大药房之间，给那些老女人们奉献甜蜜笑容以及笔啊纸啊之类的小礼品，然后从她们那里得到一些数据算作成功拜访。在开头的两个星期内我还能保持一定的激情，而没有激情的时候也会用“天将降大任于斯人也”那几句话勉励自己，而等过了两个星期后我实在是精力憔悴，任凭自己如何激励、安慰，甚至自我欺骗都无济于事，每天睡觉前只要想到几个小时后又要骑车满黄浦区地乱跑就会头皮发麻，心跳加速然后铁定失眠，就算幸运入睡也会做噩梦，梦里面我为了让药店的老女人推销药品居然不惜出卖色相，真是可怕至极。

等做了一个月的样子我开始智慧起来，我发现其他的销售员并不是都和我一样兢兢业业地在为公司卖命，由于我们公司的药品质量不好，价格昂贵，所以基本上没有什么销量。我们每个星期上报的数据也七不离八，只要在周五向主管汇报时装腔作势说些大道理就够了。

发现了这个真理之后我欣喜若狂，第二天就向黑子讨来前两年的销售数据，然后做了一个曲线图。做好之后第二天我就到黄浦区图书馆办了一张图书证，此后每天早上八点半开馆的时候准时进去看书，到下午两点左右出来然后骑车到童小语学校找童小语风花雪月。而每周五的例会上我就按照这个曲线图和上星期实际数量结合填写，居然也没有引起领导的怀疑，或者说主管知道我在作假，但是由于他们本身也在作假所以也就平安无事，只要大家在发言的时候慷慨激昂充满希望就足够了。

我从四月的第一天参加实习，六月初正式返校，为期两个月。两个月内浪费了公司为数不多的钞票，基本上没有为公司创造任何利润。对此我曾经小内疚了一阵子，不过随着剩下一个月的快乐生活很快烟消云散，从六月到七月，我度过了我人生最后三十天的学生时光，而这一个月完全可以用美妙异常来形容。

年轻时，遇见一些人
爱上某个人离开很多人
现在
独自一个人，怀念那些人

本章插曲 | 小眼睛

小5 | 小眼睛 |

天生我小眼睛 老实的我说话时小声音
一样出生平凡里 从小拼搏努力
不喊痛的青春期 总被人欺负只是一个人流涕
做梦都想一举成名 会傻傻神秘

这一天遇到了你 将我带到了一个新的起点里
每一次夜深里 你的话不忘记的念

朋友们请留心 没有毅力人生就什么都一败涂地
往往却欺骗了眼睛 难预料也要料理
就算得到了胜利 没有了谦虚旁人也不会服气
让自己变美丽 赢得了自己

跌倒后不哭泣 艰辛的耕耘换来一片新天地
为了梦想不怕风雨 不灭的勇气

这一天遇到了你 将我带到了一个新的起点里
每一次夜深里 你的话不忘记的念

朋友们请留心 没有毅力人生就什么都一败涂地
往往却欺骗了眼睛 难预料也要料理
就算得到了胜利 没有了谦虚旁人也不会服气
让自己变美丽 赢得了自己

小5 | 小眼睛 |

第八章 不会

只因那时年少，才把承诺说得太早
只因那时年少，才把未来想得太好

1

童小语往常每个月中旬肯定会来月经的，可是这次到了五月下旬了还是一点动静都没有。一开始我还拿这个开童小语的玩笑，我说她肯定是怀孕了。童小语紧张无比，忙问上次做爱到底有没有戴避孕套，我骗她说没有，结果童小语当即脸色苍白吓得不行，童小语不停安慰自己说肯定是因为前阵子太累了所以延迟了，过几天应该就会来的。后来到了五月底居然还是没有来，结果我也怕了，然后想想自己也不能确定上次做爱到底有没有戴避孕套。到六月初的时候已经较往常推迟了半个月，童小语还是太平无事，这下我们两个都真正慌了神，在一起也整天唉声叹气，犹如世界末日一样，最后我决定等从南京回来如果童小语月经还是不来的话就去买测孕纸，打胎不可怕，就是有点舍不得童小语的身子。

去南京的那天早上我和童小语约好到外面玩，刚见面的时候她就乐不可支地要告诉我一个天大的喜讯，然后在我耳边悄悄说：“老公，我那个来啦。”

“真的啊！”我喜形于色，顿时感到童小语非常伟大。

“嗯，其实昨晚就来了，我想给你一个惊喜所以现在才告诉你的，”童小语也是如释重负的神态，“老公啊，下次做爱可千万要小心啊，这几天我真的被吓死了。”

我安慰了童小语一会儿，答应了她若干个要求，然后告诉她：“我坐下午一点的火车去南京。”

“我去送你吧。”

“不要了，我就去三两天，很快就回来。”

“那好吧，你一定要好好当心身体啊。”

“我知道，因为我的身体不是我一个人的，还是你的。”

“对的。”童小语的样子看起来有点伤感。

临别的时候童小语从包里拿出一个卡片送给了我，童小语说是她昨天晚上给我做的平安符，粉红色的卡片上方画着两颗心，卡片上写着：亲爱的老公，我祝福你一路顺风，时时刻刻记得老婆想着你。

回到宿舍后我把童小语给我的平安符放到了抽屉里，然后背着包下了楼，刚到楼下的时候突然折回，上楼把平安符取出来塞到包里，出了校门直接叫了辆出租车，向火车站驶去。

2

特快列车在风景绮丽的田野之间穿行了三个半小时终于到了南京。从火车站刚出来迎面就是一阵清新的风扑来，吹得人心旷神怡。我没有直接坐车而是在路上走了一会儿，南京似乎刚下过一场小雨，空气中湿漉漉的，天很蓝很低，视野极为开阔。南京的马路要比上海宽大许多，上面行人也不多，两边尽是枝繁叶茂的梧桐。南京人步履缓慢，言语平和，听上去很是舒坦，给人一派悠然安静的印象。远处是墨绿色的紫金山突兀在半空中，我看了一会儿觉得有点儿害怕，我想这好端端的空中怎么会有这么大的一个东西呢？无论是我的家乡扬州还是上海，我都没有见过山，紫金山完全可以算作是我平生见过最为雄伟庞大的天然景观了。

李乐没有来车站接我，他的观点是我作为一个在上海待了那么久的人是不会在南京这种小地方迷路的。自从那次他来上海之后他一直固执地认为南京只是一个毫不起眼的小地方，言语之间颇为自卑，当然李乐不来接我更主要的原因是因为他实在太忙了，至于在忙什么，那就只有天知道了。

我按照李乐提供给我的公交路线很快找到东南大学，然后一直找到他的寝室，李乐人不在宿舍，问他的舍友结果没有一个人知道，他的那些舍友一个个死样怪气的，看到我一个陌生人进来不激动也不疑问，仿佛当我不存在一样。我也懒得问太多就躺在李乐床上休息，李乐的床延承了他高中时期的风格，又脏又臭，不过或许是太累了我居然很快睡着了。

我被李乐叫醒的时候已经是晚上八点左右，李乐说他刚从学生会回来，经过他不懈的努力现在他已经光荣地成为他们系学生会的宣传干事，只要他再不懈地努力努力很有可能成为新一届的学生会主席，李乐对此是信心十足。李乐说先带我去吃晚饭，路上李乐继续滔滔不绝讲述着他在学校里的风光，“没有办法啊，我能力实在是太强了，老师真是太欣赏我了。”李乐一边强烈压着自己的鼻子一边如此对我说，依然唾液四射，一路上没有给我任何表达的机会，然后说话间李乐把我领到了学校附近的一家酸菜鱼馆。

“兄弟，今天让你尝尝我们南京特色小吃。”李乐无比骄傲地对我如此说。

所谓的特色小吃就是酸菜鱼，一个大盆子盛着满满一锅红绿相间的汤水，里面有一条不大也不小的鱼，那红的是辣椒绿的是酸菜，这汤又酸又辣，和着白米饭吃极为开胃。我吃到最后嗓子辣得冒烟，满头大汗，李乐就一边用指甲掏牙齿一边嘲笑着我，颇为快乐。

吃好饭我问李乐有什么大事要我帮忙，李乐说："提到这个就气人，我好不容易喜欢了一个女生，结果还不鸟我。"

"哥们，我知道你是高手，帮帮我吧，你看我，根本不会对一般女孩子轻易动情的，现在可好，痛苦得不得了。"

说实话认识李乐五六年了，还真是第一次听他说不如我要求我帮忙，就冲着这第一次我当即把胸膛拍得震天响然后用肯定的眼光看着李乐对他说："这是小事，你就放一万个心好了。"

李乐当场乐得不行，用粗大的拳头在我胳膊上捶了一把，"我操，兄弟你真是太牛B了。"

当天晚上我和李乐在他们学校操场上给他传授真经，我告诉李乐追女孩子一定要猛，绝对不能心慈手软，无论受到什么打击都不能放弃，具体而言就是你每天给她写情书，每天给她送点小东西，什么花花草草、馒头面包之类的都可以，然后天天在路上堵她请她看电影，有空就去盯梢掌握她的活动路线，动不动就要造成偶尔相遇的情景，总之要采取密集型进攻，让她生命之中到处充满你的影子。你对她的好，让她睁眼闭眼都是你的影子你憨厚的笑容，当然一开始这对人家绝对是一场噩梦，但是等噩梦过去就会春回大地，而当有朝一日那个女孩子发现这一切都成为了习惯成为她生活中无法缺少的一道风景之际，OK，哥们，祝福你，你成功了……

说完这些的时候我自己都想狂笑不已，我想这哪他妈是追女孩子啊，这根本就是一天方夜谭，也就只有瞎掰才能掰出来的，是个人都知道我在放屁，没有想到李乐还真当真了，不但频频点头，还不停说我很牛，到最后李乐很是坚定地说："放心吧，我知道怎么办了。"

事实证明李乐确实是和常人有那么一点不一样的，别人认为不可思议的行为对他犹如家常便饭，我不知道李乐后来到底是不是运用了这种颇为不要脸的方法去追他喜欢的那个女孩子的，反正我知道他成功了。几个月后李乐屁颠屁颠地带着他女朋友到上海玩，并强烈要求夜里我出去借宿，把我的宿舍让给他们洞房。第二天李乐请我吃饭时，李乐抱着他女朋友万分感激我那天在操场上对他的鼓励和英明指导，否则决计不会有"今日赢得美人归"的无限光彩。看着李乐那幸福的样子我很郁闷，我郁闷没别的原因只是觉得李乐的女朋友无论从哪方面去判断都无法确定是一女人，李乐却当成个宝一样去珍藏，操，这个世界真是太神奇了，要不怎么说人与人是不同的呢。

那个晚上和李乐在操场上聊到十二点的样子，最后我实在累得不行，强烈要求回去睡觉，李乐却连我这个最为人道的要求都置之不理，而是带着我翻过他们学校的围墙然后把我带到一处乌烟瘴气的地方说那里是南京一处很有名的红灯区，在我们的四周充溢着大量物廉价美的妓女，这里的妓女甚至比珠江路上的盗版光盘还要出名。李乐用无比淫荡的眼神看着我然后色色地问我夜里要不要小爽一把，他老人家愿意陪我一同堕落，结果他话还没有说完就被我严厉拒绝，最后在李乐的强烈要求下我买了两张黄碟算是对他有了个交待。在回去的路上李乐大惑不解地看着我说："兄弟，我还以为你好这个呢，没有想到你还挺正人君子的嘛！"

等回到宿舍躺到床上差不多已经是午夜三点钟了，我四肢散架犹如垂死的老者动弹不了，李乐却依然精神抖擞地和我继续谈了一个小时的人生，等四点多的时候才让我睡觉。而第二天一大清早我睡得正为酣畅之际又被他给摇醒了，我一看表结果七点还不到，差点气得当场吐血。李乐见我醒了就兴奋不已地说要带我去领略一下南京美好的大好河山，看着这个精力充沛的家伙在我面前犹如猴子一样蹦来蹦去我简直佩服得五体投地，我真怀疑这个家伙简直是机器不是人类。我说我他妈才睡了三个多小时呢你现在叫我起床还不如让我去死好呢，结果我抗议无效，李乐根本不理会我的痛苦只是不停摇我，反正他有的是力气和心情，后来我几乎是闭着眼睛随着李乐又是坐车又是走路也不知道走了多久走到哪里反正最后来到一处山脚下停了下来，然后李乐对我说："到……啦！"

"到哪里了？"

"紫……金……山……"李乐回答得阴阳怪气。

"你想干吗？"我瞪着眼睛看他。

"爬山啊，要不来这里干吗？"李乐说话时又是甩胳膊又是蹬腿的，然后完全没有顾忌我一副恐惧的神态自言自语说："爬山真是太有意思了，我天天爬呢。"

那天后来的经过是这样的，我在李乐连拉带推外加嘲笑之下花费了三个多小时登上了我们江苏省第一高峰紫金山顶，然后休息了没有五分钟又开始下山。而为了表示自己的博闻强记，李乐强烈要求带我从一条人迹罕至的道路下山，我问李乐上次从这条山路下山是什么时候李乐回答我是他八岁的时候，然后我提心吊胆跟着李乐走了两个多小时的山路没有看到一个人，看着脚下崎岖不平的山路眼前郁郁葱葱的山藤我真怀疑自己不是在南京市区而是在神农架。如果真是这样的话，那我面前依然精力充沛活蹦乱跳的李乐就是神农架野人，而我就是一傻B。就这样我一路胡思乱想居然倒不觉得有多少累，最后来到一片大湖面前我们停了下来然后李乐做祈祷状仰天长叹说这就是紫霞湖。

坐在湖边上李乐开始给我讲述美丽神话，李乐犹如一说书的先生按时间顺序开始滔滔不绝从上古时代讲起，讲了大半个小时才讲到尧舜禹，我吓得赶紧让他停下来，我想这剩下还有五千多年的光景呢，照这种速度要讲到何时才是个头啊。离开紫霞湖后我又跟着李乐在山间乱转了一个多小时然后来到一座陵园前，李乐说这就是举世闻名的明孝陵了，我提出要买票进去看看，结果李乐颇为不屑地说跟他在一起哪还用得着买票啊，那不是看不起人吗？李乐说完带我绕着偌大的明孝陵转了起来，最后把我领到一处有一个小缺口的铁丝围栏处，看着这铁丝围栏李乐无限感叹："十年了，居然还没有被修好，要不说南京经济怎么搞不上去呢。"感慨完毕之后就像老鼠一样给钻了进去。

基本上那几天在南京跟着李乐游玩了N个景点我都没有怎么走正道也没怎么要花钱买票的。比如说去中华门城墙玩是从外面八车道的大马路上翻越铁栅栏进去的，去玄武湖是在早上六点前趁工作人员没有正式上班冒充晨练市民进去的，去总统府是从一家拉面馆的窗户跳进去的……李乐总是能想出一些稀奇古怪的办法，让我玩得不但开心而且刺激，我想如果我是女孩子，跟他这么一遭玩下来肯定会疯狂爱上他的。

3

在南京我给童小语买了一盒上品雨花石、一把刺绣的布伞和其他一些小工艺品。我本以为童小语见到这些东西后会很兴奋很开心的，却没有想到她看着一大堆花花绿绿的工艺品立即皱起了眉头，童小语纳闷地问我：“这么稀奇古怪的东西怎么拿回家呢？要是我妈妈问起来怎么回答？”

最后童小语让我替她保管这些东西，童小语说我的心意她收到了，等她什么时候想要了再从我这里拿。

我答应了童小语，我把这些东西精心保存了起来，毕业之后我搬家不下五次，从上海的东部到西部然后又到东部，从上海搬到苏州然后又搬回上海，生活完全可以用动荡不安来形容。一路之上我丢弃了很多东西，直到有一天我把它们的主人童小语也弄丢了，可送给童小语的这些玩意儿一直都带在身边精心保存着，因为我总是记得那一句话：

“放心吧，我肯定会跟你要的。”

我真心希望那一天可以早日到来。

虽然，我知道，那一天已经永远不会再到来！

4

从南京回来后我呕心沥血了小半个月，查阅了大量专业书籍和网上资料，通过抄袭、吹牛、杜撰等不良手段完成一篇两万多字的论文，这篇论文言语严谨，论证雄辩，有张有弛，看上去很美。

六月中旬我满怀信心地参加了毕业答辩，让我郁闷的是轮到我答辩的时候五个老师走掉了两个又睡着了两个，只剩下一个老头子还清醒着。这个老头子也比较奇怪，从头到尾看都不看我的论文只是问我实习跑药房的感受，后来又和我研究了一下现在药品价格是不是有点不合情理，最后又和我讨论了一下社会主义制度，就这样海阔天空对侃了半个小时之后老头宣布答辩结束并给了我一个优良的成绩，答辩结束的时候老头对我友好微笑和我握手祝福我工作快乐。

也是在六月中旬的一天，我们班组织到学校附近的黄兴公园拍些照片作为毕业留念，大家兴致都挺高的，没有想到童小语这天偏偏让我陪她去徐家汇去买衣服，怎么和她协商都没有用，最后实在拗不过只得憋着一肚子气陪她过去。于是叮叮咣锒又是坐汽车又是坐地铁地赶到徐家汇，然后累死累活地把美罗城、港汇广场等大商厦逛了个来回结果衣服是一件都没有买。我想这总可以回去了吧，结果童小语又心血来潮说要去共青森林公园划船，我说划船哪天不好划啊？就算非得今天划船那也找个近的啊，从徐家汇到森林公园等于穿越整个上海市了，结果我还没有说完童小语就不乐意了，她抛下句话：“你不去算数，我自己去好了。”然后真的头也不回就走了。

我拿她一点办法都没有，只好陪她再坐车到森林公园，于是叮叮咣锒又坐了一个小时车刚到五角场的时候又要下车，我大惑不解我说你不是去森林公园吗，在这儿下车算什么啊？结果童小语说她渴了，要下去买饮料喝。童小语对饮料有讲究，死活只认一种叫“第五季”的饮料，结果跑了几家便利店都没有买到。我的同学不停在给我打电话催我快回去拍照片，童小语又嚷着让我快点给她买说她嗓子里已经在疼了，后来我急了我说你不就是渴吗买瓶矿泉水不就完事了吗又便宜又解渴。结果童小语眼睛一闭一副蛮不讲理的腔调说坚决不喝矿泉水，因为一点营养都没有，我听这话差点没晕倒，我想我他妈平时渴的时候连矿泉水都舍不得买，她居然喝水都要注意营养，这日子真没过头了。

我忘记当时我后来对童小语说什么了，反正是语气蛮重地说了些大道理，意思是你们上海小姑娘太作太无理取闹了，后来童小语生气了，童小语生气起来比较奇怪，她不会和我吵，也不表现得很伤心，她就是不理我，而且笑嘻嘻的。童小语一个人自说自话地向前走着，我去拦住她，她就转弯，我拉住她，她就加快步伐，我问她要干什么，她说她要回家，我说那我送你回家吧，结果她说她不认识我。

和童小语的这次不开心并没有影响到我们深厚的爱情，六月底，我从学校搬走的那天童小语也过来了，并且像模像样地帮我拿枕头、电话什么的。我的行李不多不少，加上电脑一共五大包，所有的专业书籍都被我当废纸卖掉了，一共卖了三十块钱。当大众物流的小面包车载着我和大学四年所有的家当缓缓从学校那条长得出奇的主干道往外行驶的时候，我情绪稳定，目光游离，我睁一会儿眼睛再闭一会儿眼睛，我看着那些熟悉得不能再熟悉的场景，并没有考虑到那或许就是最后的告别，只是有一种浅浅的忧伤在内心蔓延，无处可逃。

5

公司给我的宿舍是一套三室一厅的公寓，按照道理应该是三名员工合住一间这样的公寓，可不知道怎么回事公司没有分配其他员工和我住在一起，因此我一个人独占了这三室一厅。此公寓位于北外滩，环境优美，交通便捷，趴在宽大的阳台上可以看到脏兮兮的黄浦江水在面前黯然流过。公寓里面装潢豪华，设施齐全，有宽带和免费电话，水电都不要钱。相比我那些在外面几个人合租一室户的同学而言，我这里完全可以被称为天堂，而我为这个天堂所付出的代价只是每个月交纳一百五元的物业管理费。

对此我的解释是我运气很不错，其实大学最后一个学期开始我的运气好像就开始不错起来，最有力的一个证明就是我顺利转成了上海市户口。因为大学里我有两门科目考试不及格，按照应届毕业生落户上海的资格要求像我这样的条件想转上海户口无疑是天方夜谭，因此当我向系里要大学四年成绩表的时候很多老师都冷笑着劝我就不要去丢人了。只是没有想到我把蓝表递上去没一个月户口就给批了下来，让很多等着看笑话的人大跌眼镜，以致后来有很多老师遇到我的时候都会指指划划地对我说："你这个同学运气实在太好了，看你额头都高出一块了。"

童小语也认为我运气很好，不过她坚持强调这全部是她的功劳，童小语号称自从我认识她后就诸事顺利、万事大吉。童小语挂在口头的一句话就是："苏扬，认识我可真是你的福气啊。"然后看我一副不相信的神情还特理直气壮地反问一句，"难道不是吗？"

我只得连忙回答："是，是，都是托您老人家的造化，自打认识您之后我总算找到一点儿做人的尊严了。"

然后童小语则会特无耻地让我发毒誓要永远爱她、永远听她话、永远对她好。

童小语在参观了我的宿舍之后突发奇想说要给我布置房间，做事认真从来都是童小语的优良习性，接下去的几天童小语像只勤劳的小老鼠一样把她这几年精心收藏的一些奇形怪状的小玩意儿运了过来，从我的电脑到墙壁到壁橱上面都贴满了花里胡哨的卡通图片和SES的大幅照片，当然还有不计其数她自己的照片。接着又把我拉到各大卖场浪费了N多钞票买回来很多华而不实的生活用品。就这样捣鼓了几天我的宿舍彻底面目全非，最后大功告成之际童小语和我躺在柔软无比的床上看着花花绿绿的墙面是开心得不得了，童小语一个转身就骑到了我身上，然后鲜格格地对我感慨：“老公啊，我简直是天才哦，你看，这家被我打扮得多漂亮啊！”

对此我是哭笑不得，因为天才童小语充分按照她的审美情趣把我的房间打扮成了一个主题儿童乐园，比较适合十岁以下的孩童生活。

童小语说要让我看到这个宿舍里的任何一个东西就能想起她，她用心良苦，不过通过这几年的实践检验，确实达到了目的。

6

按照这家医药公司的惯例，所有新员工均需要到公司下属的药厂实习个一年半载方可以正式到自己岗位工作。因为我属于公司“紧急人才”行列，所以只要求到药厂实习三个月。实习的第一天我随着公司的大巴颠簸了一个多小时，从繁华的市区开到人迹稀疏的郊区然后又开过一片郁郁葱葱的田野，最后居然看到了波涛汹涌的东海，我真怀疑这样一直开下去会开到对面的日本去，幸好沿着东海没开多久车子就停了下来，然后车上的同事推醒昏昏欲睡的我对我说：“到了。”

下车之后我第一个联想就是：“面朝大海，春暖花开。”

然后我在心中对自己激动地说：“操，谁他妈说上海没有海的啊，这不是大海是什么？”

下面说说我在药厂实习前几天的内容：

第一天，我被领着去见药厂各个领导，这个药厂里的部门比公司还要繁多，仿佛人人都是领导，那天和我谈话的人包括厂长、厂长助理，分管各项目的副厂长，各部门经理，各车间主任，各车间工艺员、质量员。这些混蛋们足足浪费了我一天的时间，他们个个夸夸其谈跟我畅谈药厂未来二十年的宏伟计划，结果一整天下来我头晕目眩几欲崩溃却不知道我的实习工作到底是什么。

第二天，昨天和我谈话的领导们开了个会研究之后决定让我到固体车间实习，然后那个像女人的厂长助理屁颠屁颠地告诉我固体车间是整个药厂的灵魂，只要掌握了这个车间的一些技术我今后就可以在药界横行无忌。我听了之后很开心，可当我兴致勃勃地到固体车间报到的时候，昨天还对我热情无比的固体车间主任仿佛根本不认识我一样让我跟着车间两个搬运工拉东西。

这两个搬运工也很搞笑，一个是行将就木的老头子，一个是三十几岁的中年人，那个老头子仿佛永远精力过剩，脚下像安了弹簧走路一蹦一蹦的，成天像个老鼠一样在厂里窜来蹦去，遇到别人就要打架。而那个中年人却整天唉声叹气，一副萎靡不振的腔调。

我的工作就是跟着这两个奇怪的家伙每天推着个小铁皮车从其他车间把固体车间需要的一些生产物料拉过去，然后把固体车间生产出来的成品拉到仓库里。而没有事情做的时候就像个石头一样随便堆在车间哪个角落，无人过问。

车间里男员工们大多对我怀有敌意，他们往往对我不理不睬，或者是理了也不睬。我知道这主要的原因是我的工资要比他们高出不少，一个脸上有颗硕大无比黑痣的老头就曾在我面前如此愤慨过：

“你说这能让人想得通吗？我工作三十年了，快退休了，到现在工资才一千块不到，他来了才几天就拿两千多，你说这能让人想得通吗？”

他们当然不能想得通，而我也懒得和这些白痴们解释什么。幸好我在车间绝对不会孤独，这个车间里面有不下百名女工，年龄最小的也在三十五岁以上，或许是海风吹多了这些老女人一个个面色蜡黄，看上去犹如上古人物，这些老女人对我的到来表现出了极大的欢愉，只要手头上空下来就围在我身边对我媚笑然后疯狂讨好我，让我给她们讲黄色故事。我平生第一次受到那么多女人的集体欢迎，感觉不错。

这家药厂位于上海最东边一个叫红星的农场内，濒临东海，犹如世外荒原，无比适合隐居。有的时候我会爬上固体车间三层楼的楼顶，我以一个傻瓜的姿势看着不远处波涛汹涌的大海和上面晃晃悠悠的航船，阵阵海风迎面吹来，举目四望尽是灰色茫然，万事万物宁静无比。这个时候我往往会产生一种很悲伤的感觉，总是会去想：现在的我是不是离上海很远，离童小语很远，离我的梦想很远很远。

7

陈淞是我在药厂实习的第二个星期结识的。那天早上我正躲在车间里睡觉，没过多久就被人给推醒了，定睛一看是固体车间副主任胡向红，当场大惊失色，心想这下死了——当时和胡向红还不熟，对他心存畏惧，后来和他混熟了，才知道这孙子是一个不折不扣的大色狼，每次遇到我就告诉我又睡了哪个女人，他们车间六十几个女工有一大半被他睡过——连忙向他赔礼道歉，却见胡向红朝我小手一挥，然后结结巴巴地对我说："苏扬，有一个中专毕业生要过来我们车间上班了。"我还没有从惊吓中回过神来，于是连连应诺，胡向红说完这句没头没尾的话就屁股一转走了，奇怪得要命。

我转到车间，发现女工们居然也在议论这个新来的中专毕业生，一个个谈笑风生显得很亢奋，我想至于吗，不就来一小孩子吗？等我走到车间主任办公室就发现胡向红身边站着一小伙子，个子和我差不多高，背对着我，等我走到前面一看，我想疯了，这小伙子怎么长得这么像克林顿啊！

直到现在我依然坚持认为陈淞长相非常酷似克林顿，特别是那笑起来的厚厚嘴唇和凸出的颧骨，活脱脱的一个克林顿中国版。对此陈淞总是表现出极大的愤慨，他坚持说自己长得像林志炫，后来又号称自己长得像安七炫，并且凭借自己这个得天独厚的条件成功迷惑了疯狂崇拜安七炫的无数少女。

陈淞看到我，颇为友好地笑了一下，立即露出两颗尖尖的小虎牙，我冲他点点头上前和他寒暄两句，然后继续转到一边睡觉了。

等我再次醒来的时候发现陈淞就坐在我身边，手里正捧着本小说津津有味地看着，我抢过来一看，封面上写着《肉蒲团》。

"哥们，干过女人没？"陈淞兴致勃勃地问我。

"干过啊！"

"我同学也干过的，你干过几个？"

"二十个左右，我没有细数。"我轻描淡写地吹牛。

"哇，那么多，比我同学多多了，你那么强悍啊，"陈淞尖叫一声，看我的眼睛中都流露出敬佩的眼光，"哥们快告诉我，干女人爽不啦？"

"废话，不爽干什么？"

“男人第一次干之后会元气大伤的，要休息三天三夜对不对”

“没有吧，”我说，“我怎么就不知道？”

“我是听说的，”陈淞叹了口气，一脸认真，“说出来真丢人，我还是个处男呢。”

“那什么时候找个女人干干好了。”

“跑哪里找啊？我又没有女朋友？难道让我干妓女？”

“也可以啊。”

“上海妓女多吗？”

“哪里的妓女都多的。”

“那你能认出谁是妓女吗？”

“太简单的事情了。”

“怎么认得出的？”

“感觉啊，你不感觉，难道说妓女脸上写两个大字我是妓女，让你去干她吗？”说完我大笑了起来。

陈淞也跟着我笑了，笑完之后就自言自语地说：“我太老实了，他妈的，什么时候真的要找个妓女干干也好。”

我和陈淞相逢甚欢，那天下午躲在车间内讨论女人讨论了整个下午。当天下班后陈淞和我一起回市区，在班车上的时候陈淞不停拉住我然后悄悄指着某个女人诡异地问我那是不是妓女，过了一会儿又拉住我问旁个女的是不是妓女，这样走了一路也问了一路，问得我烦死了。一开始我还煞有其事地给陈淞分析，到最后我一律回答：“是。”然后就听到陈淞无比感叹：“哇，想不到那个买菜的老太婆也是妓女啊！”

8

陈淞是上海市崇明人，2001年十八岁的他刚过完成人仪式后就从一家医药学校毕业然后进了这家公司，从而避免了童工的嫌疑。公司给陈淞在药厂所在的农场租了间房子，月租二十元人民币。陈淞第一天夹着草席背着棉被从市区坐了整整三个小时的公车然后打开宿舍门的时候差点以为公司给他分的是个垃圾堆，等累死累活地打扫了半天之后用手在刚刚擦洗过的家具上一抹，发现依然满手是灰，而天色渐黑，外面风声鹤唳，这个时候十八岁的陈淞再也控制不住内心的脆弱趴在床上放声大哭了起来。

这些都是陈淞后来告诉我的，后来我和陈淞成为了很好很好的兄弟，而不知道为什么每次听到陈淞说这些的时候我都有点感伤。

总之，陈淞的到来给我带来了不少快乐，有的时候下班了我不想回市区了就住在陈淞的宿舍里，下班之后我们到农场附近一个四川人开的小饭店点上几盘炒菜喝几瓶酒，然后站在公路上看附近一个纺织厂的女工，有的时候也会到大海边上转转，顺便对着大海呐喊几声以此宣泄内心的郁闷，无论是真情还是假意，都非常地过瘾。

有一天晚上我们喝酒喝得醉醺醺的，陈淞提议去嫖娼，他说知道这附近有一个地方有妓女的。我借着酒意说去就去，谁怕谁啊，于是两个人直奔农场附近的一家理发店，走在路上的时候陈淞牛B哄哄地号称要把保持了十几年的童贞奉献给妓女，可等真到了理发店的时候陈淞突然站住了，陈淞说："大哥，还去不去啊！"

我想了想，然后无比颓废地说："我看，还是算了吧。"

9

没过多久陈淞就实现了他的梦想成功和一个女孩子完成了床第之欢，这个女孩是他中专同学。在我的蛊惑之下陈淞欲火难耐，成天嚷嚷要干女人，到处寻找可以发泄的目标，最后秉着就近原则终于锁定了他中专前桌的那个叫马蒹霞的女孩，天真善良的陈淞直接给马蒹霞发消息说想和她做爱，问她愿不愿意。没想到这个马蒹霞读书的时候一直暗恋陈淞，结果还真答应了，让我惊叹这个世界之大真是无奇不有。

陈淞兴致勃勃地跟我一起回了市区找马蒹霞完成他的人生大计，第二天遇到他的时候看到他精力憔悴然后问他情况如何，陈淞感慨万千说他根本弄不明白是他干马蒹霞还是马蒹霞干他："疯了，上学的时候都不见她说话，怎么干起来那么主动那么猛的啊。"

陈淞说那天从马蒹霞家出来的时候还借给了他二百五十元钱，让他好好买件衣服，陈淞说马蒹霞给他钞票的时候居然在流泪，而他不知道为什么她要哭，我知道为什么马蒹霞会哭，但是我没有告诉陈淞。

那天之后陈淞没有再和马蒹霞联系过，而以后只要提到马蒹霞，陈淞保准会说："我还欠她二百五十块钱呢。"

如果青春记忆是一本笔记
我该如何写你 才能永远不忘记
那岁月的画笔还残留痕迹
我和你的过去 可不可以不过去

那时年少

MEMORIES

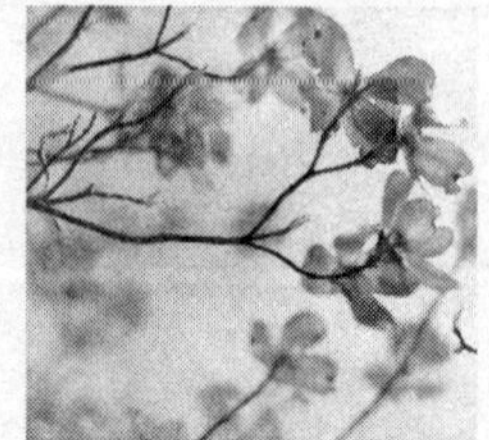

本章插曲

我不是没脸的男孩

孙子涵|我不是没脸的男孩|

只剩一人的站 孤单的人的孤单有谁载
这没撑开的伞和零碎的雨演一副伤感

就让思绪凌乱 情绪变坏 让疲惫把我灌满
痛久了 说不好 就会物极必反
怎么办 能怎么办 空缺的位置没人能替代
转身离开而你没有再跟过来

我不是没脸的男孩 你肯开口我就会离开
矫揉造作不如直接坦白 假装的不舍有谁看不明白
我也没那么多对白 丢下一句理当的掰掰
你最后的呼唤我没理睬
只是不甘心让你又听见心碎的感慨

那最初的青睐 悄悄变坏 骄傲全部被打败
有些爱 过期了 再也追不回来
怎么办 能怎么办 背地里摘下面具喊出来
心疼就对自己坦白

我不是没脸的男孩 你肯开口我就会离开
矫揉造作不如直接坦白 假装的不舍有谁看不明白
我也没那么多对白 丢下一句理当的掰掰
你最后的呼唤我没理睬
只是不甘心让你又听见心碎的感慨

孙子涵 | 我不是没脸的男孩 |

第九章 原来

只因那时年少，才把承诺说得太早
只因那时年少，才把未来想得太好

1

对于两个精力旺盛并且风华正茂的年轻人而言，给他们一间属于自己的房间毫无疑问就是给了他们整个天堂,而我和童小语就是天堂的主人。

自放暑假以后，童小语就成天高呼人生无聊，东窜西窜地仿佛不闹出点事来不肯罢休，幸好基本上每个星期我都能请上一天假陪陪她。而这天的大体内容如下：早上八点左右我还在床上愉快地睡眠之际，童小语会带上一瓶牛奶和鸡蛋煎饼来到我宿舍（她自己有钥匙），立即粗暴无比地把我吵醒，然后在童小语的严厉监督之下洗好脸刷好牙吃完她为我准备的所谓营养早餐，九点多我们会手拉着手到附近的菜场买小菜，回到家后把东西往厨房一扔然后开始做爱，十一点的样子我负责做饭，童小语则负责折腾我的电脑。

吃好午饭之后我会和童小语出去玩，地点大多集中在人民广场、四川北路、徐家汇、正大广场这四处地方，下午三点左右回到宿舍，如果双方都有兴致了就再做一次，到五点多钟的时候我送童小语回家。

2

童小语的资产阶级双亲决定在暑假里去一趟欧洲游玩聊以打发用不完

的钞票和精力，童小语的爸爸让童小语一起过去玩却遭到了童小语的坚决反对，童小语昧着良心地说她要利用暑假好好学习，再说那些地方都去过了多去也没有什么意思。童小语等她爸爸妈妈一走后就乐不可支地通知我说从现在开始可以和我在一起整整一个星期，童小语问我开心不开心，我说开心，童小语问我有多开心，我说开心得快要死掉了。

童小语父母走的第一天她就拎着睡衣和生活用品住到了我宿舍，童小语说只在我这里过一夜，因为她担心父母夜里会给她打电话，而且钟点工会定时到她家干活。那天我们像一对真正的小夫妻一样在吃完晚饭之后一起刷碗洗锅，然后手拉手地把整个提篮桥附近的商场逛了个遍，路上尽是摇着蒲扇晃来晃去乘凉的老人。我们对着这些老头老太和路边的垃圾指指点点表现出了极高的生活情趣，等回到家已经是十点多了，洗澡后我们就躺在床上看电视，然后为了争台而吵得不可开交，我要看英超童小语要看还珠格格，最后还是通过石头剪刀布一决高下。

睡觉前我们做了一次酣畅淋漓的爱，虚脱之后紧紧拥抱对方集体入眠。童小语睡觉的时候不太安分喜欢翻天覆地差不多是横在床上而我被挤到床角几欲翻落下去，而睡到半夜的时候童小语突然“嘭”的一声坐了起来，动作之快令人咋舌，童小语眼睛还闭着用上海话唠叨了一句：“老公，有毒蚊子咬我。”说完之后又“嘭”的一声躺了下去什么事也没有似的继续睡觉了。

第二天醒来时我见到的第一个场景就是童小语紧闭眼睛皱着眉毛撅着小嘴正发出轻轻的鼾声，她睡得可香了，从她身上散发着淡雅的清香，清晨的阳光从窗帘透过来浅浅打在她裸露的身上我看到她的头颈处的肌肤光洁无比她的乳房无比饱满和白皙一切都显得那样温情无比。而就当我含情脉脉注视童小语的时候她突然醒了过来，然后蓬头散发地从床上蹦起急匆匆地往卫生间冲去，一边冲还一边嚷着让我不要跟她抢厕所。童小语的那个样子非常狼狈，却纯真可爱丝毫不造作。童小语曾经对我说过女人在早上起床的时候是最难看的，可童小语此刻却一点都不避讳她的难看，对此我的心中感到很甜蜜，那一刻我突然觉得所谓爱情竟是那样的真实可靠，唾手可得。

3

其实每次童小语玩我电脑时我都提心吊胆的，我电脑里有不少乱七八糟的东西，包括以前和一些女网友的聊天记录，还有写给其他女孩子的情书。我把这些危险文档做成了压缩文件后放在了一个自认为很隐蔽的角落然后又把解压缩软件卸载掉了可每次童小语坐到电脑前我还是很害怕，我知道童小语的电脑操作能力不在我之下而且天性好奇搜索我电脑的每一寸土地是她永远乐此不疲的兴趣，要是哪天万一被童小语看到这些东西我就死定了。所以每当童小语玩我电脑的时候我都有意无意地在旁边佯装不耐烦地大声嚷嚷：“好啦，不要再玩了，玩物丧志，听到没？”

这时童小语往往是睬都不会睬我的，童小语会一边在我电脑里疯狂点击一边颇为挖苦地说：“你不让我玩你电脑是不是里面有什么见不得人的东西啊。”

童小语这家伙就是这样奇怪，有的时候天真无邪、心无城府，让你掏心掏肺把什么告诉她都放心，可有的时候又让人觉得特阴险，一双大眼睛转来转去地看着你一副明察秋毫的神态，仿佛什么都已心知肚明。

有句古话说得好，“怕什么来什么”，这道理最初是大学里操麻将的时候明白的，现在童小语又让我对之的理解更进了一层。

那是一个星期六的上午，那天和往常似乎没有什么不一样，但显然非常不一样——我和童小语做爱后照例是我下厨房做饭，童小语一如往常在我的电脑上玩游戏，结果饭做好后我叫童小语吃她却怎么都不愿意吃，童小语说心情不好要到外面走走，看着童小语阴沉着的脸我就知道大事不妙，只好乖乖跟着她走出家门。

一路上，童小语沉默不语，神情憔悴，我问她话也一律不答，直到走到山东路和北京东路的天桥上才算停了下来，童小语一下子趴在了天桥的栏杆上然后开始对我进行无情控诉。

“老公，你说你不会伤害我的。”

“我怎么伤害你了？”我的表情绝对冤枉。

“BOBO是谁？”

“到底发生什么事情了？”我心一沉，“就是普通的网友。”

“普通网友？你还说要和她一起洗澡？”童小语看着我，眼泪已经下来了，“你还说喜欢和她做爱。”

“切，我以为什么大事呢？那不是在网上和别人说着玩玩的吗？这个你又不好当真的。”我有点吓傻了，说出的话都开始变形了，却还试图装作满不在乎的样子。

“那什么才是真的？”童小语情绪激昂，不依不饶，“你说你爱我那就一定是真的吗？你说你要永远对我好就一定是真的吗？”

“这根本就不是一个概念，你冷静点儿。”我尽量试图降低事情的严重性，“反正网络上的东西就是不可信，你不应该为这些事情在意的。”

“我怎么可以不在意？哦，网上的东西就不是真的啦？我们当初不是在网上认识的吗？你是不是觉得我也不是真的啦？”

……

面对童小语强大的语言攻势我再也无心争辩，我不争辩不是因为我说不过她而是我突然不知道是不是还有必要去反驳，去据理力争，就算争赢了又能怎么样？我伤害了童小语这已经是一个既成事实，更何况童小语说的并没有错，那些话确实都是我说出的，我确实做过对不起我和童小语感情的事情，那么我再去争辩就显得极为可笑了，所以说我真正要辩解的不是童小语而是我自己，而现在显然还不是时候，因为我还没有真正认清楚自己看清楚自己所做的一切，并不会为之而忏悔什么，同样我还没有看清楚我到底有多爱童小语到底爱还是不爱？所以现在我唯一应该做的只是沉默不语，然后虚心接受童小语的批评并频频点头表示对错误的认识。

童小语并没有想当然地对我继续怒叱，很快她就用一种很女人的方式来面对我给她的伤害，童小语很快开始哭泣，她急剧抖动着双肩然后无限悲伤地反复对我说：“苏扬，你知道，我最讨厌别人骗我了。”

童小语这种哭诉方式的威力显然要比怒骂来得更加强大，我紧紧把童小语拥抱，我用我的唇吻干童小语脸上的泪水，我像发疯了一样对童小语说“对不起”，原本浅薄无力的三个字在我的口中听起来具有无限的诚意和力度，在道歉的同时我不忘反复强调那些话只是局限于网络上的戏言，而我当初对童小语说过的才都是誓言并且会永远不变。

童小语停止哭泣之后我们就趴在天桥的栏杆上看着脚下川流不息的汽车，从上空望去那些汽车居然显得是那样的孤独，我看到风吹起了童小语的头发也吹起童小语的裙角，童小语的眼睛里还噙着泪水，她的脸上还写着忧伤，我很心疼童小语的这个模样，我想紧紧将她拥抱最好永远都不要分开。可是我什么都没有做，我只是看着脚下的汽车胡思乱想。

4

为了这事，我和童小语冷战了一个多星期，这一个多星期我的情绪很复杂：有内疚，却也有小得意，我不相信童小语能为了这事和我分手，因此，我又有点儿生气，不想主动联系她，我要惩罚她。

事实上，最后的确是童小语主动和我联系的，一个多星期后，她没事一样来找我，对我微笑，叫我老公，给我讲述她的生活新发现，人生新感悟。

一切和往常一样，我们还是如此相爱。

只是，有些感觉确实回不去了，我明显感到我在童小语心中“神圣”的形象已经有所改变，而且正走向了另外一个极端，也就是说：以前童小语无比信任我、依赖我，无论我说什么她都认为那是对的无论为我做什么事情她都认为那是值得的可是从那以后不管我对她说什么她都认为我是不对的，最起码是值得分辩的，而每当我再对童小语说什么肉麻情话的时候童小语的第一反应就是坚决不相信，童小语总是会说：“谁知道你是不是对别的小姑娘也这样说啊！”

对此，我也没有深究，甚至没想过采用什么方式去挽回，我还不知道我对她的爱究竟有多深，我还自负地认为我和老马一样是可以将爱情和理性分成河东河西之人，我是如此天真，当时所有的无情都在造就我日后的悔恨！

5

相对和我在一起的那些屈指可数的日子而言，2001年暑假童小语基本上都是在她家楼下一个美容院里度过的，那家高级美容院的女老板是她爸爸的一个情人，所以童小语在那里受到了颇高的礼遇。大体上，对于童小语这种热衷跟风时尚的小姑娘来说常去美容院玩最起码有三个优点，第一就是可以免费做美容，这也是童小语起初最为看重的；第二是能够学到一些美容化妆的小技巧，这是童小语后来所看重的；可最后真正吸引童小语的原因却是美容院里有很多帅哥。

童小语爱看帅哥这是众所周知的事实了，但是一直以来都没有太多机会去和帅哥亲密接触。身为学生的童小语班上美女多多男生却少得可怜，更别提有什么帅哥了，盼了十几年好不容易谈了一个男朋友我还是一准胖子，所以现在那家拥有众多帅哥的美容院对她而言就显得尤为重要。天知道为什么美容院里会有那么多帅哥的，反正童小语发现了这个事实之后犹如哥伦布发现新大陆一样欣喜若狂，从此天天屁颠屁颠地往那家美容院跑，还带上家里的无数水果和零食。

美容院里的那些帅哥们不但长相阴柔，打扮妖艳，而且个个无耻狡猾，心理变态，看到童小语这样一个青春活泼又丰满迷人的姑娘个个心生邪念。特别是一个叫刘正东的混蛋，此人年近三十，膝下已有两女，老婆两年前嫌他没出息跟人跑了，就这个衰鬼仗着自己比常人帅了那么一点点又油腔滑调了那么一点点，天天花言巧语哄骗童小语，不但动不动就给她做头发修指甲，而且把对自己女儿讲的童话拿出来讲给童小语听，间或还骑着他那黑不拉叽的破助力车载着童小语去吃水饺。

按理说这种极度傻B的行径应该受到世人唾骂可童小语还真吃这套，可怜的童小语以为自己碰上了好心人了而成天激动不已，遇到我一次就夸那混蛋一次还让我向他学习。最为可恨的是，每当我给童小语分析了利害关系试图点破那个混蛋的叵测居心时童小语根本就不相信，一向没有主见的童小语不但表现出惊人的思想而且特原则地攻击我的观点，童小语责难我总是把人心想得太黑暗，童小语说我的思想有大问题了，最后童小语总是强调说这个世界上是不会有什么坏人的，就算有坏人也不会让她童小语遇上。

就这样过了一段时间我也麻木了，每次再和童小语谈到美容院的事情不等她开口我就会主动问："刘正东又带你到哪里玩啦？"童小语倒也不介意，乐滋滋地把她遇到的自认为好玩的事情讲给我听，看到我脸都变绿了，我都对她吹胡子瞪眼了也丝毫不以为然。

有一次我去接童小语的时候故意站在那家美容院门口看了看，看了半天终于找到童小语口中所谓的好人加帅哥刘正东。说实话在没有看到这混蛋之前我倒也没有多少气愤，因为在我的理解中，作为一个真正的帅哥无论对女孩子做什么说什么都是值得别人理解和见谅的，就像如果有一天韩庚和你抢女朋友你应该感到光荣而非气愤。可是看到刘正东后我气没打一处来，因为童小语口口声声说的帅哥居然是一个又矮又瘦的家伙，而且很黑，真不晓得童小语怎么就鬼迷心窍把这种猥琐的家伙当成宝贝的。

后来我找了个适当的机会把我的观点说给童小语听并且特别强调我在身高上和肤色上占有绝对的优势，童小语在我的雄辩面前彻底哑口无言，最后只得蛮横不讲理地说"反正人家就是比你帅"作为总结呈词而盖棺定论，让我郁闷得想揍她。

6

得知许菲儿怀孕的消息是在八月中旬，童小语把这个消息告诉我的时候我无比平静，我轻描淡写地对童小语说这是自作孽、不可活，这两个混蛋从第一次做爱的时候就不戴避孕套不吃避孕药不做任何避孕措施，按一个星期干两次的频率算的话已经干了上百次了到现在才出事简直算奇迹了。

“这些风凉话你就别说了，现在该怎么办呢？许菲儿急都急死了。”童小语觉得我的态度不诚恳，应该批判。

“她有什么好急的，急的应该是顾飞飞，这可不是什么小事，这家伙一点儿经验都没有的。”

“苏扬，你还别站着说话不腰疼，你怎么知道人家顾飞飞没经验的呢？难道你很有经验吗？”童小语用反问句攻击我。

我被她呛得哑口无言，只能强词夺理：“有经验没经验都得去医院把孩子做掉。”

童小语颇为不满地白了我一眼：“你说得轻巧，又不是你去。”

“幸好也不是你去。”

“你舍得吗？”

“舍不得。”

“这还差不多，”童小语用一种怨恨的眼光看着我，“我还以为你现在真的是一点儿良心都没有了呢。”

为了稳定军心，顾飞飞送许菲儿去打胎的那天特地叫上了我、童小语、王宵佳，还有另外一个我不认识的女孩子，据说是顾飞飞的高中同学，因为有过两次打胎的经验而被顾飞飞聘请为打胎顾问。我们一行六个人声势浩大地向虹口区妇科保健医院进发，一路上有说有笑，有唱有闹，那情形不像是去打胎而像是去参加一个Party。特别是许菲儿和顾飞飞显得尤为兴奋，这两个不知天高地厚的混蛋居然大声讨论起要给肚子里的孩子取个名字，许菲儿还特有创意地问如果是双胞胎那该怎么办?

“真是太神奇了，想不到我差点就可以做爸爸了。”顾飞飞一边和许菲儿打闹一边感慨。

倒是童小语显得很紧张，不停小声对我说：“很疼的。”

“你怕什么，又不是你去打胎。”我拉紧童小语的手，她的手冷冰冰的，不晓得是风吹的还是给吓的。

“你说你会让我打胎吗？”童小语小声问我，满脸的认真。

“当然不会，我根本就不给你机会怀孕。”我和童小语打哈哈，试图让她情绪放松点。

“那就好，打胎对我们女孩子伤害很大的。”童小语不为所动，言语之中依然畏惧多多。

“不过等以后你嫁给我了，我就会让你立即怀孕。”我继续逗童小语。

“我会嫁给你吗？”童小语突然特纳闷地问我。

我看着童小语，然后半认真半玩笑地说：“这个我就不知道了，要问你愿不愿意嫁给我了。”

我以为童小语会和以往一样回答说“当然愿意啦”之类的话的，却没想到童小语用同样的眼神看着我，特颓废地对我说：“我也不知道。”

许菲儿打胎之后没过几天又和顾飞飞进行性生活了，最让人愤慨的是：这两个混蛋居然没有接受血的教训，做爱时依然不做任何保险措施，无论许菲儿还是顾飞飞，都没有一个人把打胎当回事儿。

7

八月底我生了一场不大不小的病，先是感冒后是头痛最后是疯狂拉肚子，挺了几天差点晕倒在工作现场，厂里的领导吓得赶紧让我回家修养一个星期，病不好就不要上班，结果回家没两天就什么事都没有了，身体倍棒，吃嘛嘛香。

剩下的几天我自然不愿意浪费在工作上正好可以陪陪童小语，弥补一下上次吵架引发的裂痕。可童小语却认定在美容院玩比和我在一起有意思多了，并列举事实若干加以论证，我说不过她也懒得和她争辩只好作罢，面对这漫长的四天我愁肠百结，如何消磨时光成了生活中极大的困惑。

后来是如此打发这几天的，先是没日没夜地睡觉，渴了就喝口矿泉水饿了就吃根火腿肠，闭上眼睛就是天黑，就这样睡了足足有两天，两天以后再怎么努力都睡不着了，一提到睡觉就恶心。第三天花费在上海图书馆里，在期刊阅览厅看了整整一天无聊的八卦杂志，充分掌握了整个香港娱乐圈所有鸡毛蒜皮的事情。

第四天上午在宿舍附近的花鸟市场看一些上海爷叔逗蛐蛐，看得颇为开心；下午在附近的音像店租了盘《重庆森林》，然后到菜场买了点小菜自己回家做了好几个小时又全部给吃了；吃好饭后躺在床上看碟。《重庆森林》前前后后已经看了有好几遍，一开始之所以会反复看是因为看不懂又不甘心，后来反复看是因为看懂了还想看，这部电影除了里面大段大段特有道理的言语外就是我所崇拜的两个女人在里面都有戏份，我指的是林青霞和王菲，可这次看到一半的时候居然给睡着了。

睡醒了发现已是半夜，外面正下着大雨。我突然产生了强烈的孤独感，这个城市仿佛和我无关。我是那么思念童小语，可是我却不敢联系她，她和我是那样接近，却分明非常遥远。

第一次，我突然有了失去她的感觉，我拼命压抑，却无法控制这样的念头侵袭全身，让我在炎热的夏日瑟瑟发抖。

8

公司新来的销售总监是一个年过半百的老头，瘦得皮包骨头，嘴巴上稀松留着几根胡须跟传说中的半仙没有两样，半仙是浙江人，据说在上海的医药行业是个响当当的人物，来我们公司之前曾经是浙江一家知名的老字号医药公司主管上海大区销售的副总经理，每年在上海的销售额过亿，颇受同行敬重。

不过半仙却也有自己的烦恼，其一是从浙江来上海闯了十几个年头却依然没有转成上海户口，因此再牛B也就是一外来打工者；其二是自己在上海没有房子，老婆和孩子一直在浙江生活，夫妻相隔两地，长期性生活不和谐不要说，单是这个有家不能回、亲人无法团聚就能折磨死人。

而这两个烦恼的直接形成原因又和他工作的单位有关，因为是浙江企业所以无法为他转成上海户口，而这个国企虽然效益良好员工工资却低得可怕，而且没有销售提成，所以这个半仙每个月的工资加上奖金也就两千多人民币，相对正以变态速度疯狂增长的上海房价，确实算不了什么。

抱着这两大遗憾半仙一直活得郁郁寡欢，工作和生活可谓一半是火焰，一半是海水。正当百般煎熬的时候恰好遇到酷爱更换领导班子的我们公司，正所谓郎有情，妾有意，半仙和我们集团公司的英才们一拍即合，立即从原来单位跳了槽到我们公司当销售总监来，而公司许诺给他的条件是年薪三十万人民币外加解决全家老小上海户口。因为公司没有现成住房后来不知道哪个混蛋想起来我一个人住着公司的三室一厅来于是让半仙搬来和我同住。

半仙家具牛多，一下子把客厅全部占满，让我颇有寄人篱下的感觉，可半仙是销售部最高领导因此我是敢怒不敢言，有事没事还给他做饭替他洗衣狂拍马屁。就这样战战兢兢同住了没几个星期，半仙还是觉得有个人和他在一起碍手碍脚，最后向公司人事部打了个招呼，提前把我安排到苏州去做销售，为期两年，这两年来没有什么特别的事情我可不必再回上海，因此我得卷起铺盖彻底滚蛋。

半仙成功地利用他的职权进行了一次比较无耻的行为，实现了他一人独住的想法。对于他的无耻我并没有表现出太多愤慨，因为我想如果我是他的话或许会做得更加无耻。

而对于这样的离别我起先还表现出了一定的窃窃私喜，愚蠢的我觉得自己终于有机会可以大展宏图实现理想了，因此告诉童小语我要离开上海的时候我一点儿都没有难受。我告诉童小语我去实现我的理想去了，或许用不了多久我就可以意气风发地荣归上海，我让童小语不必为之伤心，因为短暂的离别是为了将来更好的相爱，苏州离上海那么近而两年又是那么短暂，相对我们之间浩浩荡荡的爱情而言都是那样的微不足道。

总之我说了很多似乎每句都充满道理，而N天之后我为自己的这些话愤恨不已，我想大骂自己真他妈操蛋，因为在我滔滔不绝瞻望美好未来的时候我忽视了两个根本的现实。第一个现实就是我已经从骨子里爱上了上海这个地方，一旦离开这个城市就会浑身不自在犹如失魂落魄；第二，我爱童小语，在离开童小语之前我一直不知道自己到底是不是真爱童小语，直到离开她之后我才知道对童小语的爱已经深入骨髓潜入灵魂，我周身的每一个毛孔每一个毛发都注满了我对童小语的爱。

所以，2001年九月初，我最最可悲的不是我对未来的认知太过天真，而是对已拥有的一切都看不清，我不知道我爱上海，我不知道我爱童小语，而这两个不知道必将注定后来所有的错，一生一世不得偿还。

童小语知道我要离开上海到苏州工作的时候仿佛也没有太多伤感，起先的时候依然一如往常和我一起吃饭、做爱，甚至吵架，她的平静让我少了许多纠结。只是在临走那天晚上我和童小语紧紧抱在一起说着笑话，说着说着的时候我就感到手臂上一凉，推开童小语的时候我才发现手臂上满是童小语的眼泪，童小语突然犹如一个孩童一样失声痛哭了起来，童小语一边痛哭一边用上海话对我说：“老公，我舍不得侬离开我啊……”

这是童小语最后一次在我面前哭泣，也是最后一次为我哭泣，和无数个未知一样，我并没有意识到这是最后一次而加以忽略。虽然几年以后的我回味起那天晚上童小语的眼泪和那句“舍不得”依然会全身颤抖心碎不已，在我看来，童小语对我所有的爱都在那些泪水和那声“舍不得”里面了。

纯真的童小语不会选择更为矫情的表达方式，所以这句浅显直白的哭诉更能反映她悲痛和无奈的内心，遗憾的是当时我并不明白，我的心被功利和自私膨胀着，膨胀得彻底改变了轨迹。而当我真正读懂童小语读懂这一切的时候却已经是几年之后了——几年之后沧海变成了桑田，真爱变成了幻灭，左手的倒影不留任何痕迹，右手的年华消逝无可追忆，一切都已烟消云散，一切都已无影无踪。

9

公司在苏州地区有一个办事处，苏州的销售业务隶属于整个江苏大区，江苏大区的经理是一个三十岁出头的小个子男人，也是扬州人。据说这家伙毕业于北京师范大学，上学的时候搞过诗社演过话剧还玩大过女同学肚子，后来还参加过学潮，被他父亲捉了回去暴打了一顿，学校里又挨了处分，痛定思痛，猛读了佛经和论语之后开始充分反省过去的人生觉得年轻冲动其实只是傻B的一种。领悟了这层道理心态开始变得平和算是安分了不少，毕业之后在江苏一个小县城做了三年语文老师，娶了老婆养了女儿，日子过得郁郁寡欢。

许是压抑久了体内的那根反骨又开始蠢蠢欲动，终于在一个春暖花开之际愤怒地将手上的粉笔和黑板擦砸到了地上算是和老师生涯做了一个最彻底的告别。结果又被他父亲给暴打了一顿，却没有让他再次安分下来，一个人跑到上海之后做起了药贩子，六年跳了三家医药公司，从最初的小瘪三混到了现在的大区经理也算是小有成功。而这六年来此药贩子最大的收获就是玩遍了祖国各地的妓女甚至把战场开到了新马泰（主要也是工作需要），女人玩多了后他又开始感悟人生了，动不动就说人生一场空人生一场梦。

我第一次见到此君是在公司里，他每个月都要到公司汇报一下江苏大区当月销售业绩，那天半仙正把我交付给他让他把我带到苏州。当日在公司内我先是和他谈了一会儿文学，然后又谈了一会儿人生无常，最后开始谈女人，而通过谈女人我很快赢得了他的好感，当我把我遇到的那些破事添油加醋告诉他之后他很快回忆起他大学时的风花雪月，也回忆起那个被他把肚子搞大的女朋友，伤感得不行。

当然谈话的内容也有积极和快乐的一面，那就是我们惊喜地发现我们搞女人的手段和心态居然是惊人的一致，并且都获得了成功。就这样我们一路从上海谈到苏州，吃过晚饭之后在他下榻的宾馆内又秉烛夜谈直到深夜，他旺盛的表达能力让我心力交瘁，他总是告诉我对不起那个被他把肚子搞大的女朋友，光后悔就对我说了不下一万遍，谈着谈着他又绝望了起来，说了半天废话去论证人生只是一场浮光掠影的梦。对于这种狗屁不是的思想我也只能面含微笑佯装听得津津有味并不停点头表示领悟，我的谦虚很快获得了他的好感，在谈话的最后他大力拍着我的肩膀说他以后会好好照顾我，做不出业务他也会帮我顶着，他说他很器重我相信不会看走眼，因为他从我身上分明看到了他当年骁勇的影子。

听了这话我心里非常的不舒服，仿佛吃了个活苍蝇一样无比难受，因为我也害怕从他身上看到我未来的影子，如果我到三十岁了就他这种半死不活的腔调我还真不如立即死掉来得痛快。

在苏州我住在一个名叫大王家巷的胡同里，离火车站只有几站远，距苏州市的主干道人民路也就二三十米的样子，可每当从繁华热闹的人民路转进这大王家巷就仿佛进入了农村，不但全然听不到汽车的声响，而且每天早上都能听到公鸡啼叫以及小贩的叫卖声，晚上八点之后巷子里连鬼影都没有一个，只有那暗红的路灯照在那些高大的白色砖墙和黑色的瓦片上，那些在夜风中剧烈摇摆的芭蕉叶发出沙沙声响，显得分外地阴森狰狞。

公司在苏州的办事处（也就是我们的住所）是一套二室一厅的民房，和我同住的就是我在苏州的唯一领导也是最高领导——一个四十几岁的上海老头，我不是白痴所以在这里我用老头来形容这个不到半百的上海人绝对不是我的口误，事实上我的主管看上去绝对是一个如假包换的老头，而且身材臃肿行动缓慢，据说是拿掉一个肾脏的缘故。这个老头身上保持着上海人所有的臭脾气，几乎是第一眼见到我就对我看不惯，而在其后的生活和工作之中更是对我的所有行为和习惯指手画脚批评责难让我痛不欲生，其间的所有痛楚已非我生花妙笔所能表达一二。

总之和这个老头一起生活的一个月是我人生至今最为痛苦的日子，我不但承包了所有的苦累活，办事处货物都是我搬运，做饭洗碗简直就是小菜了。可就这样累死累活还得不到这个老头的认可，老头在打击我的同时还把我当成了一个消遣无聊的对象。不但每天要对我进行训话而且喜欢给我讲述他上山下乡那会儿的故事。老头说他年轻的时候不但英俊潇洒、风流倜傥，而且心灵手巧，他们全农场比赛插秧没有一个女人比得过他的；老头说文革那些年无数女人追求他他都不为所动后来被农场送到复旦大学读了两年的农作物知识，因此基本上他也可以算作复旦大学的毕业生；老头说这些的时候洋洋得意，自我感觉非常良好，而对于老头的厚颜无耻我除了用噩梦一场来形容别无他法。

基本上这个老头对我的指责绝大多数集中在卫生方面，在他眼中我是一个缺少教养没有任何卫生习惯的乡下人。他经常在我做错事的时候一边冷笑一边急剧摇着头表达着他内心的无奈，这样的姿势也成了我内心最为恐惧的表情之一以致落下了后遗症——在以后的人际交往中谁突然对我这样我都会毫不犹豫地和他急。大学四年内所养成的所有不良生活习惯都成了这个老头嘲笑和攻击我的对象，对这一切我也只能忍气吞声虽然很多次我几乎忍无可忍真想掐死这个少了一个肾的死老头。

我多么想和你见一面
看看你最近改变
不再去说从前只是寒暄
对你说一句只是说一句
好久不见

MEMORIES

本章插曲

再见了，单纯

小5 | 再见了，单纯 |

年少时我和你　说过的道理
你说靠自己　你说没有关系（长大了去回忆）
我们相识在校园里 你的宿舍在我隔壁
善良体贴的你 如今我要告诉你（长大了的声音）

回忆小时候泥巴叠搭塔 拟出帅帅的木椅马
泥水布满全身再回家 怕见爸妈就到处藏
楚楚可怜就把头低了下 双手捂住怕打嘴巴
长大的代价 是纯真都融化

我在驾着飞车一个人 努力释放着压力没有停顿
我们的未来如列车急奔下一程
我笑声渐变得奢侈　再没有是发自内心头的单纯
人是长大了却满是疑问

校园生活和如今的日子怎么比 怎么比
辛苦　工作　生活要继续　身心　承受压力
不知道大家是否都有这相似的经历
你永远是我朋友 比我自己更珍惜
我流的泪 你从没有 忘记
我犯的错 你从来不会在意
和你齐心合力 就能天下无敌

年少的过去 把往事都回忆　成长了生活求福利
要把握好如今奋斗了永远都是天晴　没有雨

坐着飞车一个人（一个人）找什么　寻找着单纯
却没用　已是过往了　已经太晚了　已回不去了

小5 | 再见了，单纯 |

第十章 面对

只因那时年少，才把承诺说得太早
只因那时年少，才把未来想得太好

1

在苏州我的工作雅称是医药代表，俗称就是药贩子。我们这些药贩子的工作内容之一就是通过对医院里具有处方权的医生进行不断拜访通过拍马屁、说大话、送钞票，带他们吃喝玩乐甚至玩女人等不良手段来建立起互相信任的关系。这些医生在享受到了种种好处之后会在履行治病救人的神圣职责的时候给病人用这些恩惠他们的医药公司的药品，基本上这个结果是一种双赢，而这个过程也不见得有多卑鄙，更不触犯法律道德，因此被绝大多数医生所接受，而作为我们药贩子重要的工作之一就是每个月要把药品的回扣送到这些医生手中，以此感激这些衣食父母。

这些衣食父母大多满腹经纶学富五车，从年龄上看大多半百向后从职称上看大多是副教授向上，不但通晓医术而且个个自诩人格高尚，只是高尚其实是一个很肤浅的概念，仅局限于风花雪月的层面，所以当我们向他们递交回扣的时候高尚就成了一种彻底的幌子，被丢弃到了马桶里面然后和着大便被滔滔的水流冲得无影无踪。

我曾亲手给一位八十多岁看上去行将就木、满脸都是老人斑的主任医师送上了当月的回扣，在递出钞票的那一刻我还心存幻想希望这个德高望重的名医可以拒绝金钱的诱惑哪怕是大义凛然地大声把我怒骂让我滚蛋那样最起码还让我不觉得世道太黑暗、人心太功利，可是这个众人景仰的老头很快用他颤抖的双手粉碎了我的梦，在接过那些钞票之后这个主任医师很快把钱放到了抽屉里面然后在他的脸上浮现出一股接近妩媚的微笑对我说谢谢，他让我放心，下一个月他会继续给病人多开我们公司的药品，最后在临走的时候千叮咛万嘱咐让我下个月不要耽误结算回扣。

走出医院的时候我觉得自己内心有点伤感，我不知道我这种反应是表示我太正义了还是表示我太傻B，我懒得思考这个问题，因为思考出来也于事无补，该送的钞票还是要送，该收钞票的人还是会收，徒劳无功的感慨只是一道肤浅的笑料罢了。

我一共负责苏州地区的五家医院，我每天的工作就是马不停蹄地在这五家医院来回穿梭，想方设法接近和我们公司药品相关的医生并且进行奉承拍马，送礼行贿。我曾经无比自信地认为这些对我而言只是微不足道的小事，我良心上不会受什么谴责技术过硬而且胆大心细，做这行我都不成功那就是天理不公，可事实上没做几天就开始心灰意冷起来。因为每次人模狗样夹着个公文包笑嘻嘻地走进医生的门诊问有没有空谈会话后收到的都是让我们立即滚出去的信号，我会走路但不会滚蛋也不想滚蛋所以我只能继续嬉皮笑脸地想和对方讨论人生，好不容易有个机会坐下来心存虔诚地说了半天最后医生眼睛看都没看一样就说他知道了他知道了然后请你离开，等你离开了他就什么都不知道了更不要说会帮你开药。

热脸贴冷屁股的日子并不好过，我的万丈雄心在这样的拒绝中变得脆弱不堪，工作了没几天我就对这样的工作彻底丧失兴趣，每天过得苦不堪言，更不要说什么从工作中获得乐趣，觉得那简直就是他妈的扯淡。

2

江苏大区经理差不多每两个星期就会到苏州来一次看看工作情况，这个大区经理和主管每次在一起都会在彼此的脸上堆积满和善的微笑，然而在这微笑之后显然隐藏着巨大的矛盾。因为主管是公司的老业务员了一直负责整个苏州地区的业务而且成绩不错，仗着这点再加上自己是老员工所以一直居功自傲。原来的大区经理走人后他一度认为这经理的位置非他莫属，没有想到公司却找来了一个比他小十几岁看上去傻不拉叽的人做经理来管他，因此心存不满，一直对经理比较地看不惯。而这个经理就更看不惯这个主管了，经理想你他妈一个残废人要不是公司给你政策你做个屁业务啊，现在也不看自己什么鸟样还这么嚣张，想我年轻有为又受过高等教育光玩过的女人就比你见过的还多我能管理你绝对是你的荣幸。

虽然互相看不起但是两个人在一起的时候还是称兄道弟，吃饭的时候把酒言欢还约好一同去召妓。因为整个江苏大区业务员都没有几人而苏州办事处除了那老头就剩我一个人了所以在这样的人际斗争中我就显得尤为重要。

因为都是我的领导所以这两个混蛋根本不考虑我的感受而直接要求我和他们同一战壕去攻击另外一个人——也就是说：当我和这个主管在一起的时候我们会一起大骂大区经理是他妈的混球是个无耻的婊子，我们一起耻笑他没有什么本事全靠奉承拍马才有今日的位置，我们在怒骂的时候情绪激昂，态度认真，仿佛我们是同一条战线上的战友而与大区经理是不共戴天的仇人；而当我和大区经理在一起的时候我们又会一起怒骂这个主管，说他是混球和婊子。所以我有理由相信：当大区经理和主管在一起的时候肯定也用同样的头衔来称呼我。

我认为这样的一种三角关系其实真的很无耻，所谓人性和人格在无尽循环的怒骂中变得荡然无存，而对于大区经理和主管这种无耻了十几年和几十年的人而言现在已经麻木不仁但对我这种才踏上社会没几天还算很纯洁的小伙子而言就显得有点残忍了。起初的几天我还用“人在江湖，身不由己”来安慰自己，到后来这个苍白的理由显然不足以安抚我内心的罪恶感并开始叩问起自己的良心和价值观，说实话我真的无比厌恶这样的尔虞我诈，我总是在幻想一切的肮脏和龌龊都可以伴随着我的愤怒而彻底灭亡。

3

以上就是我在苏州生活的一些客观环境和事实，这些都造成了我郁闷的坚实理由，所以如果我说我在苏州的生活是痛苦的是郁闷的，你一定不要认为我在矫情。

当然造成了这痛苦和这郁闷的主要因素肯定不是这些，最让我无法再忍受在苏州生活而不停想到逃离的真正原因只是童小语不在我身边，而我是那么深爱着童小语。

事实上到苏州的第二天我就开始疯狂思念童小语，伟大的女歌手王菲在她的一首歌里面说过“思念是一种很玄的东西，无声又无息却触摸在心里”，我认为这句话完全正确。在上海的时候无论多久见不到童小语我都不会思念她，有的时候我甚至腻烦她恨不得她能离我远远的好让我一个人清静，我的这种想法一直困扰着我让我不明白是不是真正爱她，可离开了上海才一天见不到童小语也没有超过二十四小时我就想童小语想得快要崩溃。而在崩溃的边缘我做的第一件事情就是找了一家网吧给童小语写email，在email中我一反常态，没有像以往一样在描述了一番风景或者其他废话到最后才说上一句肉麻的话作为总结，我在email中一连写了几百个我爱你（是一个字一个字敲打上去绝非复制），非此不足以表达我对童小语的思念和爱，而在写的同时我还犹如一个真正的疯子一样对着屏幕反复吟诵这三个字，让全网吧的人都惊讶不已。email发出去之后我觉得想表达的那种感情还没有表达完全于是又在QQ上抒了一大段情，做完这一切之后我才心满意足地离开网吧，觉得身上轻松了不少。

按照以往的规律，童小语看到我这一封充满了强大爱意的email不当场激动得跳起来才怪，肯定也会热烈回一封email与我呼应。第二天我正是抱着这样的心态到网吧的，我犹如一个渔夫一样走向大海去收回自己的渔网收获上面的希望，可当我打开信箱发现里面并没有任何一封新的邮件，我打开QQ发现上面也没有任何童小语的回音。后来我在网上等童小语等了好几个小时也等不到她，她以往每天晚上肯定会上网的可现在天晓得她在哪里，于是曾经最为真实可靠的网络就这样一下子变得缥缈无力起来。这个现象一连保持了三天，三天内我上了无数次网每次都是乘兴而去，败兴而归，如果说童小语三天不吃饭我会相信，可说她三天不上网打死我也不相信，而作为一个敏感了无数年的男人最本质的直觉告诉我肯定是出事情了。

第四天晚上我终于在网上等到童小语的出现，QQ里当童小语的头像由暗变亮并且我耳边出现清脆的两声上线声的时候我紧张得快要窒息，我拼命咬着自己的舌头告诉自己不要激动也不要愤怒要心平气和地和童小语讲话仿佛什么事情都没有发生，我用颤抖的手指在键盘上敲打着我思念童小语关心童小语的话语，我打了很多发送了很多童小语那边都没有反应，然后就在我心变得冰冷之际，童小语才开始回话过来。

“苏扬，为什么你总要对我这样好？”

“傻丫头，说什么呢？我是你男朋友，对你好是应该的啊！”

“可是你越是这样对我好我就越是觉得对不起你的。”

“怎么这样说啊，发生什么事情了？可以告诉我吗？”

QQ上童小语的头像沉默了片刻，然后开始跳动起来，我用颤抖的手握着鼠标点了一下，然后就看到童小语的话：

“苏扬，你给我点时间，让我好好想想，我现在心里乱极了，我想会和那个人把问题说清楚的，我想我不会背叛你背叛我们的爱的……”

看到这几句话的时候我的头脑一下子变得空白，心跳不快了，手也不颤抖了，心灵坦荡如砥了，世界很快恢复到了安静祥和的本来。童小语的头像还在欢快地跳动着，可是我全无力气再去打开看，我怕再看下去我会晕死在电脑面前。我很快下了线，离开网吧后我走在完全陌生的街道上，分不清方向也不想分清方向，脑子里反复出现的两个字就是“背叛”。

童小语说不会背叛我，事实上，她早就背叛了。我想怎么会这样呢？我这才离开上海没几天啊！就是几天前她还在我怀里为我哭泣说舍不得我走啊！电影里的聚聚散散我看得太多，生活中的悲欢离合我也见的不少，甚至我背叛过别人、别人也背叛过我，可是现在为什么连童小语这样的姑娘也会说变就变呢？而且就在我刚刚发现自己是那么深爱着她的时候。

很多人都会说人生如梦，说这话的时候仿佛都很潇洒，一副云淡风轻沧海桑田的样子，可我现在终于知道绝大多数说这句话的人其实都是在假扮沧桑都是一种无知都是在扮酷，包括曾经少不经事的我。

4

童小语所谓的“要把话说清楚的对象”就是那个美容院里的刘正东，这是在我回上海之后才弄明白的。那天在苏州从网吧出来后我魂不守舍地在外面游荡了好几个小时，我对着天空扯开胸襟吹着浓浓秋风抒发内心的无穷郁闷，最后我做出英明决定第二天就回上海去找童小语。

我以为，感情这破事不找当事人谈个明白自己一个人再怎么思考也是扯淡，就算我再怎么沧桑哪怕最后沧桑死在苏州也于事无补，想明白这个道理后我总算又找回了活在人间的感觉。等回到宿舍我立即向主管请了个假说要回上海一天，那个死老头巴不得我立即滚蛋呢于是毫不犹豫就批了我的假，还假惺惺对我说他体贴我因为他为人宽容，在恬不知耻说了自己无数好话后暗示我已经欠他一个人情。

从苏州到上海火车也就一个小时多一点点，早上我八点半从苏州住处出发到十一点的时候已经重新站在了上海火车站南广场，我在南广场晃悠到中午时分等童小语上午放学吃饭的时候给她打了个拷机。童小语很快复了机，电话里我告诉她我回上海了我要见她，也听不出来童小语是惊讶还是高兴反正语气前所未有的奇怪，在考虑了一会儿之后童小语让我晚上六点在虹口足球场门口老地方等她，当天晚上有张信哲的演唱会，到时候她好找借口出来。

童小语讲完这些之后就说要上课了而挂了电话，童小语的冷漠对我无疑又是当头棒喝，我站在公用电话前久久不能动弹，又开始情不自禁地叩问起苍天这一切到底是怎么回事，而那个下午我在虹口区的一家游戏房度过了百无聊赖的几个小时。曾经就是在这个游戏房的附近有我的家我可以毫无忌惮地想干什么就干什么，可是现在我却成了一个彻底的过客，没有落脚之处且不谈，更仿佛和这个生活了四年多的城市变得格格不入，包括曾经固若金汤的爱情也变得岌岌可危。而所有的这一切都不过是几天之内的改变，由此也可见上帝的力量真是太强大了而他老人家的心态更是太奇怪了，动不动就做出这种极变态的行为，你不佩服都不行。

你要是问港台哪个歌星在上海拥有最高的人气那么我会毫不犹豫地告诉你是张信哲，以唱伤感情歌见长的张信哲其人其歌无论是从气质到内在都与上海这个城市的阴柔无比贴合。这个城市里无数正在发育或者发育完毕的女孩子都是在张信哲的情歌中奠定了自己的爱情观点的，而张信哲的演唱会也就不仅仅是一场单纯的商业活动而完全可以称得上是这个城市女孩子的一场大型集会。

那天的演唱会在虹口足球场举行，时间是晚上七点半，而从下午四点多就开始有大批大批女孩子拥入虹口足球场周边地区。介于这些女孩子大多已经有了男朋友就算没有男朋友也会拉上一个男的做垫背的事实，到场的实际人数应该再乘以二。

随着时间的推移人越来越多，到六点多的时候整个虹口足球场周边已经是人山人海，甚至连四川北路上都是手持荧光棒的青年男女，所有的人脸上都快乐无比，他们高声呐喊大声喧哗以此表达他们内心的激动之情。当然在这里说所有人都很快乐那肯定不正确，因为最起码站在虹口公园门口的我脸上就一点笑容都没有，而我虽然笑不出来但是内心却也没有多少难受，主要原因是眼前大量的美女冲淡了原先的哀愁，我就那样静静站在虹口公园的茶坊门口，站在我和童小语第一次见面的那个地方看着眼前犹如过江之鲫的美女们，直到童小语慢慢在我视线中出现。

如果一定要把我和童小语的交往画上刻度加以科学分析的话，那个晚上毫无疑问占据着重要的一笔。那个歌舞升平的晚上，那个秋风习习的晚上，我秉着一颗宽容和充满爱的真心想和童小语进行一次深刻的交谈，我和这个世界上任何一个为爱无法自拔的人一样试图通过这样的交谈把所有症结解决，为继续恋爱扫除障碍。客观而言这绝非一个很高的要求，可就这个不过分的要求童小语都没有满足我，因为她根本没有兴趣和我交谈什么深刻的问题，而当我支支吾吾说出我回来的主要目的的时候，童小语特别不解地对我说："你回来就是为了这个啊。"

我和童小语谈这些话的时候已经是在茶坊里面了，坐在我们第一次坐过的桌椅上颇有一种物是人非的感觉。童小语一个劲地回避我的问题，童小语反复强调她对刘正东只是一种细微的好感，刘正东一直在追她而她根本就没有答应虽然两个人也的的确确约会过几次，童小语说事情已经过去了她不想再提了反正她不会背叛我背叛我们的感情。

后来我尝试从其他角度来探讨她的内心世界也都被她英明识破而加以责叱，最后童小语不耐烦了童小语恶狠狠威胁我如果再就这事烦她的话她就生气就不理我，而这个时候如果童小语不理我的话还不如直接要我命呢，所以我真的不敢再提。童小语说她只想和我讨论一下其他方面的问题，比如爱的价值，我一听欣喜异常，心想这可是我强项，今个儿可要好好发挥，争取把所有童小语内心丢失的英雄形象再次补全起来。

“苏扬，我问你，如果你爱一个人会不会为他奉献所有，哪怕自己的生命呢？”

说实话，打我认识童小语起我还真没有听她说过如此沧桑的话，最起码没有见她这么认真地说过，所以我觉得这绝非童小语的突发奇想，童小语或许会突发奇想让你躺在地上扮演乌龟但是绝对不会突发奇想去叩问人生哲理。而就当我搜肠刮肚想好无数句更加沧桑的话语准备作答时，童小语自己却幽幽说开了：“以前我认为如果爱上了一个人可以为他付出所有甚至付出生命的，可是现在我不那么认为了，我觉得一个人应该对自己更好一点，而不是把爱看作是全部，那很傻。”

我实在无法忍受言语如此深邃、思想如此沧桑的童小语，面前的这个女孩子犹如一个上古哲学家而不是和我朝夕相处了大半年让我爱至肺腑的女孩，我知道再这样下去我肯定会发疯的，我不想发疯我还要留口气去把问题弄个明白，我还要继续去爱童小语去给她幸福生活，我宁愿被一刀刺死而无法承受千刀万剐的痛楚，所以我当机立断阻止了童小语继续表达的欲望，直截了当地问童小语：

“你到底想告诉我什么呢？”

“我不想告诉你什么，我只想说，人是会变的。”

5

在茶坊待了大半个小时后童小语说要回家了，童小语没有关心我这两天在苏州过得如何有没有想她今天晚上有没有地方睡觉还是会露宿街头，童小语完全忽视了她作为我女朋友的身份，从而也忽略了应该肩负的责任。这个我不怪童小语，因为我知道她根本想不到这些，童小语说要回家的时候我心痛得要命，我想我这么大老远赶过来见你一面受了多少苦就和你说了这几十分钟的话而且其中绝大多数话还是废话。

我想如果我他妈是一个女人我肯定要立即大哭一场，我会肆无忌惮地用泪水来宣泄内心的委屈，我想我要是流氓我肯定把身边的那些混蛋们暴打一顿，通过拳头做回一个真正的男人，可是我不是女人也不是流氓，我只是一个外表懦弱内心脆弱的胖子。以前我爱童小语我不知道，我不会拒绝童小语的任何要求因为我觉得那伤害不到我；现在我爱童小语我知道了，可是我还是不懂得去拒绝童小语哪怕我已经被伤害得体无完肤。我想我他妈真是太操蛋了，上帝不惩罚我这种傻B那绝对是他有眼无珠。

当然我还时刻牢记着我是童小语的男朋友我要给她快乐和幸福，我没有拒绝童小语回家的要求而是很温柔地说："那我送你回家吧。"

从茶坊出来后我们沿着虹口公园往童小语家走，张信哲的演唱会正进行得如火如荼，虹口足球场外依然聚集着大批没有买到入场券的年轻男女，她们犹如中世纪虔诚的信徒一样对着天空挥舞手中的荧光棒，仿佛天堂里就住着她们的偶像，甚至连那些卖荧光棒的老太婆们也欣喜异常，她们激动地向世人宣布荧光棒从一根一块钱降到一块钱十根。

从虹口足球场内传来阵阵阴柔的歌声，听着这歌声你或许会以为它的主人是一个美丽的女人。多少日以后我们都知道当时已经变成一个真正的胖子的张信哲正龇着小虎牙扭动着肥胖的身躯在里面大跳劲舞而让无数fans喷饭，但是这点儿瑕疵根本就无法阻挡所有人把这个胖子继续尽情热爱。

在那些和童小语共同走了千万次的路上我们沉默不语，我除了把身上能脱的衣服都给童小语披上还在担心她会不会冻着之外我不知道该如何表达我对她的爱。就这样的举动依然遭到了童小语的拒绝，她一边将刚刚买的荧光棒折叠成不同的形状一边把我披到她身上的衣服往外推，然后举着荧光棒在空中晃来晃去，犹如一只追逐鲜花的蝴蝶，而我却只能举着衣服追逐这只花蝴蝶感觉像是蝴蝶她爹。

在离童小语家还有一条路的时候童小语停了下来对我说：“苏扬，我要到家了，你先回去吧。”

“我送你到你家楼下。”

“不要了吧，我一个人过去就可以了。”

“那好，你自己当心点。”

“我知道的，你也是的——你怎么看上去那么奇怪？。”

“怎么奇怪了。”

“你是不是要哭了。”

“哪呢？乱说，我怎么会哭？”

“那就好，我走了。”童小语对我挥挥手，还不忘露出那已经深深烙在我内心深处的甜美微笑，童小语转过身后就继续挥舞着手中的荧光棒向前跑去。我站在原地看着童小语的背影，直到她转过路的拐角彻底消失不见，我觉得现在终于安全了，于是泪水一下子拥了出来，泪流满面之际我痛苦地闭上眼。

等我再次睁开眼睛的时候我发现童小语站在我面前，暗红的路灯映射下童小语怔怔地看着我，仿佛一个受了惊吓的小孩，童小语没有哭只是上前紧紧把我拥抱。我第一次感觉到原来和高个子女孩谈恋爱其实也有很大的好处，那就是在你需要安慰的时候她那与你持平的胸膛可以让你轻松依靠可以给你坚实的力量。我伏在童小语的怀里，童小语一只手抱着我另外一只手却在我后背上轻轻地拍打，拍打我的同时童小语对我说：

“别哭了，我们都要学会面对，这是你告诉我的。”

6

这个世界上总是会有很多谬误因为人类的宽容而得以广泛流传，比如说“扬州出美女”这句话就是一个如假包换的谬误。或许在几个世纪以前因为某一个淫荡的皇帝的私欲曾经在那里造就了一度的繁华，但显然扬州美女没有与时俱进，所以发展到现在不但数量少得可怜，而且质量也高不到哪里去。但因为每个国人的心地都是善意的、都是心存美好期望的，所以这样一个谬误才得以继续广泛流传，且以讹传讹。

而我现在之所以说这么多废话无非是想告诉你：和扬州一样被世人寄托了无限期望的苏州同样没有美女。在苏州的几个月内我对这个城市的女人进行了仔细入微的观察，我发现她们大多瘦小，皮肤稍黑，最显著的一个特征就是脸上几乎都有雀斑。说到雀斑就搞笑，那天在去苏州的大巴上我一边和江苏大区经理狂侃女人一边对即将到达的城市里的女人进行着美好幻想。俗话说：“上有天堂，下有苏杭。”真不晓得这天堂里的姑娘会是什么模样，我心里暗暗对自己说一定要牢牢记住我在苏州遇到的第一个女子，甚至渴望将她铭记终生。

等到了苏州之后我跟着大区经理在大王家巷七拐八拐了半天却连一个女

人的影子都没有见到，正当我无比纳闷之际就看到一个端着马桶的中年妇女迎面走来，这个中年妇女满脸雀斑，神情憔悴地从我身边走过，留下一阵浓郁的尿液味道，彻底将我心中对苏州女人所有美丽的期望击破，伤害不浅。

苏州最大的商业街名叫观前街，这其实是一条小得可怜的步行街，相比上海任何一条稍有名气的商业街都显得那样落寞。观前街上到处是卖日常百货的商店，闲暇无事我总喜欢到里面逛逛，还在售货阿姨的怂恿下买过两件价格不菲的外衣，后来才知道都上当受骗了。另外观前街上有一个很大的寺庙，里面游客众多香火缭绕，我就是站在这香火之中看夕阳渐落，看暮色黄昏，心中变得无限感伤。

在苏州几个月我几乎没有游玩什么景点，只是有一天早上心血来潮决定到北寺塔上看看，北寺塔位于火车站附近，是一座七层砖塔，我用了二十分钟就爬到了最高层，然后在上面留下了我的QQ号码。

我从不写诗，因为我不会写，也看不懂，一度我曾坚持认为爱好诗歌的人都是傻B，这话说出来或许会得罪很多人，但那确实是我作为一个成熟的知识分子内心的一个真实的想法。可那天从北寺塔回来后我还是诗兴大发，浑身颤抖了半个小时觉得内心澎湃力量无穷，最后在一种无法自己的状态下挥笔写了我生平第一首现代诗歌，彻底把自己拉入傻B的行列，贻笑大方。

有关于一座塔的最终倒塌

北寺塔倒了

有几只羸弱的鸟放声尖叫

叫声惊醒了塔下的和尚

那群年老的和尚通过抓阄决定

用哭泣的方式作为最后的告别

仪式的过程很简单

所有的排场其实已经上演了几千几百年

那么一滴昏黄的泪水依旧晶莹剔透

在梵语的刺激下流过风干的皮肤

最终裂为两半

将荒芜的塔润湿那场面

多少显得有点伤感

北寺塔倒了

这群年老的和尚放声大哭

其实

其实他们还可以用其他方式作为告别的仪式

比如逃亡也可重建

谩骂和厮打

这群可怜的老和尚

他们的袍子似乎长满的虱子他们的眼睛血红

他们哭泣的姿势依旧很孤独

或许过了今夜他们就会死去

这泪水于是成了最后的鲜活

在塔倒的时候记得西天有几丝残霞如雪

那是他们幼年时候也见过的景象

他们一辈子守候北寺塔

他们用寂寞的语言来

忏悔他们心中的罪

本来如果对着这座塔喝一杯酒

这群和尚很可能变成诗人

一把洞箫 古筝 或者是二胡

吹出弹出拉出

北寺塔一千年　或者　两千年　的沧桑

他们还可以在北寺塔顶跳舞或者看

五代十国的月亮

可最后　这些和尚只是不停流泪　并喃喃自语

倒了倒了

记得很多年以前

很多年以前这群老和尚还都年轻

一个年轻的和尚曾经看着这北寺塔然后看着这天

这个年轻的和尚曾经在塔下想过

爱情

7

现在想想我在苏州的收获不外乎三个：第一，练得一手好厨艺，学会了做至少二十种菜肴，光猪肉我可以给你做出五种不同的风味。这项技术在以后的生活中收益无穷，无数女孩在吃了我给她们做的菜后感慨不已，说她们根本想不到这个世界上居然有我这么年轻就做菜这么好吃的男人，充分满足了我的虚荣心；第二，彻底明白了人心险恶是怎么一回事，在苏州我生活了一个月也搞了一个月的人际斗争，再无耻的话都说过再无耻的事也做过所以在以后的工作中我所遇到的人际关系都觉得太纯洁了；第三，看了为数不算少的小说，2001年八月苏州图书馆刚刚修建好，里面藏书甚多，环境典雅，我几乎把所有的休息时间都花费在那里面，几个月我看了卡夫卡，看了尼采，看了昆德拉，看了王小波，也看了苏童，而看了这些人的书的直接影响就是让我觉得我应该用文字表达内心那股蠢蠢欲动的思想。

8

在苏州每个星期五上午我就会精神抖擞地往上海赶，然后到星期天晚上再垂头丧气地坐火车回苏州。星期五的下午我会准时在童小语学校门口接她放学，然后请她吃顿肯德基顺便谈情说爱。晚上则会到同学家打个地铺睡觉。

而为了能够和童小语多一点儿时间在一起，我怂恿童小语和我一起在上海外国语大学报了一个法语班，从而得以每个星期都有一天可以正大光明地和童小语在一起。我对自己的英明举动颇为得意，只是让我郁闷的是：童小语还天真地认为上这个班就是去学法语的，不但上课的时候全然不顾我的骚扰坚决不和我说一句话，甚至连下课了都要抓紧时间复习，看到我在教室晃来晃去就对我进行严厉批判，骂我不求上进。

一天我在观前街上看到SES刚推出的新专辑，我大喜过望立即买了下来，回到宿舍后我把碟片往桌上一放就欢天喜地地吹着口哨出去买菜做晚饭了，却没有想到人一开心就开始做傻事——居然把钥匙给落家里了，我想这可怎么办？那混蛋主管到浙江出差了，十天八天是回不来的，过两天我就回上海要是这碟童小语看不到那岂非所有心思都白费了？我围着那幢居民楼转了半天想了无数个进屋方针，最后决定从斜上方四楼人家的阳台跳到我们的阳台上。很快我就站在了四楼阳台，朝下一看才发现跳下去还是需要一定难度的，我犹豫了一会儿觉得有点害怕可想起童小语看到那张SES专辑出现的笑容的时候就什么都顾不上了，心一横，跳了下去。

不幸的是：我并没有按照想象如愿跳到我们宿舍的阳台上，万幸的是：我也没有掉下去，我抓住了阳台人却悬在半空中，我浑身无力却也不至于掉下去。我悬在半空中休息时突发奇想：如果我就这样摔下去，摔死倒也罢了，要是摔个半身不遂，不晓得童小语会不会伤心，会不会服侍我下半辈子呢？

后来我把这件事添油加醋地告诉了童小语，我本以为童小语要大惊失色，为我对她爱得连命都不顾的事实感恩涕零的，却没有想到童小语心不在焉地听完之后只是很为平淡地对我说："你现在不是蛮好的吗？"

童小语说的这些话让我认为她简直就是一个白痴。

童小语的白痴还表现在其他很多方面，比如动不动就和我讨论爱情的真谛，一有空就对我说她最近又遇到了什么帅哥什么有意思的事情而全然不顾我的感受，童小语几乎不再给我写email，甚至连消息也懒得发，童小语认为每个星期可以见一次已经很好了，发消息又费力气又费时间，太不格算了。

我觉得很郁闷，我说童小语你变了，你以前可不是这样子想想你当初是多么热情啊，现在你突然对我冷淡我无法接受简直要崩溃了，你说你还爱我，你就这样来爱我吗？

结果童小语气势汹汹地反问我：“那你要我怎么爱？苏扬你不要永远活在过去好伐？”

对于童小语的这种变化，我认定一切都是因为我不在童小语身边才导致的，虽然N天以后我知道这种想法只是一种很可笑的愚蠢，可一如天下所有蠢人一样我不认为自己正在进行着一个很傻B的举动，我假模假样挣扎了几天之后决定向公司申请回到上海工作。我固执地认为，只要我回到童小语身边，所有的温情和海誓山盟都可以继续。

9

对于我的离开，最快乐的人当数那个上海老头，这老头破天荒亲自下厨做了顿“最后的晚餐”，喝酒的时候一边煽情回忆同住一个多月的快乐和温情，一边继续对我吹牛B，这个老头恬不知耻地说一日为师终身为师，无论什么时候他都是我的师傅，对于这些话我只当放屁。

我是在2001年9月29日离开苏州的，对于那天的描述黄历书上是这样写着：有雨，土黄用时，地官降下，忌远行，冲龙煞北，宜诵经解灾。

那天苏州果然下了一场大雨，从凌晨蔓延至下午，暴雨停止后我拖着全部的行李来到火车站的时候突然感到内心深处有一股浓郁的悲凉在缓缓蠕动。又是告别，告别这个我生活了一个月的江南小城，这个我没有留下任何痕迹的城市，我将一如告别生命之中很多的人和物一样，永远不会回来。

以前的一句
过了太久，谁还记得
是谁先说永远地爱我
以前的一句话
是我们以后的伤口

那时年少
MEMORIES

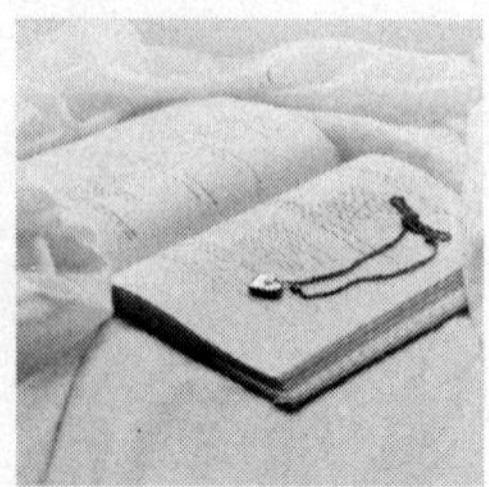

本章插曲 | 说一句我不走了

小5 | 说一句我不走了 |

从来没有想到你会走 这一天来得好快
每一分钟一分钟 每个短信主题是分手
一切都没有如果 一切都没有结果

我知道你骗我 说和我没有幸福
我现在还有什么
来一杯酒加一份痛加伤心
到底你问你自己要什么方式 我不懂

还清楚最后吻你的时候 没有以往的感受
难过念头 停不住眼泪去挽留
把我耍完就走 怎么相信当初的你是那么温柔

问自己还有什么值得抢手
能够让你会感动 能够让你会回首
能够让你为我留 能够让你不会走
能够让你抱着我 说一句我不走了

你却没有回头 你仍没有对我说
那一句我不走了

小5|说一句我不走了|

第十一章 离开

只因那时年少，才把承诺说得太早
只因那时年少，才把未来想得太好

1

为了回上海我所付出的代价是丢了工作，公司原先招我的那个人事部女经理跳槽了，取而代之的是一个中年男人，此人面相凶恶，言语刁讽，在了解情况之后坚持认为我是一个无可救药的骗子而要开除我。在他宽敞的办公室内他先是说了半天废话给我讲述他工作的理念和原则，让我以为遇到了另一个好人而感动不已，在谈话的最后他突然话锋一转告诉我公司即将开除我并且奉劝我以后好好做人，仿佛我不是一名员工而只是刑满获释的犯人。我再三恳求他给我一个重新来过的机会，我很诚恳地向他保证我会好好工作，爱党爱国拥护公司企业文化，结果他冷笑对我说："我又不认识你，我干嘛要给你机会？"

听了这话我一点都没有难过，因为我觉得他说的简直太有道理了。

当然，难不难过是一回事，生不生气就是另外一回事了，当我意识到这个面前的家伙基本上是明目张胆在嘲笑我的时候，我恶从胆边生，出乎所有人意料地举起右手指着这个混蛋，然后字正腔圆说了一句："操你妈。"

更出乎所有人意料的是，面对我的怒骂这个人事部总监居然没有采取任何行动，就那样脸色一阵青一阵白地看着我离开。倒是我自己后来给吓得不轻，懦弱了二十三年了，还真从来没有哪一刻这么男人过。

2

失业对我打击甚大，变成无业游民的最初几天我心情沮丧，不想找工作也不想租房子，彻底对生活丧失了原本也不多的激情，就成天游手好闲于上海的几个同学那儿，骗吃骗喝，比较无耻地蹭了大半个月的饭，等到所有人看到我都觉得头大，而我也体悟到了“痛定思痛，痛何如哉”的时候才决定租间房子找份工作重新做人。

只是说到找房子又是满肚子的怨气，因为你要想在上海找一个合适的房子居住比找一个合适的女人做老婆都困难。对于我们这些贫下中农而言，那些等待出租的房子大多是建于三十年前的老公房，要不就是上个世纪初期的石库门，几百个人共用一间茅房的那种。那些房产中介里的阿姨唾液飞溅地向我介绍各种各样的房型，认真的态度仿佛是给她们的女儿说亲，一个阿姨在看了我的打扮之后很是慎重地向我推荐一个石库门的亭子间，用她的话说就是非常适合我这个阶层的人，因为里面不但有一个衣橱，而且还有一个马桶，可以在任何时候满足我的出恭需求。

那个阿姨固执地认为我就是那种一骗就上当的小孩儿，激动地把唾液都喷溅到了我的脸上。

我很有耐心地听阿姨说完全部的废话，然后对她说Bye-Bye。

我最终选择了一间位于我们大学附近的老公房作为我回上海后的第一个落脚处，月租五百元人民币，房型是一室户，厨房和卫生间三家人合用。我的房东是一个四十岁左右的中年男人，一米八九的个子还有络腮胡子。他有一个很美丽的妻子看上去像十年前的王菲，“王菲”有一双水灵灵的大眼睛看人的时候有点儿浅浅地羞涩会让所有男人心乱不已。

我把半年的租金一起付给这个中年男人的时候他用力在我肩膀上拍了拍，虽然我一直自恃强壮但是在他面前居然像一个羸弱的孩子，拍我的同时他对我说我遇到了好人，他说的好人就是他自己，因为像他这样低价的房子在整个上海都找不到第二家。

对此我认为他在说谎话，因为我觉得他没有做过市场调查，我的怀疑显然立即遭到他的鄙视，他白了我一眼说他要不是急着要还赌债不会这么急把房子出租。他用上海人特有的表达方式说这个房间里刚刚装修过，里面所有的一切不要太灵。他特别暗示房间内的那张席梦思床垫是全新的，睡在上面不论做什么高难度动作都会很爽。说这话的时候他对我挤眉弄眼坏坏地笑，可是我实在不晓得为什么他要买一个新的床垫，当我表示了自己的疑惑之后这个中年男人立即义愤填膺地说以前的床垫被上一个房客弄坏了，那是我们学校刚毕业的一男一女，或许是精力旺盛或许是其他原因反正他的床垫在那对男女的身下很快支离破碎。

“王菲”很是安静地站在他身边，间或配合地发出吃吃的笑声。我开始羡慕这个中年男人，因为他有一个聪明且万种风情的女人，最后中年男人强烈邀请我去他们家吃饭，他的热情让他看上去犹如一个傻瓜一样值得信任。

接下来半年这房子以后就是你的了，临走的时候那个中年人拍着我的肩膀对我说，你想怎么折腾就怎么折腾，当然了，别把我床垫再弄坏了，说完他自己就哈哈大笑了起来。后来我也笑了，我想上海发展毕竟是快，连一个普通市民的幽默感都会如此强悍。

我的邻居之一是四个安徽民工，他们背井离乡来到上海修建高大楼房，除了黄沙和砖头之外他们最热爱的就是歌唱。我的邻居之二是一对老年夫妇，那个老太很可能是女特务出身因为从看到我的那一刻就用怀疑的眼神不停强奸我善良的灵魂，那种眼神充满哀怨让我担心自己是不是长得接近那个抛弃过她的男人？倒是那个老头无比热心，看到我犹如第一次看到人类一样颤抖着个小身躯上前要和我热情握手，他说他曾经位高权重是上海一个区的风云人物，现在虽然老了但是威风犹存以后我遇到任何问题都可以找他，说完之后老头就让我去给他修修已经坏了半年的电视机先。

我足足用了两天的时间才清理好了我的房间，我杀死了五六种可以让最胆大的女孩子集体尖叫的昆虫，我还在床下发现了几条色彩斑斓的男女内裤和至少两打使用过的避孕套，那些曾经洁白的精液现在已经完全变黄，只是不晓得它们的主人此刻在哪里继续淫荡。我把这些内衣裤和避孕套丢到门外垃圾箱的时候正好被那热心的老头看到，老头看到了之后仿佛很想就这些东西和我进行讨论吓得我赶紧躲回房间闭门不出。

我做好了简历复印了十来份然后买了几期人才市场报找了几个看上去合适的单位邮了出去。等消息的那些日子百无聊赖，后来我在宿舍附近的一家音像店办了一张会员卡，每天靠看碟片打发光阴。

有的时候顾飞飞会过来找我玩，顾飞飞上班比上学还要轻松，动不动就请假号称有病要休假，幸好他工作的那个社区的事情都由几个事儿妈揽过去了，所以有他没他其实也无所谓。我们经常在附近的网吧通宵操练CS和暗黑，凌晨回到宿舍睡觉，到第二天中午方才醒过来，然后躺在床上听隔壁的民工在高歌动力火车。

那几个民工嗓音高亢，轻松就把一曲《背叛情歌》演绎得恰到好处，联想起一年后一位红得发紫名叫阿杜的歌手，想想为什么他前身是建筑工人确也有迹可循。听完民工歌唱之后我们会起床然后到楼下买罐辣酱和几个大馒头，就着白开水吃下去算作中饭加晚饭。

有的时候我也会到隔壁民工的宿舍去打牌，这几个民工歌唱得好脑子却笨得可以，打牌的时候经常被我诈骗也浑然不知。有的时候民工也到我宿舍看黄色录像，一来二去倒也建立起了深厚的友谊。

3

如此颠三倒四地混了两个多星期后我找到了份工作——在普陀区一家私营医疗器械公司做业务员，新员工培训时销售经理滔滔不绝给我们讲授所谓的销售技巧，一再强调这个行当的特殊性，我脸上挂满微笑频频点头表示接受，心中却在想："废什么话啊，卖什么不都是个骗吗？"

在这家公司我前后只骗了一个多月，因为公司副总突然另起炉灶，不但带走了公司的技术骨干而且把所有业务都揽走了，总经理气得脑充血，差点儿当场死亡。没几天公司就宣布倒闭，财务给了我一千五百块钱算作一个月的薪水然后让我卷铺盖走人。

也就是说，我又失业了。

4

对于我的回来童小语并没有表现出多少惊喜，她甚至不止一次地埋怨我太过冲动，这样做是得不偿失，具体的一个明证就是在苏州我每个月可以拿到两千元人民币可是在上海我连工作都没有，要不是前段时间还省下了点钞票现在很可能在喝西北风。

我想“得不偿失”真是一个很好的成语，可以让使用它的人变得振振有词，仿佛他说的都是真理毋庸置疑。只是听了童小语这些话我很伤心，因为在我眼中我所要得到的只是童小语的感情，我认为无论付出什么都是值得的只要我们可以回到从前，可是童小语看到的居然是钞票。我想钞票是什么东西啊？用古代高风亮节的人士的话讲就是“铜臭”，就是“粪土”，“粪土岂好和我们之间伟大的爱情相提并论”？后来我的这个观点又遭受到了童小语同志的猛烈批评，这个小混蛋眼睛一闭然后不分青红皂白地对我嚷嚷：“我不需要爱情，我就需要粪土，请你多给我一些粪土吧，有本事吗你？”

在童小语的责叱下我只得缄默无语，因为我确实没有这个本事，而且按照事物发展规律来看，近十年八年我好像都不可能拥有很多“粪土”，想到这个事实我就很胸闷，我真恨不得自己是一个白痴，什么都不知道反而会快乐很多。

童小语基本上每个星期还能到我宿舍来上一趟，依然会给我带营养早餐，依然会和我打情骂俏和我做爱，一切都仿佛和我离开上海前没有什么改变，我依然是幸福的我们的爱情依然是健康的。我犹如一个掉进大海的可怜虫虽竭力挣扎却也无法阻止下沉的事实，而正感无望之际突然看到了一座孤岛，虽然上面没有往昔的歌舞升平，但最起码还活着，还能正常呼吸和幸福排泄。人有的时候不能贪心，特别是你无法去争取的时候，我无比明白这个道理，所以对于这样的生活状态我无比满意，有的时候甚至感到受宠若惊，觉得仁慈的上帝对我简直是太好了。

5

有一天童小语性情大变，对我是百般温柔，不但全无平时的冷嘲热讽而且主动要求和我回味往日的幸福，对此我反而觉得非常不适应，长期处于压抑状态之中我身上已经具备了不浅的奴性，我请童小语“正常”一点，否则我会害怕的。童小语丝毫不体恤我的恐惧而是坐在我身上用手缠绕着我的脖子往我耳朵里吹气，我就犹如一个铜像一样面对童小语的挑逗无动于衷，童小语玩了一会儿自己也累了她把头埋在我的怀里和我讨论爱情：

“苏扬啊，人家都说初恋是有缺陷的，可是为什么我的初恋会这样完美呢？”

“那你是喜欢完美呢还是喜欢残缺？”

“我什么都不喜欢，我只想把应该经历的都经历一遍，不想留下什么遗憾。”

“你说的话真让人觉得可怕，童小语，不是我说你，你的这种想法是很幼稚的是不可取的，我们对什么都可以好奇但是对爱情不可以，因为好奇你想经历所有的感情，那你有没有想过你的好奇会伤害爱你的人呢。”

“苏扬，我知道你对我好，是真正对我好，我也很感动，可不是说你对我好我就一定要同样对你好？你为我付出就要求我同样为你付出？你不觉得你现在太自私了吗？”

“我承认我很自私，可是我所有的自私都是因为我很爱很爱你，我也理解你的心情和你所说的话，那一点儿没错，可是你有没有想过要好好珍惜你现在的爱情呢？你要知道找到一个真正爱自己的人很不容易，找到一份真正的爱情就更难了，为什么放着手里的幸福不去珍惜还要渴望遥不可及的海市蜃楼呢？”

“我没有想过这些也不想想，我只觉得谈恋爱就是要快乐，其实你说的我现在都不怎么明白，我觉得好复杂。”

“现在不明白，那以后呢？你要逃避一辈子吗。”

对此童小语的回答是：“我根本没有逃避，因为我还没有面对，我想以后我肯定会明白的，只是到时候让我明白的人肯定不是你苏扬了。”

6

十月中旬的时候童小语在浦东报了一个名叫“FE”的英文班，和近几年层出不穷的各种英文学习班一样，“FE”也是打着各种美丽的幌子来欺骗中国人的钞票。报名前我陪童小语去咨询时，一个老外操着半生不熟的汉语说他们拥有全世界最为庞大的英语学习组织和最为丰富的英语教学经验，他们的学员遍布世界各地，参加他们的培训可以让对英语一窍不通的学员在最短时间内掌握口语技巧，说得跟法轮功似的。

童小语立即对这些动人的语言表现出了极大的兴趣，她只想到过个一年半载就可以用英语说话而根本不去考虑这很可能是一个谎言，于是兴高采烈地回家向妈妈要了三千元人民币然后报了一学期的班，任凭我如何进谏逆耳忠言都无济于事。童小语对我的劝告不屑一顾她只要求我每个星期六下午三点半到浦东接她放学，童小语说她现在学业繁忙、压力很大，以后没有时间出来陪我了，我只能每次等她读FE放学后才能见她一次，然后送她回家，我们所有的恋爱都只能在公交车上完成。童小语说：“浦东蛮远的，如果你不愿意就算了，反正我一个人也好回去的。”

我说：“愿意，我简直不要太愿意啊！不要说在浦东了，就是天涯海角我都愿意。”

7

十月底，榕树下招兼职编辑，经过一番折腾我顺利成为了一名光荣的文字工作者，每个星期都有两天可以穿着休闲服背着个挎包人模狗样地到位于北京西路上的编辑部上班。编辑部位于一幢大厦的二十三层，从窗口看过去就是静安区的一片错落有致的老房子，如果捧上一杯咖啡坐在窗前小喝一口简直就是小资，虽然是兼职，却也算是实现了当年一个理想。

我的工作职责是编辑爱情故事，每天编辑三百篇左右，一天下来头晕目眩，人都快成为爱情了。此外由于长时间阅读大量奇形怪状的爱情故事，自身情感也逐渐复杂起来，有的时候感觉自己已经立地成佛，可以看透世间所有爱情实质，有的时候又觉得什么都看不清，如此反反复复，人被折腾得憔悴不堪，内心世界，接近变态。

一同做兼职编辑的几个人大都和我一样具有症状不轻的神经质，经常会做出一些让人匪夷所思的举动，其中一胖一瘦两个人最为搞笑。胖子是一个佛教徒，每逢单月就拒绝吃荤，因此每当看到我大口吃肉的时候都痛不欲生，胖子爱好诗歌，崇拜海子，成天指着窗外告诉我有朝一日他要从这个高度跳下去，然后在空中写一首诗算作凤凰涅槃，可是我怀疑他还没有涅槃成就给摔死了。瘦子是复旦大学哲学系的大三学生，是一个虔诚的基督徒，成天不知疲惫地向我们布道，要求我们和他一样热爱耶稣。好几次和他一起在回去的公交车上他不厌其烦地给我讲述圣经里的故事，车上的人一个个用愤怒的目光看着我们可瘦子却把别人的厌烦当成赞赏而更加唾液飞扬。瘦子为人古道热心肠，朋友只要有什么屁大的事情他都要进行绝食祷告，因此我想他现在一副皮包骨头的衰样很可能就是给饿出来的。

我在这家文学网站一共干了两个半月，圣诞节前不久这家网站突然宣告破产，于是我再次光荣地回到无业游民的行列。

8

2003年的平安夜来临得有点儿让人不知所措，犹如新婚夫妇早上醒来后发现身边多出一个人了总会感觉恍然如梦。就在我感慨逝水流年之际童小语突然给我打来电话告诉我她准备去澳大利亚了，童小语参加的是FE组织的冬令营，缴了三万人民币到澳大利亚去看袋鼠算是英语实习。此前我已经有好几个星期没有见到童小语了，自从读了那个天杀的FE后童小语犹如中邪一样不但成天无耻地号称自己英语水平大有提高，而且开始拒绝其他任何的娱乐活动一心一意把精力放在和一些假洋鬼子交流上。童小语让我星期六不要去接她了因为放学之后她要教几个外国人上海话，童小语觉得那样不但好玩而且可以练习口语，反正要比和我在一起有意思得多。

那个时候我刚从那家文学网站失业，火力充足得很，满世界想找人吵架，童小语的态度充分满足了我这个理想，于是我不轻不重讽刺了她几句，我觉得生活太平静了我活得太窝囊了我需要一次大的争吵。可这次倒好，童小语根本不屑和我吵架，因为她认定我已经和她不是一个精神层次上的人，童小语采取了从我生活中消失的方法，任凭其后我怎么追悔道歉也无动于衷。

童小语给我打电话的时候是下午两点左右，她人已经在浦东国际机场而我还在家里的床上睡觉，童小语在电话中滔滔不绝向我诉说着她最近一些日子遇到的一些杂七杂八的事，态度颇为热烈。只是我并不认为这是她与我和解的讯号，我也不认为这是她在向我炫耀，我只是很悲观地认为：这是童小语彻底离开我的一个预兆，而现在的热情只是一次回光返照罢了。

我整个人迷迷糊糊的，显然是没有睡醒，电话中童小语突然打住倾诉的势头然后对我说："我要上飞机啦，以后有机会再讲给你吧。"

我说"好的"，并让童小语自己当心身体，出国之后就代表伟大的中国人，别让人家老外看不起我们中华民族优秀儿女。

电话那头童小语不耐烦地说："我知道啦，你烦死了。"

挂上电话，我又闭上了眼睛决定继续睡觉，我想这会不会是一场梦呢，我咬了咬舌头，很疼，可我还是觉得这只是一场梦。

9

童小语去澳洲后我们就再没有联系过，唯一收到童小语的消息是农历新年那天她在地球那边用英文发给我的，意思是祝我新年快乐，在新的一年有好运，我本想用英文回一个过去的，可想了半天却想不起来应该怎么表达，于是作罢。

童小语二月份从澳洲回来后并没有联系我，当然我也没有联系她，我不认为童小语还会联系我而我也就当她出国了再也没有回来，反正结果都是一样。一天夜里宿舍突然停电了，黑暗中我在床上躺了一会儿觉得心浮气躁，最后决定到网吧上网。网吧里那一帮女混混正在用世界上最肮脏的语言通过互联网问候彼此的母亲，还有一些小崽子们一边打着CS一边高声嗥叫说要把敌人的头打个稀巴烂，更多的人沉浸在《传奇》里实现着他们的英雄之梦。我没有心思打游戏和聊天，就一个个网页漫无目地看着，心情却越来越沮丧了起来。没过多久手机响了，我一看，居然是童小语家的电话，当场觉得有点儿头重脚轻，于是揣着七上八下的心跑到厕所里接电话。

电话里童小语先是一再强调她这次出国再次强烈感受到了国内生活水平和国外的严重差距，童小语颇为激烈地批判说现在中国人的生活太落后了，现在她要好好奋斗，将来一定要到国外定居。我没有心思去听童小语讲这些废话，我问她给我打这个电话到底想表达什么，童小语愣了一下，然后对我说：

“我觉得现在把精力浪费在感情上面很傻的，而且我以后不可能留在上海，所以我们之间是不会有结果的。”

我“嗯嗯”地发出两声，表示我还活着，提示童小语继续。

“苏扬，我们分手吧，以后你不要再和我联系了，我不想受到任何打扰。”

我答应了童小语的这个要求，并且迅速挂了电话，我想这一句话终于来到了，此刻的我是不是应该很悲伤呢？可是我并没有想当然的伤心欲绝，我的坚强远远超出我的想象，我只是有点心疼，我想其实我早就接受分手这个事实了，现在又何必要说出来呢？而且是那样一个荒唐可笑的理由，其实就算你不说，我也不会去打扰你的啊！

的的确确，童小语所说的分手理由在我眼中看来是极度荒唐可笑的，分手和恋爱不一样，恋爱是不需要理由的，可分手却需要各种各样稀奇古怪的理由，而更为荒唐可笑的是，在说这些理由的时候当事人大体并不觉得荒谬，他们反而会把近乎白痴的借口当成真理一样信奉。记得初恋分手时，那女孩子也口口声声说她在以后不会和其他男生讲一句话的，可事实上她在随后两年谈了不下二十次，成了一个人尽可夫的小婊子。而在以后每当一个女孩子拒绝我的时候总会说上一些类似的废话，她们说我是一个好人，她们不能接受我也是她们的遗憾，要恨只能恨造物弄人，如果有来世她们倒愿意和我去恩爱一辈子，反正现在你不应该再打扰我应该从我身边彻底消失……这些话我是背也能背得出了，可现在童小语亦不能免俗，我很想把这些话告诉她当成我和她之间最后一次交流，让她知道她其实一点儿都不成熟，还和一年前一样的稚气，只是我没有，因为我知道一切都已过去了，我的职责已经行使完毕，她的人生下一站自然会有另一个人陪。

10

失恋的头几个晚上我天天晚上听《忘忧草》，听到伤心处未免落泪，顾飞飞怕我出什么事情几乎每天都过来陪我，那个时候他正暗恋着他的一个同事，瞒着许菲儿偷偷和那女孩子约会了几次却遭受到了拒绝。顾飞飞觉得自己很委屈，因为以前对感情无所谓却总是轻而易举就得到女孩子的真心和肉体，可这次真心实意地想追一次却遭受到了前所未有的打击。因此我们两个人经常会半夜醒来然后一边抽烟一边长吁短叹，互相宣称自己是这个世界上最痛苦的男人。

11

年初顾飞飞说要把他的一个同事介绍给我，顾飞飞说他同事前两天刚失恋现在特别空虚，无比渴望开始一段新的感情来填补内心的痛，顾飞飞问我要不要，我说你同事是不是女人？只要是女人我都要。

后来在顾飞飞的安排下我们吃了一顿晚饭，吃好饭后又到真爱蹦的，最后打的送她回家，一晚上花了我四百元人民币，我心疼得要命表面却无比坚强。显然那个女孩子对我感觉不错，第二天又约我出去继续玩乐，反正都是我花费，这样没过两天我就顺利把她骗上了床，当然也可以说是她把我骗上了床，反正结果都一样。后来我和这个女孩子谈了两个多星期就分手了，理由是两个人除了做爱的时候还有点感觉外，其他任何时间都觉得是在扯淡。

随后的三个月又陆续结识了好几个女孩子，有网络上的也有朋友介绍的，还有是在一些的厅摇头时认识的，我和这些女孩子互相用花言巧语欺骗对方，开始了一次次似是而非的爱情，却都无疾而终。这些女孩子可以和你疯可以对你笑可以和你做爱可以用裸体将你的灵魂紧紧缠绕，但是千万不要指望她们会和你恋爱因为你没有大把大把的钞票，因此一夜情或一夜性是两个人关系最好的诠释，然后天亮说晚安。对于这种模式我乐此不疲，觉得这样的生活从某种意义上而言也非常不错，反正一切都是有了快感你就呐喊的事，用不着思考太多。

12

只是没过几个月，我就搬离了那间老公房，里面有太多童小语的影子，我不舒服！

我的新住所是一间位于虹口区的地下室，我在里面度过了终生难忘的八个月。地下室位于一幢二十五层高的居民楼地下一层，里面弯弯曲曲有不下五十间房间，每间房面积不超过十平方米，没有卫生设备，没有厨房，方便要到二十米外的一间公共厕所，洗脸要到厕所旁的公共水房，洗澡就只能站在厕所里用水冲。至于煮饭做菜就在过道搭个台子放上电炉电炒锅，每到做饭时整个地下室楼道弥漫着各家各户排出的油烟，浓度高到能让你中毒死亡。

我的房间位于地下室最里端，原来是整幢大楼的配电间，里面有着大大小小数不清的电表和错综复杂的电线电闸，没人知道这些电线里的电压有多高，反正以前严禁人员出入。但物业管理人员为了多赚几个喝酒钱还是潇洒地打开了大门欢迎客人入住，他们想当然地认为不会有人傻到用血肉之躯去摸那些高压电线，就算不小心摸到了也和他们没有关系，因为每个住进去的人都要和他们签订一份协议，里面有意外触电死亡不追究他人责任的荒唐条例。只可惜大多数人还是有科学常识，知道住到那个房间就等于一只脚踏进鬼门关，虽然房租很便宜一个月只有二百块钱，但还是不敢轻易尝试，因此那间房间空了很长一段时间。当我对满面油光负责地下室出租的物业管理人员说愿意搬进去，并且一次性付清半年房租时，那哥们真以为自己遇到神经病了。

其实那间房光从外表判断并没有想象中糟糕，除了电线电表多了点，以及正中央有个大大的鼓风机外，其他倒还能接受，唯一让人遗憾的是这间房控制着全大楼的电力，自己却只有一盏二十五瓦的白炽灯，基本上开和不开没太大区别，最要命的是白炽灯的开关还隐藏在床头一大堆电线里，得伸手在电线里摸上半天才能找到。我疑惑地问管理人员会不会触电，对方白了我一眼说当然不会了，以前住在这里的人都用这个开关，不是都没触死吗？我折服于他的逻辑只好闭嘴。

我在床上坐了会儿，心有点儿凉，又有点儿莫名的恐惧，赶紧到外面转了一圈，见到了太阳，呼吸到了新鲜空气，这才安了心，重新回到地下室收拾房间，我随身带的东西并不多，只有一台笔记本和少许的书和衣服，布置起来倒也很快，又到附近家乐福买了些生活用品，然后正式开始了地下室生活。

这幢二十五层的居民楼隶属上海外国语大学，里面很多住户都是上海外国语大学教职工，因此经常可以看到一些戴着眼镜的老头出入大厦。事实上上海外国语大学就在不远的大连路上，只要穿过一段狭窄的弄堂和高高在上的轻轨就能到达。我经常到外国语大学里转转，看看篮球场上欢呼雀跃的男生，捧着书静静走路的女孩，以及食堂里互相喂对方食物的恋人。有时也会坐在自修室看书，等到精疲力竭之际回地下室休息。

我的房间里一共有四只老鼠，这是我某天夜里的重大发现。那天夜里我睡得迷迷糊糊，突然听到床对面的书橱上沙沙作响，似乎有活物在打架，本不想理会，无奈声响越来越大，最后严重滋扰我本来脆弱的睡眠。我把手伸到一大堆电线中乱摸了好一会儿，才找到开关打开那盏二十五瓦的白炽灯，在昏暗的灯光下就看到书橱上一字排开四只脏脏的老鼠。我趴在床上盯着这四只老鼠看了会儿，老鼠也看着我，小眼珠子转来转去，双方如此对视了片刻，彼此都没什么动作，良久我长叹一口气，然后把电灯关掉了，继续蒙头大睡。

以后的日子里我和这四只老鼠经常不期而遇，久而久之倒也成了不错的伙伴，我不怕老鼠，老鼠更不怕我，经常是我玩电脑时四只老鼠就在房间里上蹿下跳，我只求老鼠别把屎尿拉到床上就成，有几个小动物闹闹倒也不会显得寂寞，就这样大家相安无事共度半年光阴，一起走过的日子颇值怀念。

当然，地下室里不但有老鼠，还有数不清的无脚或多脚的爬虫，只要你认真观察，你会在那间地下室内找到很多你以前听都没听过，长得奇形怪状的小虫子，简直就是一个昆虫世界。比如说我一次整理床下面的纸盒时，就发现了好几种身体长长、颜色红绿相间的甲虫，每条甲虫最起码有一百条腿，这些甲虫见到我居然还昂着头仿佛要攻击。还有一次，我突发奇想把饭桌后那块塑胶布扯开后就发现一种有着长长触角和窄窄翅膀的小飞虫，这种小虫子黑压压爬满了一墙，我当时头皮发麻腿发软然后默默把塑胶布盖上，然后祈求这些哥们千万别发火，我保证以后再也不打扰它们的生活。

地下室里最多的当数鼻涕虫。鼻涕虫倒不可怕，相比前面提到的甲虫和飞虫，鼻涕虫简直太亲切了，只是这鼻涕虫的数量也未免太多了点儿，无论在桌上，还是在床下或门后，我总能轻而易举发现那些白白的、肥肥的恶心家伙，它们慢慢蠕动着，然后在肥硕的体后留下一条清晰的痕迹。

就是这种可以让世界上最胆大的女人放声尖叫的东西，却一度成为我最好的玩伴。实在无聊时，我就会捏起一只鼻涕虫，然后用打火机对着鼻涕虫烤一下，就见鼻涕虫身体裂开一条缝，然后外面的壳慢慢脱了下来，接着从壳里爬出一条小点的鼻涕虫，然后再烧一下，鼻涕虫又脱掉一层壳。就这样每烧一次就脱一次皮，到最后鼻涕虫只剩下一点点，居然还在蠕动，这时再烧一下，就听到扑哧一声轻响，鼻涕虫消失了，化为一阵轻烟。

“哈哈”我看着消失的鼻涕虫突然大笑起来。“我是不是很无聊？”我问自己。“可是我真的不知道还能干什么！”

我记得一晚上最多的时候共烧了八十条鼻涕虫，从傍晚一直烧到清晨，一边烧一边哈哈大笑，像一个真正的白痴。

地下室里看不了电视却可以收到广播，每次睡觉前我总要听会儿FM101.7

播放的“夜倾情”，这节目做得可真不错，女DJ声音挺迷人，在黑暗的地下室里听上去别有一番滋味。女DJ总让人们要相信爱情，她说这是一个有爱的城市，所有孤独的孩子都有糖吃。可我总是认为这个女人在撒谎，“如果让你最爱的人离开你，看你是否还会这样理直气壮？”

地下室里的居民包括下岗工人、流浪汉、通奸者、小偷和抢劫犯……这些人白天在阳光下神气活现，一到晚上全消失在地下不再吭声，没人知道他们喜怒哀愁，没人关心他们是否有衣穿是否有饭吃，因为上帝很可能遗忘了在地下居然还生活着这么多形形色色的人。上帝还以为人人都过上了幸福生活，上帝总以为孤独的人是可耻的。

地下室还住着很多民工，民工中也有文化人，比较热爱电脑，每天晚上都有几个民工到我房间要求我教他们windows操作，在学会怎么样使用鼠标后又让我教他们上网，民工说他们听说网上有很多爱情，他们也想网恋，于是我只好不厌其烦告诉每一个民工怎样使用QQ。

地下室不但阴暗，而且潮湿，冬天还算可以，因为干燥，春天很快来了，上海的春天多雨，地下室开始潮湿起来，总有莫名其妙的水出现在地面上，而各种奇形怪状的小虫子也开始展现出旺盛的生命力，从罅隙中纷纷爬出，伸展筋骨，地下室厕所的墙上很快爬满了黑压压的小虫，让所有如厕者不寒而栗。在那些潮湿的日子里，能够晒一次被子简直是人生最大的梦想。地下室居民只能在电线杆上拉根绳子晒一下，或者干脆把被子摊在花圃上，只可惜席位有限，因此每次都要积极拼抢。我本不屑和别人抢着晒被子，无奈自己的被子实在潮湿得几乎能够拧出水来，只得拿出去晒晒。有一天好不容易抢到一个好位置，加上阳光也很好，等晚上去收时几乎能够闻到阳光的味道，我心满意足想今晚能够睡个好觉，真幸福！没想到晚上民工胡二双来玩电脑时，偏偏要坐在床上吃方便面，结果没两分钟就失手将一盆方便面全洒在了被子上，胡二双自知理亏，头一低小声和我打了声招呼就匆匆离开了，丢下我看着那油花花的被子欲哭无泪。

13

我对面住的是对年轻的夫妇，男人长得像个真正的小白脸，瘦小的个子还戴着金丝眼镜，留着小平头看上去文质彬彬，成天穿着个白衬衣像一个白领，不过据可靠消息说此人只是江西过来的一个打工仔，依靠修电梯维持生计。他的女朋友是一个“如假包换”的美女，有着林青霞的面容，烫卷了头发，十米外就闻到她身上散发的浓郁香味，如果说她是某某总裁的小蜜绝对不足为奇，可事实上她只是在某个酒店做服务员，白天站在宽敞明亮的大堂对人微笑，晚上却和其他丑陋的女人一样站在厕所里洗澡，看着黑黑的小虫围着她洁白的裸体飞来飞去。

这对小夫妻总吵架，因为住在对门，所以我大体知道了他们战斗的原因，无非是女的说自己瞎了狗眼，跟这个男的来上海过这种牲口般的日子，现在她每天受尽冷眼简直比妓女还可耻，如果上天可以给她重来一次的机会，她宁愿在当地做乞丐也不要到这个城市来受苦。

女的骂得声泪俱下，男的也不甘示弱，那个男人怒叱女人目光狭隘，怎么能对他的未来心存怀疑，因为他天生注定是大富大贵之命，等过些日子一定会发大财。现在苦点只是上天对他的考验，如果她无法忍受，就请她立即滚蛋，等他发达了自然会有N个少女蜂拥上来……两人都说得有理，将唾沫喷溅到对方脸上，而最后吵架通常以一种足够悲情的方式结束，作为战争的主人公，他们都泪流满面，互相忏悔自己的罪。女的说不管如何我都相信你，我会等到你发财的那一天，永远不离开你。男的也流着鼻涕说他会继续努力，一定赚大钱让她成为最幸福的公主。

抒情完毕后两人总是会做爱，刚才的吵架成了最完美的前戏。破陋的门根本无法阻止那对男女嘹亮有力的呻吟，面对春光外泄，他们只会感到更加刺激，完全忽视了对门小伙儿内心的感受，每晚我就在他们的叫床声中安然入睡，再看着身边那四只老鼠，觉得这个生活多少有点儿问题。

这个世界上最美丽的誓言和最虚伪的谎言一样禁不起推敲，三个月后那个女的终于离开了自己的男人去寻找幸福，有人说她跟酒店一位经理私奔，现在正在西藏享受高原阳光，也有人说她现在就在上海古北地区，成为一名很有名的妓女，成天为台湾人日本人韩国人提供服务，还有人说她对生活绝望，早跳黄浦江自杀了，前两天从江上捞出来的那个面目全非的尸体就是她。真相永远不得而知，而那个男的依然平静地在地下室生活，淘米做饭，放声高唱，丝毫看不出任何悲伤。

我曾经去过一次那小伙子的房间，那时他的女人还在，小伙子的电脑坏了请我去修，一进门就看到雪白的墙上歪歪扭扭写着一句话：夹着尾巴做人。我修好电脑后问那小伙子这话什么意思，小伙子瞪着眼睛说："在上海，就要像牲口一样，夹着尾巴，苟且地活着。"小伙子说这话时很激动，等平静下来拍拍我肩膀说："哥们儿，你还小，所以你是幸福的，不过你最好永远不要长大。"我点点头，对小伙子笑了笑。说这些话时，那个美丽的女人正坐在床上修指甲，哼着一首无人知晓的情歌，从头到尾都没看我一眼，仿佛她很快乐。

几乎每个凌晨，我都要走出地下室，到外面荡一会儿，白天路上人太多，我找不到自己，只有夜里马路才会变得空旷安全，仿佛只属于我一个人。我可以对着黑暗微笑，对着楼房敬礼，对着身边飞驰而过的汽车鞠躬，我是那样自由自在，灵魂一身轻松。黑夜是最好的保护色，在黑夜里所有流浪的孩子都能找到梦中的家园。

你有过黑夜游荡的经历吗？如果你也找不到生活的方向，我建议你去尝试一下，那感觉真的很爽。2003年的冬天，如果你在虹口区广中路附近遇到我，我保准会这样对你说。

在地下室生活的八个月内，我身上发生了不少事，比如摔断了腿，经常整天不吃饭，瘦了十三斤，我换了四份苦力活，失业成了家常便饭，我经常被人嘲讽，内心变得无比坚强，再恶劣的语言也无法伤害，变得爱哭，经常会在睡觉前流眼泪，我怕光，觉得自己眼睛会受伤。有工作时我拼命工作，借此忘掉忧伤，星期天只能忍受寂寞，死人般地躺在床上，不吃不喝，度过整个白天，到夜里再出去游荡，有时我觉得时间很快，更多的时候我觉得时间很长很长。

我离开地下室时已是2004年二月，天气不那么冷了，又是一个春天如约而至，真不知道这个春天又会发生怎样的故事。我站在二月的阳光下，有点儿刺眼，自己犹如经历了一场春秋大梦，梦里不知今夕是何年，所幸一切仿佛都还好，身体健康，内心也没变态，更重要的是重新获得了生活的勇气和成就事业的信心。这就够了，我甩了甩胳膊，回头看看生活了八个月的地下室，深深呼吸了一口新鲜空气，然后对自己说：

“你把这辈子最痛苦的生活经历过了，从现在开始你要比任何人都幸福。”

如果我们现在还在一起会是怎样
我们是不是还是深深爱着对方
像开始时那样
握着手就算天快亮

本章插曲

从夏天开始到夏天结束

配乐|从夏天开始到夏天结束|

我依然深爱着童小语
依然会为我们之间
发生的点点滴滴的过往感动不已
依然会到一些我和童小语去过的地方走走
会坐一些我们曾经坐过的公交车
然后晃晃悠悠地
看路上的风景

如果可以
我愿意把我对童小语的这份爱
铭心刻骨到永远
而这也是我所唯一
渴望永远的事情

配乐|从夏天开始到夏天结束|

第十二章 怀念

只因那时年少，才把承诺说得太早
只因那时年少，才把未来想得太好

1

2003年四月我在一家心理杂志社找到了一份差事——通过热线电话给这个城市中那些心理有问题的女人解答她们对爱情的困惑，类似于知音大姐的那种。我没有学过心理学但是我会吹牛，而且擅长想象，能言善道也是我的强项，再加上做网站编辑时积累的大量爱情理论，所以这份工作我上手很快。我管那些给我打电话的女人为病人而我就是她们的医生。一段日子以后我已经完全获取了我的病人的信任，我想如果有一天我心血来潮离开了这个城市她们或许会立即集体牺牲。

我的病人也分三六九等。有的聪明有的太笨，她们几乎都是些刚刚结婚的少妇以及快要结婚的准少妇，天晓得为什么那个年龄阶段的女人心理会有那么多的障碍，多到让你对婚姻感到恐惧绝望。她们的问题也千奇百怪，简单一点儿的会问我："为什么她们嫁的人不是自己最爱的人，她们最爱的人为什么会和别的女人结婚？为什么半夜醒来的时候面对睡在身边的那个打鼾男人会感觉到无比陌生？"

她们喋喋不休地向我诉说她们对爱情的失望和无奈，她们用一种近乎哀求的口吻对我说：请你告诉我，这究竟是谁的错？

而我的回答总是保持干净简洁，面对这样的女人、这样的疑问，我千篇一律回答："你没错，那个男人也没有错。"

"那么难道是爱情错了吗？"

"当然，爱情更不可能错了。"

很多聪明的女人会对我这个含糊其辞的回答感到非常满意。这样的问题本来就无法定量分析。这个城市中每个人都活得非常艰难，爱得无奈。每个为了未知前途奔波劳累的人都活非常不开心。是的，每个人都需要通过一种特定的方式发泄。所以有人偷窃，有人变态，有人婚外恋，有人一夜情；有人在马路上大笑，有人在半夜流眼泪。我了解那些女人的内心，那些聪明的女人也了解这样的现实，可是还是会有一些很笨的女人会继续她们的问题，比如往往在我非常厌烦的时候，她们会很天真地问：

"你说这个世界上还有真爱吗？"

我无法想象形形色色的女人在问这一句话的时候的面部表情。是否虔诚，是否羞涩，是否焦躁不安，是否饱含激情。如果她们出现上述的表情或许我会更改我的回答。但是我无法看见，我只能听到单一繁琐的问句。我彻底厌烦了，我想尽快结束这冗长无聊的对话。所以我还是会很清晰告诉她们："这个世界上已经没有什么真爱了。"

我说这句话的时候语速不是很快，因为我不想让那些女人有怀疑自己耳朵的借口。每次在我说完这句话后我会听到一些女人的哭泣，她们在沉默了片刻后就开始小声哭泣，开始的时候还有所压抑，后来就毫无顾忌，号啕大哭了起来。我的话语毫无疑问犹如死刑一样有力，可以迅速摧毁女人的泪腺，或许说她们本来早就预备好了哭泣这样的方式。我的话语只是一个充足的理由。而我就那样拿着话筒听着她们哭泣，我一点儿都不想拒绝那些女人的眼泪，我很享受她们哭泣的声音，因为无论如何：

女人在哭泣的时候都很美丽，并且很安全。

只是她们在哭泣之后似乎依然不甘心情愿，在经过短暂的休息后重新积聚了大量的问句，可是我在这个时候剥夺了她们继续交流的权利，我会对那些女人说："对不起，我要下班了。"然后我挂了电话，用一种胜利者的姿势，我内心无比开心，如果你看到我那个时候的表情，你便会相信我并没有说谎。

就是如此，我打击着我的病人。我告诉她们不要费尽思量去思考这个城市是否还有爱情。她们的婚姻是否正确是否会美满。她们是否会背叛她们的丈夫和其他男人上床或者她们的男人是否会在外面寻欢作乐。对于这些问题，我全部肯定回答。我想让我所有的病人都知道：太过美丽的东西肯定无法完美，残缺和平淡无奇的生活才是我们所必须接受的。

而这，也的的确确就是当时我内心的真实反应。更何况，在打击别人的时候，我发现自己才会真正快乐，我想我是变态了，此点简直毋庸置疑。

2

五月底的一天夜里我突发奇想到杭州去旅游，这个念头一旦滋生就犹如打开了潘多拉盒子一样无法控制，本来我是打算等到星期天才去的，可是越想越兴奋，越想就越等不及，我想我他妈也太冲动了点儿吧可是我根本就无法控制自己的冲动，最后干脆收拾了几件衣服塞到个包里然后到公交站等了半个小时坐第一辆公交车赶到火车站。

上午去杭州的车票昨天就卖完了，我排了一个多小时的车买了下午的票，后来又买了几份黄色小报坐在候车室看了半天，其间给了一个没有腿的乞丐两块钱，好不容易挨到下午检票的时候我突然觉得没有什么必要去杭州了，我想我吃饱撑着了没事我去那个鬼地方干吗啊？我越想越生气，到最后把票揉成一团从窗口扔了出去，背上包回家了。

3

如果用一种高屋建瓴的态度来总结，童小语离开我对我的生活影响可谓异常重大，首先是彻底改变了我对生活的态度，在2001年上半年那几个月内我强烈感到生活无聊、性欲减退、神经麻木，并且多疑多虑、易骄易躁。另外童小语的离开还促使我经常去思考一些没有什么意义的问题，比如我就认真研究过什么是成长，我的观点是：

所谓成长就是读初一的时候你假装不小心碰到邻座女孩子的屁股后暗自窃喜，高一你忘情抚摸你初恋女友那还未丰满的乳房时的欣喜若狂，而现在干了N个女人却感到麻木不仁的全部过程。

1、什么是人生?

人生就是一潭臭水沟，永远波澜不惊，偶尔冒出几串肮脏的泡泡，算作高潮。

2、什么是不公平?

所谓不公平就是别人天天有女人睡，可以在女人身体上自然呻吟和流汗，而你只能用右手解决你的性要求。

3、什么是婚姻?

婚姻就是还债，结婚前谈恋爱犹如赚钱，然后等结婚后慢慢还，直到还光了，也就离婚了。

……

类似于这种有点龌龊的思考还有很多很多，在此就不一一罗列了，我并不认为这是我变态的表征，相反，我为我思维前所未有的活跃和开明而感到庆幸。所以，很多时候我会感到我是光荣的，因为我觉得自己不但开明而且是一个彻底的唯物主义者，我从来不信命运，当然，我更加不相信自己。我不会对自己的所作所为感到后悔虽然很多时候我会为那些事表示羞愧。只是世上很多事情仿佛冥冥之中已经安排妥当，犹如一幕情节和结果都已安排好的话剧，只等上帝一声令下，我们就开始敲锣打鼓，粉墨登场，有的人演的是悲剧有的人演的是喜剧，眼泪流多少，不知道，笑到什么时候也不知道，当最后累了、倦了、麻木了，便开始散场，灯光暗了，只有上帝在天空间或瞅两眼，嘀咕几句，无非如此。

4

很长一段时间，当我反思我和童小语的情感历程时，我都深深认为我除了油嘴滑舌外，再无特点，童小语之所以会喜欢我，完全是鬼迷心窍，因此她后来离开我，实属醒悟，无比英明，我应该为她歌颂。

每每想到这里，我就倍儿辛酸，没有什么比自我否定还残忍。

你不是租房子住吗？你不是骑的自行车吗？你不是吃五块钱儿的盒饭吗？你不是工资一千五吗？这还是税前的，你有什么呀？就你还配童小语喜欢，我呸！

5

从童小语离开我的那一天我就决定留发蓄须，2002年底的时候我已经扎起了辫子，蓄起了胡须，我相信如果童小语看到我一定会觉得我很酷。

在对待很多事物的态度上我都采取了这种精神暗示法，我总是自欺欺人地对自己说：如果童小语知道了她肯定会觉得我的做法是对的，然后我居然就真的获得了继续去做这事情的动力。事实上，很多时候我都强烈感觉童小语其实并没有离开我，她只是到她亲戚家住几天，她只是出去旅游了还没回来，总有一天她会活蹦乱跳地站在我身边，和我深情拥抱，对我灿烂微笑。

6

2003年六月，我在网上嗅到了一个二十二岁的女模特，因为这个女孩子住在上海古北地区，所以我就管她叫“古北”。此女一大爱好是思考人生，这点儿和我不谋而合，另外“古北”博览群书，特别对外国文学颇有研究，所以在交流中我们棋逢对手，很快就惺惺相惜了起来。最初我和“古北”的交往方式是打电话，一次在电话里我给她讲我和童小语的故事，讲着讲着就放声大哭了起来，听完我的倾诉后“古北”用一副洞察天机的口吻对我说：“一个男人在女人面前哭泣意味着他将要忘记过去的感情，重新开始一段新的爱恋。”

只是我并没有忘记我对童小语的爱，我更没有和“古北”开始一段全新的感情。事实上，我能和全天下的女人开展感情都不能和她开展，因为她是一个妓女，当然一开始我并不知道，“古北”非但没有告诉我她是妓女而且反复对我强调她很纯洁。“古北”说她刚从北方一所著名学府毕业，现在在一家台资企业做行政工作，在上海她无依无靠，一切都得自力更生，非常孤独。

“古北”甚至说自己还是一个处女，她读书时有一个谈了三年的男朋友后来两个人同居了一年却从来都没有越雷池半步甚至连乳房都没有让她男朋友摸过。“古北”说她要把她的第一次留给她的丈夫，现在的她对爱和性都充满了美好的向往，她渴望将来能找到一个全心全意爱她的好男人和她建立一个幸福美满的家。“古北”问我相不相信她说的这些话，我说我当然相信了，你是那么善良和纯洁，你说的字字都打动我的内心。其实连傻B都知道她在撒谎，我不是傻B但是我却不想揭穿她，因为我觉得相信不相信都一样。“古北”很感激我对她的信任，用她的话说就是“你是一个真正的好人”。“古北”又佯装好奇地问我的性经历，我说我和你一样的纯洁到现在还没有经历过真正的性爱，“古北”说难得难得真是太难得了。

起先的几天我们只是疯狂打电话，每天从六点打到凌晨，电话里我们主要讨论人生和文学，有的时候“古北”也会在我语言的指挥下用她修长的手指对自己进行性行为。“古北”在自慰的时候发出的呻吟具有极强的穿刺力，在六月的夜里分外妖娆，而完事之后她总是表示她对刚才的疯狂很后悔。

“古北”一边喋喋不休地强调她其实并不是我想象的那么淫荡她绝对是一个正经的好女人而她这么做只是因为和我这个具有非凡魅力的男人交流了这么长时间情难自禁，每次和我说话时乳房就会发胀下面都会湿透。我说那你也不要自慰了干脆我过去和你做爱好了，反正大家都是第一次。起先“古北”对我的这个提议总是立即拒绝，她说她虽然对我很有感觉但是不想破坏坚持了好多年的梦。后来有一天电闪雷鸣、风雨大作，我们打电话打到午夜两点的时候“古北”突然说她害怕让我过去陪她，电话中她无比淫荡地对我召唤：“宝贝，你快过来，我需要你。”听了这话我精神大振，一扫颓废之态，然后跟隔壁的一个民工借了两百块钱到外面叫了辆出租车向古北疯狂奔去。

车子在风雨中的高架上行驶了半个多小时后到了“古北”租的房子门口，我看到一个身材好得一塌糊涂的女孩子站在门口等我，黑暗中的那个女子穿着薄如蝉翼的睡衣，她对我微笑，然后拉着我的胳膊把我带进她的房间。而在走进她房间的第一分钟我们就开始做爱，她身上的睡衣在我扯动下轻快滑落，睡衣下居然就是她的裸体。

“古北”性欲旺盛，呻吟起来像是婴儿在哭泣，她身体上散发着一股浓郁的香气最大程度刺激着我的性欲。“古北”实战经验丰富不停配合我做出各种匪夷所思的动作，说来也怪，我和陌生女孩做爱表现一向差强人意，但是那天却无比强悍，到射精的那一刻整个人仿佛快要死去，最后从床上翻滚到了地上，瘫在地上大口大口呼吸自由的空气。

相比其他女人而言，“古北”不但能够在性上最大限度地满足我让我体味到前所未有的美妙之外，更是能够给我讲述一些外国文学作品提高我的文学修养，这简直就是不可能完成的任务，但是“古北”却做到了而且做得非常出色。比如有几次我把头枕在她坚挺的乳房上然后听她给我讲她最喜欢的小说《永别了，武器》，还有劳伦斯的《恋爱中的女人》。“古北”情感丰富，叙说有条有理，往往还会把小说中的情节和自身相结合，极具震撼效果。

除了做爱和共同研修文学外，有的时候我们也会结伴出游，那个时候我们犹如一对真正的情侣一样手拉着手招摇过市，吸引无数眼球。“古北”身高一米七六，体重不超过五十五公斤，穿上高跟鞋要比我高上大半头，一开始我还顾忌自己比她矮会遭人鄙夷，“古北”却安慰我说在上海女高男矮其实是一种时尚，这个城市需要我们这样的组合因为那也是一道美丽的风景。

很快我就和“古北”建立起了深厚的友谊，有一次做爱后“古北”告诉我她其实是一个高级妓女，虽然她出卖了肉体但是她内心是纯洁的她依然向往神圣的爱情，古北说着说着就哭了起来，“古北”哭得很伤心她请求我一定要相信她因为她觉得这个世界上所有的男人都很肮脏就我一个人还值得她去信任。最后“古北”说她很喜欢我她要和我谈恋爱，她愿意为我放弃一切从头再来。我想如果我是一个毫无经验的小男生我肯定会抛弃一切的流言蜚语去和这个美丽的妓女恋爱，可是我不是，我不但不会去喜欢这个妓女而且一点儿都不相信她说的鬼话。事实很快证明了我的英明，因为没过多久“古北”被一个台湾老板包养了起来并且离开了上海，于是我们也顺理成章结束了长达半年的性伙伴的关系。

7

整个2002年，我一共只见过童小语两次，第一次是在二月底，也就是我和童小语分手了一个多月的时候。许菲儿约童小语一起去逛街，顾飞飞叫上了我，见到童小语的时候我觉得尴尬倒是童小语显得很大方，什么事没有一样主动和我打招呼。那天我们一起逛了淮海路，逛街的时候许菲儿和童小语热情高涨，每遇一个商场都要进去看看，我只能和顾飞飞站在店外抽着香烟唉声叹气。一路上童小语都没有和我说什么话，偶尔四眼相对她也是对我友好的微笑，就在这微笑中我最爱的女孩蜕变成了一个最熟悉的陌生人，这种变化多少显得极为残忍，最起码是我所无法承受的所以我变得很伤心。我总是有意无意提到过去，这点儿触怒了童小语，她开始小声埋怨许菲儿为什么把我叫出来现在弄得大家都不开心。最后分别的时候我要送童小语回家，童小语却客气地拒绝了我，她说她已经长大了，一个人可以回家。

我第二次见到童小语是年底许菲儿的二十岁生日上，我带着一个刚认识没多久的女孩子一起去吃饭，那天我穿得西装笔挺我身边的女孩子也很漂亮看上去很是郎才女貌，我想过了这么久我应该把童小语忘记了吧何况身边还有这么美丽的姑娘。可是见到童小语的第一时间我就发现我的估计完全失误，童小语变得比以前更加鲜艳动人，眉宇之间更是成熟了很多，我身边那个自以为是的女孩和她相比只能是一堆毫无价值的垃圾，所以那顿饭我吃得很郁闷。我带来的那个女孩子不停对我发嗲让我给她夹菜，我一边轻声呵护着这个娇气的姑娘一边看着对面我真正爱的女孩子，恍如隔世。

2002年我去得最多的地方就是虹口足球场，只要有空我都会骑车在那一带附近晃悠，我渴望能够在那里和童小语不期而遇，或许那将会是另一段情缘的开始，虽然我也知道这只是我在幻想而这样相遇的几率趋向无穷小，我学过数理统计，我知道“小概率事件不可能发生”这个科学道理，但是看着那些我和童小语一起触碰过的树走过的路我的心就会变得很踏实。有的时候我也会骑到童小语家和学校附近，然后找一个隐蔽的地方待上一会儿。比较让我郁闷的是，在这两个地方我居然也从来没有看到过童小语。

我最后一次见到童小语是在2003年二月一天下班回家的班车上，当时天下着蒙蒙细雨，我们班车刚过杨浦大桥从河间路下行的时候遇到了严重堵车，车里的人一个个怨声载道，纷纷责怨市政府无能。我无心讨论国家大事于是就塞上耳机听调频立体声的音乐节目，结果本来还可以的心情被那个特煽情的女DJ弄得悲伤无比，我以一种忧伤的姿势抬头从车窗向外看去，然后发现旁边一辆大巴上靠窗坐的女孩子很像童小语，一开始我觉得是自己看花了眼而没有在意，我又听了一会儿音乐然后突然想起什么似的赶紧打开车窗，于是我发现那个女孩子的的确确就是童小语。那应该是我和童小语分手之后相距最近的一次了吧。可是隔着这窗，隔着这一尺不到的距离也是隔了整个天涯，我觉得自己的眼睛当场有点酸痛，我无比贪婪地看着面前的童小语，可她始终没有发现身边的我，后来很快前方道路就疏通了，我们的车子也慢慢交错驶过。

8

和童小语分手之后我不间断地从许菲儿那里打听有关童小语的一切，我知道童小语每一次考试的分数，每一次生病的时间，知道她又对哪个男生产生了好感她的手机换成了什么型号。许菲儿告诉我2002年九月份的时候童小语开始了一段新的恋情，对象是一个刚刚退伍回来的军人，长得浓眉大眼，孔武有力，帅气得像王力宏。

童小语是在医院认识她现在男朋友的，当时童小语生病了在医院打点滴，然后第一眼看到这个军人的时候就觉得被电了一下，回家之后寝食难安病情不但没有好转反而加重了不少，最后还是在这医院里遇到了这人于是主动上前搭讪要了联系方式，等病好之后就约了人家出去玩了几次最后主动表白了，结果成功了，于是童小语又陷入了新的恋爱中，幸福得不得了。现在童小语和这个军人已经谈了快半年了，恋情一直很为牢靠，据说童小语已经把他带回家见过父母了，并且以死相逼要她父母承认她的爱情。许菲儿说童小语现在最大的愿望就是过两年把自己嫁给她男朋友然后为他生个大胖小子，许菲儿说童小语现在过得很快乐，让我不必担心，如果我还真的爱童小语的话，请为她祝福。

9

2003年二月份我辞去了杂志社的工作，算了算大半年的积蓄加上房子的押金居然有两万多。我给爸爸妈妈寄了五千元给他们买衣服，算是做儿子的一点孝道。然后花了九千多买了一个笔记本，又买了数码相机，换了部CDMA的彩屏手机，最后决定通过游山玩水把剩下的钞票消费掉。主意拿定后我就背着个双肩包从上海出发一路向北走，走过长江走过黄河，每到一地就找当地“寂寞疼痛”上的网友，往往都受到了热烈的款待，就这样一路把祖国大好山河玩下来没见憔悴居然还胖了几斤。

回到上海已经是四月底了，整个城市都在被“非典”深深折磨，仿佛所有事物的进程都陷入了停顿。不过这一切对我的影响不大，因为我暂时不想再找什么工作，就在虹口公园附近租了间房子，潜心写小说。

仗着精通瞎扯胡编的技巧并且阅历颇为丰富，我写的爱情小说在网络上深受欢迎，很快我就作为一个声名鹊起的新锐作家受到了越来越多媒体的关注，一连在三家情感杂志上开了专栏。我的读者主要为女性，这些情感丰富的女人往往在我杜撰的爱情故事中沉溺不能自拔，甚至有女人特地找上门请我写下她们的爱情。

比如有一个二十四岁的白领暗恋了一个男人长达五年，五年来她都没有勇气去表白，就在那里和自己的幻想谈恋爱。在我的房间内她痛哭流涕说出了全部的痛，她恳求我把她初恋的故事写出来那样就算她死了也会甘心。

还有一个四十岁的女人请我到金茂的楼顶吃了顿海鲜，她说她现在有几千万的资产可是她没有爱情，她天天吃山珍海味住别墅公寓有好几个不超过二十岁的性伴侣每天都有无数男人对她说“我爱你”可是她依然觉得自己活得很累，她请我把她生命中和她相爱过的三个男人的故事写出来，然后不容拒绝地塞给我五千元，她说要多少钱我都可以给你只要你让我找到一点曾经爱过的痕迹。

我从来都没有拒绝这些女人的请求，不是因为她们的眼泪和钞票，只是因为我知道真正爱一个人是多么不容易，而忘记自己爱的人又有多痛苦。

我依然深爱着童小语，一年多光阴的腐蚀没有消减我内心对童小语半丝半点的爱，反而让我把过往的人生中发生的很多问题看得更加清楚，在爱的同时我学会了忏悔，而在爱的同时，我更加学会了感恩。

这就是我对我和童小语爱恋的全部总结。

10

五月，为写一篇爱情故事，我把自己关在家里整整写了三天，每天除了睡觉进食和排泄外都待在电脑前劈里啪啦敲打键盘，写到最后浑身力气荡然无存只要一看到电脑就立即反胃，后来在沙发上躺了半天还是觉得心里憋得慌，我怕再闷在家里弄不好要闹出人命了于是赶紧到附近的虹口公园里转转。

在虹口公园假山旁我看到两个女孩子在荡秋千，其中那个高高瘦瘦的女孩坐在秋千上笑靥如花，另一个戴眼镜的女孩在后面使劲推她。

“笨蛋，别推歪了。”秋千上的那个小姑娘不时回头骂后面那个戴眼镜的。

我看着这两个花样年华般的女孩好一会儿，然后摇摇头走开了。我先是爬到假山上，透过稀疏的树木我很快发现一对正在调情的中年男女，那个身材臃肿的女人正坐在男人肥硕的大腿上撒娇，他们们含情脉脉了一会儿之后开始疯狂接吻，我可以向上帝保证他们绝对不是夫妻他们甚至不是情人。走过他们身边的时候我故意咳嗽了两声试图引起他们的注意，可是调情中的男女大多比较地勇敢和麻木，这个和年龄无关，我这微不足道的干扰只会更加刺激他们的器官和欲望，这对男女看都没有看我一眼继续着他们的嘴部活动，那男的更是迅速地把他布满老茧的大手伸向女人那已经拖沓的胸部，对身边满脸鄙夷的我浑然不顾。

下了假山后我来到了湖边，湖中心的亭子内一大群票友正围在一起歌唱《走进新时代》，湖边的一块空地上十几个老头老太穿着花花绿绿的衣服挥舞着荷扇载歌载舞，伴随着旋律正尽情扭动他们行将枯萎的身躯，他们紧眯的眼睛和布满全身的皱纹仿佛正在宣告他们很快乐。不远处有几个小学高年级的女生在跳橡皮筋，她们动作敏捷，欢声笑语，若隐若现的乳房随着身体的跳跃浅浅摇晃。一个表情神秘的中年妇女背着个小包正穿插在游人中间，她的工作是给别人算命，她说自己是一个半仙，她会告诉你未来的运道和劫难，你所要做的只是告诉她你的生辰八字然后给她十块钱用以消财避灾。

我静静坐在湖边的一个石凳上看着周边的一切，我觉得头晕目眩我闭上了眼睛努力让思维安静下来，很快我就实现了这个目标——我睡着了。

“喂！”不知道过了多久，一个女孩的声音在背后响起，清脆欢快，犹如六月的阳光一样健康，我醒了过来，觉得头有点晕没有回头。

“喂，前面那个长头发的，叫你呢，发什么呆啊。”女孩的声音再次响起。我回头一看，原来是先前荡秋千的那个女孩，女孩坐在我后面不远处的木凳上，腿还特别不安分地搁在上面。

“叫我？”我看着女孩指着自己问。

女孩子一边点头一边对我说：“你帮我把你脚下的报纸捡给我，刚才被风吹过去的。”

我捡起了报纸，送给了她：“干吗自己不捡？”

“不高兴，很烦的。”女孩一边翻阅报纸一边貌似漫不经心地对我说。

“就这都烦啊……要是没有人在前面你怎么办？”

“那就不要了呗，”女孩子抬头看着我，很是正经地对我说，“不过我想不会没有人的吧，中国人那么多。”女孩子身体往边上挪动了两下，然后用眼睛看看我又看看身边，示意我坐下。

“这倒也是，”我被女孩子的逻辑给逗乐了，“你朋友呢？”

“谁？”

“刚才推你荡秋千的那个，戴眼镜的。”

“哦，她走了，和她男朋友去玩了。”

“那你怎么没有去？”

“有空啊，我去干嘛，做灯泡吗？我才不做那么愚蠢的事情呢。”

“那你干嘛不和你男朋友去玩？”

“笨蛋，我没有男朋友的。”女孩子态度非常不友好。

“你仿佛很喜欢叫人家是笨蛋。”

“对啊，这样叫很好玩的，难道你不觉得？”

“不好意思，我还真不觉得。”

“所以说你是笨蛋嘛。”

“看什么呢？那么投入？”我看女孩伶牙俐齿，吓得赶紧转移话题。

“看新闻，”女孩把手中的报纸对我扬了扬，“你说非典什么时候会消失啊，简直太可怕了？”

“你还蛮关心时事的嘛？难得难得，”我一边和女孩打哈哈一边抬头看前方，湖边有小孩子现在正在打架，纷纷从地上捡起烂泥就往对方身上砸。

“要不是威胁到我们的生命我才不会关心呢，吃饱撑着了？”

“那你都关心些什么？”

“我啊……”女孩在说到这个地方的时候眼睛往天空眨了眨，然后笑开了，“我告诉你，你可不许笑我哦。”

“嗯，我不笑你。”

“一定不准笑啊，否则我就不说了。”

“绝对不笑。”

“谁笑谁就是猪。” 女孩子又强调一遍。

“罗嗦。”

“我在想如果有一天我的偶像能够吻我一下，我就很满足了，呵呵，是不是很傻呢。”

“确实够傻的。”

“啊……你说好不笑人家的，你骗人。”女孩不乐意了，把身子转到一边不理我了。

“你偶像是谁啊。”

“韩寒啊，告诉你我特别喜欢作家。”

我笑了笑，把头转过一边，不再言语。

“喂，哑巴了你，怎么不说话啦？我问你：你谈过恋爱伐？”

“谈过。”

“谈过几个啦？”

“不多——十几个吧。”

我看到女孩子瞪大眼睛看着我，然后从洁白的牙齿内蹦出三个字：“不要脸。”女孩说完之后居然撅起了嘴，仿佛很生气的样子。

“不会吧你，我吹牛呢，你还当真啊！”

“笨蛋才当真呢，我就觉得你是在吹牛，真不要脸。”虽然还是再骂我，但是女孩子脸色好多了。

“你这个人真奇怪。”女孩子津津有味地观察了我一会儿，突然如此对我说。

“怎么奇怪了？”

“要是说得上来就不奇怪了，”女孩子说得挺像回事，“我总觉得你对什么都漠不关心，都觉得无所谓，其实刚才你在假山那看我们荡秋千的时候我就注意到你了，当时你还在傻笑呢，对了，你是干嘛的呢？”

“不干嘛，我是无业游民。”

“没有工作那也得有个事儿吧，没工作的人多了，什么自由职业啊，什么soho啊，多灵啊。”

“是啊，不要太灵是伐？你看我像是干嘛的？”

“像是搞艺术的，而且是一得了绝症的艺术分子。”

“何以见得？”

“感觉啊，你气质很像的，头发那么长，还有，你的眼神特忧郁。”

“肤浅，”我取笑女孩，“老实告诉你吧，我其实是一民工，我头发长是因为我一年没有理发了，因为上海理发特别贵我舍不得，我眼神忧郁是因为我成天在工地上干活给尘土熏的，今天工地上没活干所以我出来遛遛，透口气，明白吗？”

女孩子听我说完，然后一字一字地对我说：“不要以为我会相信你，我的感觉是不会错的。”

“爱信不信，”我说，“我现在得回去了，晚上还得造大楼呢。”

“这么快就走了啊，这才几点啊？”女孩急了，“再聊会儿啊。”

“不了，还要回家做饭呢，吃饱了才能干活。”

“哦，”女孩子应了一声，有点儿委屈，等我走了两步又叫住我，“你告诉我你今天晚上做什么菜好吗？我还是第一次遇到自己做饭吃的男人呢。”

“咸肉冬瓜汤。”我对女孩子说完然后径自走了。

11

几天之后，我的小说再次陷入停滞状态，在一种几近癫狂的状态下我只得再次去虹口公园散心，可刚转了没多久就灵感大发然后赶紧回家。结果刚走出门口就有人在背后冲我肩膀拍了一下，疼倒是不疼却把我给吓得半死，我回头一看，居然是前几天在这里遇到的那个女孩，女孩兴奋异常，瞪着个大眼睛看着我，显然没有意识到自己刚才的冒失。

我白了她一眼，拉长脸没好气地说："神经啊你，吓死我了。"

女孩一点儿都没有在意我的责骂，而是嘴里直嚷嚷："我终于等到你了，我就知道你还会来这里玩的，我已经在门口连续等了你五天，今天倒巧，刚过来没多久就看到你了。"

"你每天都到这里来就是为了找我？"

"对的。"

我突然有点儿感动，那是一种久违的感觉，我问女孩子："要是等不到我怎么办？你不觉得花这么长时间等一个陌生人很没有意义吗？"

"不会等不到的，我从没有想过等不到的情况，反正我觉得这样很有意义。"

"你找我干吗？"

"跟你要手机号码啊，那天忘记跟你要了，以后再联系怎么办？"

"谁说我们以后还联系的？"

"我说的，"女孩子冲我昂了昂头，然后从大大的背包中拿出纸笔，低头刷刷写了一组号码，撕下来递给我，"这是我的手机号码，我叫欧阳寞，你把你的报我吧。"

我把我的手机号码报给了她，我说："我们总共才见了两次，在一起不会超过三个小时，你就这么相信我啊？"

"我干嘛不相信你，三个小时已经很长了。"

“你就不怕我是坏人？”

“不怕，这个世界上坏人不多的，就算多，也不会被我遇上的。”

“这是什么话啊？为什么你就遇不上？”

“因为我是好人啊。”

“幼稚，”我说，“你这样很容易被人家骗的。”

“我知道，所以你不要骗我，”欧阳寞顿了顿，“你说你会骗我吗？”

“你真傻假傻啊，我骗你我会告诉你吗？”

“这么说你还是会骗我了？”

“我不知道，我可不是什么正人君子，没有远大理想和高尚情操，再说以后的事情谁说得清楚，说不定以后是你骗我呢？”

“那倒是，为什么你说的话总是那么有道理？”

“那只是因为你身边的人说话太没有道理了，你们还是学生，还是简单一点儿好，快过去吧，你男朋友在那边等你呢。”我指着不远处一个正眼巴巴看着我们的小男孩对欧阳寞说。

“他才不是我男朋友呢，他只是在追我罢了，不过我可没有答应他，我才不会和那种小孩子恋爱呢，很傻的，我要找一个成熟的人做我男朋友。”

“有志气，那你好好找吧，找到了别忘记通知我声。”我说完就要走。

“别走啊你，我好不容易才找到你，还没有和你说几句话呢。”

“那你到底要说什么？”

“我不知道，反正我现在对你很好奇。”

“千万不要好奇，要付出代价的。”

“我不管。”

“那你慢慢好奇好了，我真的有事情的。”

“那你说我们以后还会见面吗？”

“我不知道，对了，千万别对生活强求什么，要相信缘分。”

“对的，”女子又高兴了起来，“我们一定可以再见面的，因为，我们有缘。”

“嗯，但愿是这样。”

“我会联系你的，一定会的！”欧阳寞远远地弯着腰对我大声叫喊，无数行人惊讶地朝我看来，或许他们正在展开丰富联想猜测这个美丽的女孩的内心世界。

我回过头冲欧阳寞温情微笑，挥手告别，然后转身大步大步坚定不移地向前走去。

12

犹如一场闹剧，“非典”在把世人折腾得焦头烂额之后悄然离去，这个城市除去口罩和各种中药，迅速回复了往昔的姹紫嫣红、勃勃生机。而大量有用无用的娱乐资讯继续充塞着我们的眼球：有人受不了活着的压力决定跳楼，也有人可以笑对自己的子宫肌瘤，还有人抛弃了自己的女友说他寻找到了真爱，然后真爱了没几天又再次分手……所有的这些依然无序，或真情或假意，徒增一笑罢了。

六月份我再次搬家，从虹口区搬到了徐汇，并开始在一家报社上班，生活开始趋向正常，身体重新恢复健康。

欧阳寞并没有联系过我，而我也把她当初给我的电话号码弄丢了，其实就算不弄丢我也不会主动和她联系的，虽然我有的时候确实很想那么做。我和这个叫欧阳寞的女孩没有太多交流但是居然会时不时想起她，想起她的纯真，我知道纯真是一种优良的品质，现在正从很多女孩身上慢慢消失。而当初她那句“我一定会和你联系”只是一个小孩子的玩笑罢了，又或许我和她真的没有缘分。其实这样也不错，所谓缘分本来就是一个莫名的概念，大多数时间是用来安慰人心的工具罢了。

我在上海继续隐忍平淡生活着，写着我心爱的小说偶尔也去思考人生，只是不再放纵自己，面对生活我态度鲜明，戒骄戒躁，不卑不亢，我想或许我是真正长大了吧。有的时候我依然会莫名其妙伤感但是绝不悲观，因为相信生命之中到处都是美丽传奇，只要用心把握，努力争取，所以在接下去的生活中发生点儿什么有意思的事情也说不定。

我依然深爱着童小语，依然会为我们之间发生的点点滴滴的过往感动不已，依然会到一些我和童小语去过的地方走走，依然会坐一些我们曾经坐过的公交车然后晃晃悠悠地看路上的风景。

如果可以，我愿意把我对童小语的这份爱铭心刻骨到永远，而这也是我所唯一渴望永远的事情。

知道就算大雨让这座城市颠倒
我会给你怀抱
受不了看见你背影来到
写下我度秒如年难捱的离骚

那时年少
MEMORIES

后记1 岁月

文/Pluto

小说还没发稿过来时，草叔说："到时候帮我写篇东西吧。"

我一口答应。相识六年，大到他给我长篇小说劈头盖脸毫不留情的修改意见，小到他吩咐我给那些我根本不认识也可能一辈子都不会认识的作者写的书评，我都从未拒绝——更何况是他自己创作的小说。

而刨除"无法拒绝"这个有些无奈的理由本身，在他说出"小说修改完成"六个字的瞬间，我隐隐感到有种消失已久的气息在奔流复回。当那句在我记忆中盘踞的"我强烈意识到再过一年我就得从学校里彻底滚蛋"再次跳入视线，我的手竟然在微微颤抖。

那日我读稿至深夜，然后在微博上写下这样一句话：

"看到你五年前的小说，我非常想哭。"

书评说白了就是个载体，能让我借此梳理与小说本身八竿子打不着的情感，如同余秋雨总爱在青歌赛上抛开环节本身梳理体系。这多少也算个技巧。

可给草叔的书评，只要一动笔，我就会不由自主地把技巧忘掉，变得掏心掏肺——那时我就明白，也许自己这辈子都无法把他和他的小说分割开来谈了。

早在我们互不相识的2004年，这部作品的初稿就已完成。相识后不久，我偶然得到此稿，欣喜若狂——直到现在，认识年轻作者于我都是惊喜，更何况当年还只是一个虚荣心严重、因为偏科导致在班级地位不高的初三学生。

次日我把稿子带去学校一通炫耀，谁知竟为自己招来"横祸"——还没读完，就被身边一男生强行夺走。次日他满脸憔悴地告诉我，在昨夜的阅读过程中，他数次把头蒙进被窝痛哭失声。"这部爱情小说写得也太动人了吧。"这是他的原话。

这个反应让我惊喜之余又颇感诧异，紧接着他又说："像你这种没经历过爱情的人根本不懂，所以还是干脆别读了，就送我吧。”

我从此再没见过那部稿子，后来我们毕业，失去联系。或许因为那句“你这种没经历过爱情的人根本不懂”给了我不良暗示，从那之后我对一切与爱情有关的小说和电影产生了巨大抗体，逢看必睡，屡试不爽。

如今我自觉在人情世故方面比以前通透了点儿。怀着“虽然没遇到过什么像样的感情，也多少有了些大差不差的揣摩”的心态我重读了这部小说，过后却猛然醒悟：那个男生之所以痛哭，不过是因为这部小说的某些部分满足了他当时的心情与诉求。换句话说，是他自行提取了书中与自己经历的相似之处加以无限放大。可相对于整部小说，这种方式可能会造成一次彻头彻尾的误读。

在我看来，“爱情”不过是作为切入点，以防在观点阐述时显得空泛。而他透过爱情真正想写的，其实是那段时光，那片环境，甚至是那个时代——从这点来说，将它定义为“爱情小说”，无疑是辱没了作者的野心。

相比起苏扬和童小语的爱情，书中所描述的那个时代才是我的兴趣所在，这源于我对旧物向来有很深的执念。那时安妮宝贝还执著于哈根达斯棉布裙子，少年文学刚刚同韩寒一起横空出世，郭敬明纯真地用四十五度仰望天空，草叔也在榕树下论坛将“寂寞疼痛”办得水起风生——这些概念在经历了十年冲刷之后尚且能为当代年轻人带来如此强大的冲击力，更别说是放在十年前。

我曾无数次将那个时代幻想为江湖，云波诡谲，高手隐藏于山野，剑藏于鞘。不出手则已，一出手，便是见血封喉。

江湖不太平，连平民百姓都要跟着受影响。在对小说的插图风格进行讨论时我说：“如果让我做插画，就一定会把你的人物画得适当扭曲，身体的扭曲是他们心灵的写照。在面对爱情的时候，尤其如此。”

专业习惯强迫我的大脑在阅读时不断建立等式或不等式——那个时代的年轻人会否因为新鲜事物出现的频率太高而应接不暇？当出于对信息的渴求把这一切囫囵吞枣照单全收之后，会否出现一定程度上的心理扭曲而不自知？不自知的心理扭曲对他们的工作恋爱甚至人生究竟会产生何种影响？最重要的是，那个年代又是否会成为一枚铁印，烙在他们身上，不痛不痒，但就是去不掉？

最近我在思考这样一个问题——如何才能克服性格局限，塑造而不是意淫出一个主人公。这个问题困扰着我，让我无比痛苦。是这部小说的出现让我意识到，性格局限的存在不仅出现在塑造人物方面，根本上取决于异性间认知与同性自我认知的差异。正如男人很容易把女人塑造成荡妇或者圣母，而女性心中的好男人在纯爷们心中可能就是个娘娘腔。

而在面对同性角色时这种幻想就彻底消失了。女作者毫不留情地描写女主人公的斤斤计较，男作者毫无掩饰地叙述男主人公旺盛的荷尔蒙，没有人能从心底彻底认同比自己优秀的同性，更何况这个人物只在小说里存在。这种毫无幻想甚至充满贬低的状态下创作出的主人公未必迷倒众生，但一定足够动人真实。小说中需要那样的人物，生活亦然。

小说中的苏扬有一股原始的野性，他像一株野草，寂寞地成长、生活、扯淡、宣泄、哭泣。印象最深的一个细节是他在地下室用打火机一下一下烧着鼻涕虫的那个夜晚，青烟冒出虫子消失的瞬间我竟也莫名感伤。那时我忽然有些理解这个不靠谱的男人。无论女人、打火机，还是鼻涕虫，都不重要。他需要的无非只是一个出口，让他尽情宣泄这个世界“赏赐”的痛苦。

在即将被大学的专业“摧残”成情节控的今天，我想客观地说：同他之后创作的一系列小说不同，这部小说的戏剧冲突并不激烈。然而他充沛的情感已经可以让人忽略这些，甚至可以忽略掉那些偶尔闪过的瑕疵与不足。

接下去又是老生常谈了。

和草叔相识六年。“六年”总被我强调——与人生相比，六年很短；但与缺点的暴露相比，一天都显得格外漫长。我深知自己的性格缺陷在何处，年少时不知隐藏，一度搞得众叛亲离；成长后懂得收敛，与人交往客客气气，时间久了也颇认识一批朋友，聊得开心，玩儿得快乐。

可我永远明白草叔和他们的区分度。在我所有朋友里，他是唯一不幸见过我所有缺点，却又能无限容忍我的。很多时候听到陌生人说“我好羡慕你有草叔”或者“我好羡慕你们的友情”，我的心情都非常复杂。其实我给他的心里添了很多堵。我会因为一些很小的事情跟他争执，比如他没有按时看我推荐给他的电影，忘记了我的生日，或者把我的链接放到了第二个。

而他常说的一句话是：“你是小孩子，不跟你一般见识。”

生日那天他为我发了条很煽情的微博，我给他回：“我在你面前已经把所有缺点都暴露了。你也差不多吧。只有这样还不嫌弃才是好朋友啊。”

这六年，我们共同经历的事不少。我看着他一步一步走到今天。近几年他有了稳定的爱情，继而有了稳定的工作和生活。在顺利完成从作者到编辑的身份转换之后，应付我那句“你在忙什么”的回答也从“我在写小说”渐渐成了“我在看稿子”。再紧接着，就是结婚，买房，买车，生子。有时想来，我都会替他觉得幸福。

除去他越来越少地写作。

如果记忆没发生混乱，我足有三年没听他聊起自己的小说，用他之前常有的语气和激情，仿佛自己的情节完全天下无敌。还记得2006年我中考结束，他来青岛看我。在八大关，我们吹着海风，有一句没一句地聊着，他给我讲起自己十年前写的小说。他说那是个三伏天，自己就趴在桌子上，汗流浃背。

后来，他把新出的书送我，我给他画素描，他就在一旁看书，忽然笑出声：“我的小说写得太好了，我看的时候都被逗笑了。”——这是他的原话。他眼睛里的神采我到现在都记得非常清楚，忘也忘不掉。

我常说：“你快点儿写小说呀，写啊写啊。”他总是很无奈：“我也想啊，写不出来咋办呢？”时间久了我也不再多说。不仅仅因为他曾向我提起“大多数作者在成为编辑之后，都写不出小说了”。更因为我理解那其实不是自觉放弃，而是潜移默化地，这东西就会从习惯乃至生命渐渐退化成挚爱，再萎缩成爱好，等有朝一日发现连爱好都算不上的时候，它就彻底离你远去了。这一切都发生得自然而然，中间过度之流畅犹如出自大师之授予，痛苦自然不会有。刨除年龄的承载力，编辑本身也是个消耗激情的职业。

我的脑海中刚刚浮现出飞机在云中穿梭的情形：一切都是雾茫茫的，人们只知飞机飞得很高，除此却也不过是雾里看花了；然而我所希望的，其实是那架飞机永远不要进入云层，永远只处于上升过程——陆地上的一切都能看得见，并且，永远在向前、向上。永远有希望。这是多么好的一件事。

下面这些话是想对草叔说的：

以上两千多字可以用来阐述为什么当我收到你的小说时会“非常想哭”。不装嫩，不造作，甚至连基本的矛盾冲突都少之又少，但是却偏偏很好看，很用真感情的小说。

我已快长到你与我相识时的年龄，你也步入而立。或许在你眼里，这本小说的出版不过是纪念，或者结束。毕竟你早过了靠写作疗伤的阶段。可作为朋友，我真心诚意地希望你能将它当做新的开始。尽管，这也许只是一个存在于我幻想中的美好愿望。

2011年4月18日星期一　凌晨2:23

后记2 告别

文/一草

1

《那时年少》初稿创作始于2003年，当时名叫《我的花朵，我的江湖》，花朵指代大学，江湖指代社会，表明这是一部写大学时光和社会生活的成长故事。

小说创作不算太顺利，困难不是在于无物可写，而在于我对字句的选择，时至今日，我依然清晰记得当年创作时的情景：时值炎夏，在偌大的工厂办公室，我一个人在电脑前敲打，汗水滴在键盘上，外面就是舞厅传来的喧嚣，对于每一章、每一段，甚至每一句，我都反复斟酌，力求文字表达准确的同时充满美感。

2004年初，沾着80后的光，小说改名为《再见，上海》出版，封面匪夷所思地用了一个动画片的卡通形象，侵权不说，和正文没有任何关联。当时有朋友安慰我：大凡第一次都是有遗憾的，从爱情到出书，一概如此。我没办法，只能接受，聊以自慰。

此后的几年，我又陆续出了六七本书，不过再也找不到第一次见到自己作品成书的兴奋感，特别是2005年，我成为一名图书编辑后，愈发对出书感觉麻木。很多时候，看到样书，除了感叹制作上的粗劣，全无其他感受。

所以，很多时候，我还真是怀念那第一次的感觉，用什么来准确形容呢？

幸福，没错儿，是幸福！

2

我在上海的图书编辑经历并不愉快，2006年，我决定离开上海，来到北京，这里的机会更多。

在北京颠沛流离了一年多，2007年，我来到现在的这家公司，创建了青春言情图书品牌“纸上偶像剧”，四年多，推出了数十本图书产品，其中不乏一些畅销品，算是小有成绩。

欣喜之余，又会产生强烈的失落感，因为内心还是将自己定位成一个文学创作者，现在的状态只是曲线救国。

正是在这种心态下，产生了重新出版自己作品的念头，只是我得强调，虽然出书对我而言，不再是困难，但我的标准绝对不会因为是自己作品而降低。事实上，重新打量，在我过去的多部作品中，能够有资格重新再版的，不超过三部。

《那时年少》当仁不让是其中一部，而且排在头一个。

理由其实很简单：情真意切，且有时代感。

3

情真意切，且有时代感，寥寥几个字，却饱含大道理。在我的审稿经历中，看过不少情节丰富却老套、语言流畅却毫无个性的作品，这种作品出版价值不大，因为缺乏最基本的情感投入。一个作者是否投入真情实感，通过文字是非常容易感受的，一个作者如果连基本的感情都没有融入到作品中，又怎么能打动读者？这和小说内容是否杜撰无关，这只和作者的创作态度有关。

当然，符合情真意切的小说其实也不少，但在当下竞争残酷的市场标准下能出版的也不多，很大的原因是写作格局太小，太过私人，而私人的东西要不很奢侈，要不就不值钱。一个故事离开特定的时代背景，价值就会变得面目全非，这也是小说自身的魅力所在。

在我看来，《那时年少》情真意切自然不在话下，小说的时代背景也是很有意思的，现在回头看十年前，网络的普及对我们这代人的影响真的是根本性的，可以说，给我们带来全新的思维和生活。有的小说犹如陈酒，价值随着时间推进而增加，现在再看这部小说，被感动的往往不是情节，而是故事本身，因为上面有时光的味道，小说成了一个载体，让我们回忆，让我们唏嘘感慨。

4

再说说故事本身。

这种题材的故事现在市场上不多见，但在六七年前，可谓多至泛滥。那时候只要是“80后”的标签，多少都有市场。泛滥的原因是好写，好写的原因是讲述自己的故事，但写好就不那么容易，因为每个人的成长虽然有别，但差别不大，何况资讯泛滥的年代，我们个个见多识广，一般的成长故事都无法打动我们日趋冰冷的内心。

客观说，《那时年少》的故事算不得上佳，比较散，也比较平，但其好也好在简单，没有三角恋，没有分开再和好再分开，没有想爱不能、想分不成的虐心情节，也没有那种王子灰姑娘一见钟情再见倾心三见上床四见怀念的狗血。

上面两段的论述似乎有点儿矛盾，矛盾背后就是这本书在文学上的价值所在。看似平淡，实质遍布玄机。

可以简单插一句：本书原文二十万字，删除的那六万字，就是峰回路转的明证。

5

最后再说下小说的女主人公——童小语。

记得《再见，上海》出来后，我将书快递给她，数日后，她只说了一句：怎么写的都是真的？

因为这话是在网络上说的，所以也不太好分辨出语气：愤怒？质疑？感叹？还是没有语气，随口一说而已。

当然不可能全是真的，比如童小语就不叫这个名字，她的身高也没一米七四，也不像描写得那么漂亮，总之，我对她也好，对我们的故事也罢，还是美化了不少，但有一点我是绝对没有美化，那就是童小语的单纯。

单纯有很多内在动力，但表现形式是一致的，那就是相信美好，相信别人，相信生活。身为一个上海女孩，在物欲横飞的当下，单纯还是具有相当大的力量的，这些年，我对童小语念念不忘，其实更多怀念的还是她的单纯，也正因为她足够单纯，所以和她一起的日子足够美好。

我想，其实对绝大多数女孩而言，内心都是足够单纯、足够美好的，也正因为这个观察，这部小说也才更加有价值——我是说，在供大家怀旧之余，还能让一些读者获得内心的共鸣，找回已经遗忘的自我——这好像挺夸张的，但作为文字，根本的功能正是如此。

6

修改这部小说的时候，我正在如火如荼编辑着姜昕的《长发飞扬的日子》，这部小说于她非常重要，因为包含了她整个青春。我很喜欢姜昕在这部小说后记中关于青春的思考——青春并不仅仅属于一种年纪，就像摇滚并不仅仅意味着某一音乐形式，那其实更应该是一种精神，一种态度——时至今日，我们领略了生活的很多美好，也领略了生活更多的不美好，正是在这种情况下，我们才会如此思念我们的青春，那时年少不更事，但也正因为那时年少，所以回忆起来，才有那么多的美好。

7

我想，随着这部小说的再次出版，我可以真正做到告别。

再见了，童小语，我曾经的深爱，愿你岁月静好，平安喜乐。

图书在版编目（CIP）数据

那时年少 / 一草著. —南京：江苏文艺出版社， 2011.7
ISBN 978-7-5399-4607-8

Ⅰ.①那… Ⅱ.①一… Ⅲ.①长篇小说－中国－当代 Ⅳ.①I247.5
中国版本图书馆CIP数据核字(2012)第138534号

上架建议：畅销书|青春言情

那时年少

著　　者：一　草
责任编辑：刘　霁
装帧设计：熊　琼
整体监制：一　草
出版发行：凤凰出版传媒集团
江苏文艺出版社：http://www.jswenyi.com
集团网址：凤凰出版传媒网 http://www.ppm.cn
印　　刷：三河市鑫金马印装有限公司
经　　销：新华书店
开　　本：16
字　　数：250千字
印　　张：21
版　　次：2014年6月第1版第6次印刷
书　　号：ISBN 978-7-5399-4607-8
定　　价：29.80元
（若有质量问题，请致电质量监督电话：010-84409925）

《那时年少》OST

01 那时年少——小5
02 最简单的声音——孙子涵/耀乐团
03 回忆唱给你听——小5
04 在夏天的街角等你——Instrumental
05 有一点期待——Instrumental
06 全世界宣布爱你——孙子涵/李潇潇
07 我们能这样到永远吗——Instrumental
08 一夜后还想念——小5
09 小眼睛——小5
10 我不是没脸的男孩——孙子涵
11 再见了单纯——小5
12 说一句我不走了——小5
13 从夏天开始到夏天结束——Instrumental

音乐版权提供：北京简单快乐文化发展有限公司

小5 个人青春原创专辑
《再见了 单纯》已经发售

孙子涵 纪念初恋原创专辑
《一年一度的夏天》即将上市